HELLMUTH KARASEK

Mit Kanonen auf Spatzen

Geschichten zum Beginn der Woche

Kiepenheuer & Witsch

1. Auflage 2000

Umschlaggestaltung: Philipp Starke, Hamburg
Umschlagzeichnung: Robert Gernhardt
Gesetzt aus der Bembo (Berthold)
bei Kalle Giese, Overath
Druck und Bindearbeiten: Clausen & Bosse, Leck
ISBN 3-462-02904-5

Über das Buch:
Der große Karl Kraus hat einmal gesagt, Feuilletons schreiben heißt auf einer Glatze Locken drehen. Genau dies hat der Literaturkritiker Hellmuth Karasek zwei Jahre lang jedes Wochenende für die Montagsausgabe des Berliner Tagesspiegels getan – und schöne Locken hat er dabei produziert, auch wenn sie einigen konkurrierenden Frisören in der Hauptstadt schon wieder gar nicht gefallen haben, aber so ist das in Kolumnien …

Auf abenteuerliche Streifzüge hat Hellmuth Karasek sich für seine Glossen begeben, allerdings nicht nach Afrika oder Australien, sondern in die Niederungen des bundesdeutschen Alltags und das, was die Medien als solchen betrachten. Dienstleistungen bei der Deutschen Bahn, nächtliche Mückenstiche im Urlaub, Rentnerverhalten an deutschen Ampelanlagen oder Badezimmerkonflikte in heutigen Ehen. Zur Hilfe kam dem Autor dabei seine gediegen-literarische Bildung, Quartett-geprüft, durch deren Brille manches Banale plötzlich Shakespearesche Tiefe, manches Alltägliche Schillersche Tragik bekommt.

Der Autor:
Hellmuth Karasek, Herausgeber des Berliner »Tagesspiegel«, nachdem er über 20 Jahre im »Spiegel« für Kulturberichte und Kritik verantwortlich war und seit 13 Jahren mit Marcel Reich-Ranicki und Sigrid Löffler im »Literarischen Quartett« über Bücher streitfreudig diskutiert. Schrieb drei Theaterstücke (und zwar Komödien), eine Billy-Wilder-Biografie (»Nahaufnahme«), eine Biografie der 50er Jahre (»Go West«), stellte in »Mein Kino« seine »hundert schönsten Filme« vor, beschrieb und durchlitt die Telefonitis in »Hand in Handy« und schrieb den hart umkämpften Journalisten-Roman »Das Magazin«.

KiWi 568

Inhalt

KLEINE FREUDEN IM JAMMERTAL

Vorwort

Lockenwickler

Alfred Polgar, der Großmeister der kleinen Form, hat herausgefunden, was ein »Feuilleton« sei, wobei er unter »Feuilleton« nicht den Kulturteil einer Zeitung verstand, sondern eine ursprünglichere Bedeutung im Sinn und vor Augen hatte, die der Glosse, des Aperçus, der kleinen zugespitzten, auf eine Pointe zulaufenden Geschichte, Polgar hat also herausgefunden: Ein Feuilleton ist ein »Nichts«, »ein Nichts, aber in Seidenpapier«. Eine schöne Verpackung also, wobei das »Geschenk« im Auspacken, in der Freude des Auswickelns besteht, drinnen, dahinter »Nichts«. Also nicht mal, mit Shakespeare, »Viel Lärm um Nichts«, sondern ein leises Knistern um Nichts, eben Seidenpapier.

Karl Kraus, der wie Polgar die gleiche Wiener Caféhaus-Luft einatmete, eine zu Aperçus verleitende, zu Bosheiten und Zuspitzungen, hat anders das Gleiche definiert: Ein Feuilleton schreiben heißt, auf einer Glatze Locken drehen. Wer wie ich, Woche für Woche, Montag für Montag, ein Feuilleton zu schreiben hat, darf einmal, nach zwei Jahren, das Glossenschreiben selbst zum Glossenthema machen. Und er darf, einmal, seufzen: Wie wahr! Auf einer Glatze Locken drehen! Eine schwierige Barbierkunst und Frisördisziplin. Der Berliner hat, zwar nicht aufs Schreiben bezogen, eine ähnliche Redensart wie die von der Locke auf der Glatze, die da heißt: Versuchen Sie mal, einem nackten Mann in die Tasche zu greifen! Oder: Kieka aus' Fenster, wenn de keen Kopp hast!

Ja, versuchen Sie es mal! Aber das Bild vom Glossisten als Lockenwickler geht mir die Woche lang nicht aus dem

Sinn. Man liest sich durch die Zeitungen, auf der Suche nach möglichen Themen, kleine, leichte müssen es sein, keine Friedenspreisdebatte, um Himmels willen nicht. Stattdessen Abseitigkeiten, Merkwürdigkeiten, schräge Blicke, eben Locken, wo eigentlich nichts ist als eine kahle Glatze. Da, um ein Haar hätte ich ein Thema gefunden, Julie Partanski, die Bürgermeisterin der Stadt Davis im US-Bundesstaat Kalifornien, die ihren Bürgern abends das Licht ausschalten will, damit die endlich einmal wieder den nächtlichen Himmel und seine diamanten glitzernden Sterne sehen könnten. Glückliches Kalifornien, denn was sähe man bei uns? Wenn man uns das Licht abdrehte? An 366 von 365 Tagen: Nichts. Ein Nichts, aber nicht in Seidenpapier, sondern in schwarzen Wolken.

Doch dann fällt mir die eiserne Glossen-Regel ein: Nie übers Wetter! Nie! Denn das ändert sich. Schreibst du, dass du frierst, fegt am Montag eine Hitzewelle durch die Stadt. Und umgekehrt. Oder ganz anders.

Also nichts über den kalifornischen Nachthimmel. Das wäre haarscharf daneben, wäre an den Haaren herbeigezogen, und Kolleginnen und Kollegen mit Haaren auf den Zähnen fänden schnell ein Haar in der Suppe. Lassen wir diese Glatze also unbelockt, lassen wir Julie Partanski ungeschoren, krümmen wir der Bürgermeisterin von Davis kein Härchen. Diesmal. Und wie schreibt man »Härchen«? Vor und nach der Rechtschreibreform? Aber dies ist eine andere Glatze.

BUCHSTABEN-SUPPE

Olle Joethen

Wenn man auf Lesereise durch deutsche Städte fährt, trifft man auf Goethe, zwangsläufig, und das wäre auch ohne Goethe-Jahr so. Nicht etwa nur in Weimar oder Frankfurt, das wäre langweilig. Aber zum Beispiel in Nördlingen im Hotel Sonne. Das Hotel gibt es seit dem 14. Jahrhundert, und Kaiser Maximilian hat hier geschlafen und dann eben Goethe, ein paar hundert Jahre später. Er war auf dem Weg nach Würzburg, Wein kaufen. Am Morgen, wenn hinter dem Haus die Straßenbaumaschinen dröhnen, steckt man den Kopf unter die Dusche, heiß, kalt, heiß, kalt (»mir ist so kannibalisch wohl als wie 500 Säuen« – der große Meister, konnte sich nicht zwischen »als« und »wie« entscheiden), überkommt einen unter dem Shower ein Schauer: Ob Goethe hier auch geduscht hat, heiß oder kalt? Und Kaiser Maximilian? Egal, aber die Treppe ist wirklich von damals, mit zwei Würzburger Bocksbeuteln (was Goethes tägliches Wein-Pensum war) im Leib möchte man die nicht runterwanken, die steile Stiege, ein Alptraum für jede Unfallversicherung.

Am nächsten Tag in Weiden in der Oberpfalz. Der freundliche Kulturdezernent, der im alten Rathaus in einem wunderbaren mittelalterlichen Haus residiert, führt mich auf den Platz. »Da«, sagt er, »sehen Sie das Haus mit der Vierfensterfront?« Und fährt fort: »Goethe.« »Hat der hier übernachtet?« frage ich. »Fast«, sagt mein oberpfälzischer Cicerone. »Er war hier eine halbe Stunde, in der Poststation. Da musste er warten. Die Pferde wurden gewechselt. Er hat das auch geschrieben.« »Aber«, erläutert mein Gastgeber mir Goethen, »er hat nicht ›Weiden‹ geschrieben, sondern ›Weyda‹. Weil er aus Thüringen kam, und dort heißen die Orte eher ›Weyda‹ oder ›Weida‹ als wie Weiden.«

Olle Joethen, denke ich, Weida und als wie. Also die Rechtschreibreform hätte der nicht bestanden! Und ich übernachtete in Weiden. Während vor dem Hotel die Pferde verwechselt wurden.

Olle Joethen, Teil II

»Das holprige Meisterstück ist nun gedruckt im Taschenbuch für Damen für 1806, und beweist auf drei kleinen Blättern, dass Goethe leider kein Deutsch versteht.« Der so über eines der schönsten Gedichte Goethes herfällt (»So viele Sprachfehler in zehn Stanzen!«), ist der damals hochberühmte, viel gespielte August von Kotzebue, der später einem Attentat zum Opfer fiel – wenn auch nicht wegen seiner Kritik an Goethe, das nun doch nicht, so weit ist man auch damals nicht gegangen, auch wenn unser Olympier, und das ausgerechnet im »Faust«, ein Kritiker-Opfer fluchend sagen lässt: »Schlagt ihn tot, den Hund, er ist ein Rezensent.«

Merk, der vorgab, ein Freund Goethes zu sein, schrieb dem Freund über dessen Autobiografie »Aus meinem Leben«: »Solch einen Quark musst du mir künftig nicht mehr schreiben; das können die andern auch!« Und über »Clavigo« schrieb ein »G-s-r« im »Magazin der teutschen Kritik«: »Der erste Akt war unerträglich trocken und langweilig.« Und: »Fehler über Fehler!«

Christian Grabbe, immerhin ein Konkurrent Goethes, schrieb über den »Faust«: »Alles erbärmlich. Gebt mir jedes Jahr 3000 Taler, und ich will euch in drei Jahren einen Faust schreiben, dass ihr die Pestilenz kriegt.« Und ein gewisser Trenz von Spaun meinte zu Goethes berühmtester Theatergestalt: »Ein Kranker, der in der Fieberhitze phantasiert, schwitzt lange nicht so albern als unser oder vielmehr der Goethesche Faust.« Und weiter: »Der arme Faust spricht ein ganz unverständliches Kauderwelsch, in dem schlechtesten Gereimsel, das je in Quinta von irgendeinem Studenten versifiziert worden ist.« Und noch besser: »Mein Präzeptor hätte mir den

Steiß vollgehauen, wenn ich so schlechte Verse gemacht hätte.« Immerhin, der Gesellschaft »Rettet dem Dativ« dürfte Herr von Spaun inzwischen beitreten.

Das Goethe-Jahr 1999 bringt viel. Eine wunderbare Biografie über Christiane Vulpius zum Beispiel. Und das köstliche Büchlein »Der unbegabte Goethe. Der Dichter in misswollenden Zeugnissen seiner Mitlehrenden«. Das Buch ist, erstmals, 1832 in Basel erschienen. Die Neuauflage im Hanser-Verlag hat den Goethe-Verrissen boshafte Bilder von Hans Traxler beigesellt, die Goethe mit Eselsohren, als dummen Schuljungen oder von Friedrich dem Großen gezüchtigt zeigen.

Denn Friedrich fand Goethe »verabscheuungswürdig«, »abgeschmackt«, seine Theaterstücke gar »abartig«! Dass Heine und Börne Goethe nicht mochten, wussten wir schon (»Goethe hat eine lächerliche Schachtelwut«, schreibt Börne. »Er ist jetzt ein schwacher abgelebter Gott«, schrieb Heine – freilich erst über den alten Goethe).

Aber dass Goethe die Rezensenten totschlagen wollte, versteht man erst nach der Lektüre dieses Bändchens. Und möchte Goethen, olle Goethen zustimmen.

Noch zehn Minuten

Im »Literarischen Quartett«, einer der wenigen wirklichen Live-Sendungen im Fernsehen, läuft die Zeit im Studio und auf dem Bildschirm Eins zu Eins ab; jeder Verhaspler, jeder Stotterer, jede Weitschweifigkeit, jeder Spontaneinfall (im Volksmund auch »Geistesblitz« genannt), jedes »Äh, äh« und »hm, hm« Eins zu Eins: »Kaum war das Wort dem Mund entfahren, wollt er's im Busen gern bewahren.«

Vor uns vieren, auf dem Boden, vor der ersten Zuschauerreihe, steht eine Uhr, eine Digitaluhr, auf der unsere Zeit abläuft. Gnadenlos. Marcel Reich-Ranicki ist der Herr der Zeit, der seinen ganzen Stolz und Ehrgeiz dareinsetzt, die Sendung auf die Minute zu beenden – genau, wenn er mit (unhörbarem) Gongschlag sagt: »Den Vorhang zu und so weiter.« Deshalb fährt er auch bei jedem Buch, wenn dessen Zeit vorbei ist (fünf Bücher in 90 Minuten), seinen Mitdiskutanten mit einem schwertstreichartigen »Freunde, wir müssen zum nächsten Buch!« ins Wort und in die Parade.

Letzten Freitag, live im Münchner Literaturhaus, spielte die Uhr, nach der sich Reich richtet (und wir anderen zwangsläufig auch), verrückt, sie zeigte, in roten Ziffern, auf einmal noch 80.98 Minuten, obwohl wir uns sicher schon eine Stunde lang ins Wort fallen oder ausreden ließen. 80.98, das ist Nonsens, ob die Uhr nun rauf oder runter zählt. Normalerweise zählt sie runter, beginnt also mit 90.00 und endet mit Null.

Einmal, vor Jahren in Wien, bekam unser Vormann einen wütenden Ausbruch, weil die Uhr raufzählte (es waren gegen Ende 80.00 statt 10.00) und ihn das in der Rage des Wortgefechts verwirrte. »Kann man denn in

Österreich keine richtig gehende Uhr bekommen?« fragte er laut und böse und live. Da die Kameras bei der Sendung keine toten Winkel haben, krochen daraufhin Techniker auf dem Boden im Rosensaal von Schloss Schönbrunn – sie sahen aus wie Infanteristen, die aus ihren Schützengräben gekrochen sind, um sich dem Feind wie durch das Minenfeld der Zuschauerreihen der Uhr entgegenzurobben. Sie wollten unsichtbar die vermeintlich falsch gehende Digitaluhr reparieren.

Diesmal, in München, ging die Uhr, wie gesagt, wirklich falsch. Reich sah die verrückt spielende Uhr und fragte laut und wütend, ob er denn wieder mit der Armbanduhr arbeiten müsse, was schon deshalb schwierig war, weil sich der Sendebeginn wegen eines Kosovo-»Brennpunkts« um einige Minuten verspätet hatte. In aller Eile kritzelten und malten die Techniker hinter den Kameras etwas auf ein Pappschild, das sie uns entgegenstreckten. Da stand, dick und klobig, gut sichtbar in unbeholfenen Großbuchstaben »NOCH«. Und darunter klein und kaum lesbar, in dünnen Buchstäbchen gekritzelt: »10 Minuten«. – »Noch, noch!« rief Reich, »was heißt hier noch, noch? Man kann nichts erkennen! Noch was? Noch wie viel?« Der Saal reagierte fröhlich, es war etwas passiert, etwas Unvorhergesehenes: »Such is life, such is live!« Mir fiel die blöde Floskel »noch und nöcher« ein und der Graf-Bobby-Witz. Fragt Bobby seinen Freund Freddy: »Wie spät ist es?« Antwortet der: »In zehn Minuten zwölf.« Darauf Bobby: »Ja, in zehn Minuten! Aber jetzt?« Stattdessen flüsterte ich Reich-Ranicki »zehn Minuten« zu.

Auch vor Jahren, in Salzburg, an einem schwülen Augustabend, unter der offenen Kuppel des ORF-Studios, war Reich-Ranicki gerade dabei, auf ein Buch von Martin Walser niederzufahren. Da, plötzlich ein Donnerschlag (draußen war ein Gewitter ausgebrochen). Reich unterbrach sich kurz, ganz kurz, hob dann den Blick zum Himmel und krähte mit zum Himmel gereckten Armen und der Empörung des Gerechten: »Man wird doch noch was gegen Walser sagen dürfen!« Erst der Donner, dann der Geistesblitz. Live.

Der Preis für den Portugiesen

Letzten Donnerstag auf der Buchmesse. Rowohlt feiert am Abend mit Buchhändlern seinen 90. Geburtstag, ein Verlagshaus erinnert sich seiner großen Traditionen, ein »Weißt du noch?« der Literaturereignisse. Und da trifft es sich gut, mehr als gut, dass an diesem Mittag der Literaturnobelpreis an Jose Saramago vergeben wurde: Man ist glücklich, stolz und feiert auch dieses Ereignis, den vierzehnten Nobelpreisträger des Verlags, zu denen auch die beiden großen französischen Antipoden des Kalten Krieges, Albert Camus und Jean-Paul Sartre, zählen, wobei Sartre aus politischem Protest die Annahme des Preises verweigert hatte.

Und der frühere Verlagschef Matthias Wegner erinnert nobel daran, dass die Lektorin Angela Praesent den Portugiesen für den Rowohlt Verlag entdeckt und »an Land gezogen« habe, seither ist sein Werk für deutsche Leser zugänglich, auch ein unlängst veröffentlichter großer allegorischer Roman »Die Stadt der Blinden«, eine Menschheitsdämmerung.

Und während man feiert und sich erinnert und alte Chansons von Kurt Tucholsky neu gesungen werden, geht die Tür auf, und in den Festsaal tritt – völlig überraschend – Jose Saramago. Saramago ist ein leiser, älterer Herr, wirklich ein Herr, wie es ihn in dieser Form und mit diesen Umgangsformen (alles wirkt distanziert, diskret und herzlich zugleich) vor allem in den lateinischen Kulturen gibt. Eleganz und Bescheidenheit in einem, und das gilt für das Auftreten wie für das Schreiben.

Saramago, der erste Autor portugiesischer Sprache, dem diese höchste literarische Ehrung zuteil wird, erzählt, wie er schon auf dem Weg ins Flugzeug war, schon den

»Finger« zum Einsteigen betreten hatte, zum Abflug aus dem Messe-Trubel nach Lanzarote bereit, als ihn die Nachricht erreichte. Kurz entschlossen sei er umgekehrt, habe sich seine Koffer besorgt und sei mutterseelenallein einen langen Gang auf dem Frankfurter Flughafen zurückgegangen, schwer mit Gepäck beladen, und habe stolz gedacht: Hier gehe ich allein und muss schleppen und bin doch, was keiner mir ansehen würde, ein Nobelpreisträger. Er sei stolz für die portugiesische Sprache und Literatur, und wir sind es mit ihm, und ein bisschen traurig dürften wir nur darüber sein, dass der andere große portugiesische Erzähler, Lobo Antunes, nach der geographischen Arithmetik des Nobel-Komitees nun wohl keine Chance mehr hat, aber wer weiß?

Am nächsten Tag fragen die Journalisten, natürlich, was er, Saramago, nun mit dem vielen Geld anfangen werde, und der 75-Jährige fragt mit leiser Ironie zurück: »Was würden Sie vorschlagen?« Und da ist mir der (inzwischen verstorbene) Axel Eggebrecht eingefallen, der über 80 war, weit über 80, sehr vital, sehr energisch, sehr fleißig und immer tätig. Und er hat einen Preis bekommen, einen gut dotierten Preis. Und als man ihn fragte, was er denn mit dem Geld anstellen wollte, sagte er: »Das kommt auf die Bank. Das lege ich mir für mein Alter zurück.«

Das Lesen lassen*

Nein, nicht über Fußball, ich habe es dem Dienst habenden Redakteur versprochen, dass ich keine Glosse über Fußball schreiben, vielmehr: meine Glosse nicht über Fußball schreiben werde. Stattdessen über Lesungen. Lesungen, das ist, wenn einer ein Buch geschrieben hat, und dann lädt ihn eine Buchhandlung oder eine Volkshochschule oder ein Kulturamt ein, er solle doch kommen, an einem Abend, und möge vor Leuten aus seinem Buch vorlesen. Und anschließend Bücher signieren. Und so.

Da ich gelegentlich ein Buch schreibe (achten Sie bitte auf die Schleichwerbung, die man Product-Placement nennt, inzwischen), werde ich gelegentlich zu Lesungen eingeladen, und dann kommen in der Regel zwischen 80 und 200 Zuhörer, und das ist schön. Einmal habe ich in Eisenach gelesen, am Fuße der Wartburg (die nach der gleichnamigen DDR-Luxuskarosse heißt), und da kamen ganze 7 (in Worten: sieben) Zuhörer, und drei davon (in Zahlen: 3) waren Journalisten von der Lokal-Presse und dem Lokal-Radio, die kommen mussten – ob sie wollten oder nicht. An dem Abend aber war Champions League, und drei deutsche Vereine waren dabei: Na ja, König Fußball, Kaiser Fernsehen. Die drei Kollegen von der Lokalpresse schauten mich während der Lesung an, als hätte ich ihnen in die Suppe gespuckt. Die vier anderen Zuhörer waren freiwillig gekommen. Es waren ausnahmslos Frauen, deren Männer Fußball guckten, wahrscheinlich. Zu Hause.

Letzten Freitag las ich in Minden, am Fuße der Porta Westfalica und des Hermannsdenkmals. Und es waren WM-Gruppenspiele, und Deutschland spielte noch nicht, und deshalb waren es stolze 19 Zuhörer. In Worten: neunzehn.

1974 hatte ich eine Gastdozentur in Middlebury, im schönen Vermont, die ich eine Woche vor dem WM-Endspiel antreten musste. Und das Endspiel wurde nicht im Fernsehen übertragen, weil Fußball damals für US-Amerikaner noch ein Fremdwort war, wie Glyptothek oder Zylindrokephalie. Und Deutschland (damals auch die BeErDe genannt) war im Endspiel. Also mietete ich mir einen Leihwagen und fuhr fünfeinhalb Stunden (in Zahlen: 5,5) über die kanadische Grenze nach Montreal, wo das Spiel übertragen wurde. Fünfeinhalb Stunden hin, fünfeinhalb Stunden zurück. Deutschland (beim Fußball hieß es eigentlich nie BeErDe) hat dann auch 2:1 gewonnen.

Und wenn an diesem Abend Walser, Grass oder Handke in Middlebury gelesen hätten? Tja! Lesen und lesen lassen.

P. S.: Ich wäre zu meiner Lesung in Eisenach auch nicht gekommen.

* Das war während der Fußballweltmeisterschaft in Paris.

Kraniche und Ameisen*

Als mein Großvater noch jung war – und das ist wirklich lange her, denn er hat im Ersten Weltkrieg in Russland (das damals »noch« und nicht »wieder« Russland hieß) ein Bein verloren –, lernte er in der Schule Schiller-Balladen auswendig, was ich als kleiner Junge insofern zu spüren bekam, als er manchmal, wenn er mein schändliches Treiben betrachtete, ausrief: »Sieh da! Sieh da, Timotheus,/ Die Kraniche des Ibykus!« Ich verstand das damals nur als komisch gemeinte Drohung, und auch die Interpunktion habe ich mir erst Jahrzehnte später mit einer historisch-kritischen Schillerausgabe erklären können.

Mein Vater übernahm das Zitat seines Vaters, auch er verfiel von Zeit zu Zeit auf das geflügelte Wort aus der Ballade »Die Kraniche des Ibykus«. Schiller hat sie übrigens 1797 beendet und auf Anregung seines Freundes Goethe geschrieben, der ihm, »Sieh da!«, den Stoff vermittelte.

Später erfuhr ich (und ich bitte den gebildeten Teil meiner Leser, hier wegzulesen), worum es ging: Da wollte der Dichter und Sänger Ibykus zu einem Sängerwettstreit (den er vielleicht sogar gewonnen hätte) nach Korinth, wurde aber unterwegs von zwei Mördern erschlagen. Im Augenblick seines Todes zogen Kraniche über die blutige Tat dahin; der Sänger rief die Vögel sterbend an. Kurz darauf, beim Sängerwettstreit, wird ein schauerlicher Chor der Erinnyen (so schreibt sie Schiller), also der Rachegöttinnen, aufgeführt, und ein Kranichschwarm überfliegt die düstere Szenerie. Und da ruft ein Mann im Theater laut eben jenes geflügelte »Sieh da! Sieh da, Timotheus …« – und wird aufgrund der Kraniche des Mordes an Ibykus überführt. Nicht ohne noch ein geflügeltes

Wort auszustoßen. Nämlich: »Doch dem war kaum das Wort entfahren,/Möcht er's im Busen gern bewahren!«

Tja! Und jetzt zu Pastor Geyer. Nicht sein Vogelname, Gott bewahre!, gemahnt auch an die »Kraniche«. Sondern die Ameisen, die Ameise an seinem Schuh, die »Lasus Fuliginosus«. Waren damals, bei Ibykus, die Kraniche das entscheidende Indiz, so sind es jetzt bei dem verurteilten Pastor die Ameisen, die ebenfalls Zeugen der Tat waren. Und was damals der Chor der Erinnyen war, ist jetzt ein Biologe namens Bernhard Seifert, der das (eher seltene) Ameisentier auf der Bluse der Ermordeten und, »sieh da! sieh da!«, auf dem Stiefel des Täters ausmachte.

Man sieht: Im Grunde hat sich seit der Antike über die deutsche Klassik bis in die gerichtsbiologische Gegenwart nichts geändert, nur dass damals der Mörder sich verplapperte und ihn heute die Gerichtsmikroskope überführen. Und wo sich der Pfarrer verplapperte, da war es weniger der Schiller der Balladen, der ihm Pate stand, als der Chabrol der blutrünstigen Ehetragödien.

Denn der Dialog, der im Braunschweiger Prozess rekonstruiert wurde, hat es in sich, und mancher Romanschreiber oder Filmemacher möchte die Wirklichkeit um ihre grausigen Dialoge beneiden. Da liegt also der Pastor, seine Frau ist verschwunden, mit seiner Geliebten im Pfarrhaus-Ehebett, und sie weiß natürlich noch nicht, dass die Frau tot, ermordet, erschlagen ist. Also schreckt sie in der Nacht zwei Mal hoch, als sie Geräusche hört: Kommt die Vermisste vielleicht wieder?

Einmal fährt sie, durch Straßenlärm geweckt, um 3 Uhr hoch, ihr Freund, der Pfarrer, bleibt ungerührt liegen. Dann wieder zwei Stunden später. Sie wirft sich Kleidungsstücke über und ruft: »Vielleicht ist das Veronika!« Und der Ehemann: »Schön wär's! Das ist die Zeitung!« Die Lerche und nicht die Nachtigall, keine Kraniche. Nur dieses kaltschnäuzige »Schön wär's! Schön wär's!« »Doch dem war kaum das Wort entfahren,/Möcht er's im Busen gern bewahren!«

* Pastor Geyer wurde in einem spektakulären Indizienprozess trotz fehlenden Geständnisses wegen Mordes verurteilt.

Gelegenheitsgedichte

Zum zweihundertsten Geburtstag Heinrich Heines hat Robert Gernhardt zwölf Gedichte geschrieben, die die FAZ in ihrer Wochenendtiefdruckbeilage veröffentlicht hat – genau am Samstag, den 13. Dezember. Im Hamburger Thalia Theater wurden am Abend dieses Samstags die Gedichte, mit denen Gernhardt Heine huldigte, vom Ensemble bei einer abendlichen Feier im ausverkauften Haus verlesen.

Gernhardts Gedichte, die den melancholischen Witz, die unerschrockene Selbstironie und die anachronistische Lust des just an Heines Geburtstag sechzig Jahre alt gewordenen Poeten als Trade-mark tragen, Gernhardts Gedichte sind also – eine Rarität in unserer ohnehin an Lyrik raren Zeit – Gelegenheitsgedichte. Gelegenheitsgedichte, für einen und aus einem Anlass geschrieben, hat es vor allem im Barockzeitalter gegeben, aber auch noch in der verspielten Schäfer- und Rokokolyrik.

Damals war das Gedichteschreiben noch ein Handwerk, man konnte Gedichte zu Anlässen bestellen: zu Fürstenhochzeiten, zu Kindstaufen, zu Jubiläen, nach siegreich geschlagenen Schlachten. Dichter waren – wie Musikanten – dazu da, Aufträge von Hof und Kirche, von reichen Gönnern und ruhmsüchtigen Magistraten lyrisch auszuführen – in England gibt es bis heute das Amt des Hofdichters. Elton John, der so schaurig schön für die tote Lady Di sang, war allerdings keiner.

Im Sturm und Drang und in der Romantik kam das Gelegenheitsgedicht aus der Mode. Der Dichter, nun ein geniales Kerlchen, handelte nach dem Sprichwort: »Wes' das Herz voll ist, dem läuft der Mund über.« Oder, mit Goethe zu sprechen: »Ich singe wie der Vogel singt, der in den Zweigen wohnet.« Gefühle waren von nun an der Auftraggeber des Lyrikers, Herz und Schmerz begannen sich zu reimen. Herz Schmerz, Liebe Triebe.

Im 19. Jahrhundert, als es gipsern und marmorn wurde, gab es dann wieder das Gelegenheits-, das Auftragsgedicht, das mit den gewaltigen, auch schwülstigen Denkmälern korrespondierte. Jetzt also Robert Gernhardt. Als Auftraggeber, als Mäzen fungiert die Kulturredaktion der »Frankfurter Allgemeinen Zeitung«. Es war, soviel ist sicher, auch da er an die Spottdrossel Gernhardt erging, ein ironischer Auftrag.

Da der Jubilar, eben Heine, selbst ein Ironiker von höchsten Gnaden war, ist eine solch schräg gebrochene Huldigung gewiss kein unpassender Einfall. Und ein Gedicht, das »Erkenntnis« heißt, ist eine wahrhaft schöne, Heine gemäße Huldigung. »Wer wann was liest, hat manchen Grund. Ob dich ein Buch in Ruhe lässt, entscheidest du, indem du es nicht öffnest, sondern zulässt. Ich ließ so manches zu. Man kann nicht alles haben wollen. Jedoch: Den späten Heine hätte ich schon früher lesen sollen.«

Trotz des Hiats in der vorletzten Zeile – ein wirklich schönes Gedicht!

Druchkunst

Ein seltsames, ja rührendes Jubiläum feierte die »FAZ« am Wochenende: den 175. Geburtstag des Erfinders Peter Mitterhofer. Der aus Partschins bei Meran stammende Instrumentenbauer habe 1867 die erste »richtige« Schreibmaschine erfunden. Der also war das, der die Druckkunst zum Heimwerk machte, dachte ich, fand den armen Mann aber in keinem Lexikon. Stattdessen Mill, der in England 1714, völlig unbeachtet übrigens, die Schreibmaschine erfand. Oder den Dänen Malling Hansen mit seiner »Schreibkugel«, die nur große Buchstaben schrieb und nur kleine Papiere bedrucken konnte. Weitere Erfinder, die die Lexika nennen, heißen Sholes und Soule, die sie in Amerika, ebenfalls 1867, mit dem Mechaniker Glidden konstruierten. Diese Maschine übernahm die Waffenfabrik Remington 1873. Oder man nennt K.F. Drais von Sauerbronn (1832). Oder G. Blickensderfer, der die Typenwalze 1872 erfand. Übrigens hat der Multi-Erfinder und Erfinder-Stall-Besitzer Edison schon 1872 eine elektrische Schreibmaschine erfunden.

Das Geklapper, das dank PC längst aufgehört hat, hätte also gar nicht erst erklingen müssen.

Der vergessene Mitterhofer hat also etwas erfunden, was »in der Luft lag«. Sein Pech: Man hielt am Wiener Hofe die Handhabung für zu kompliziert. Und außerdem war sein Schreibgerät aus Holz: Als Instrumentenbauer war der Arme also sozusagen Holzbläser, nicht Blechbläser, also seiner Zeit falsch voraus.

Wie auch immer: Mich erinnerte die Erinnerung an den Erfinder an ein langes Leiden, das mich durch mein Berufsleben begleitet hat und sich als unheilbar erwies. Dass ich nämlich, der ich Schreibmaschine nach dem

»System Adler« schreibe (Buchstaben mit scharfem Auge anpeilen und dann mit zwei Krallen hinabstürzen), immer und jedes Mal und immer wieder »druch« schreibe, wenn ich »durch« schreiben will. Jedes Mal! Ich schreibe »durch und durch«, das heißt: ich will es schreiben, und es liest sich »druch« oder sogar »druch und druch«. Oder der »Druchfall«. Ich meine, ein Wort, das man selten braucht, aber trotzdem!

Die Schreibmaschine hat den Druckfehler aus der Zeitung ins private Schreiberleben verpflanzt. Druch! Und dann fällt mir der arme Mörike ein, mit seinen wunderschönen Gedichten, denen er, als er sie zu einem Bändchen zusammenfasste, eine Widmung voranstellte, die lauten sollte: »Lieder sind wir, flattern heiter in die Welt«. Doch in der ersten Ausgabe hieß das Motto, als hätte ich es mit der Schreibmaschine geschrieben: »Leder sind wir«. Ausgerechnet für Gedichte. Mörike seufzte und korrigierte den Druckfehler für die zweite Auflage seines Büchleins. Und so hieß es, »Leider sind wir ...«

Lieder, Leder, Leider! Druch! Ein Hoch der Druchkunst, Verzeihung, Druckkunst und der Schreibmaschine!

Rauschen oder Rasseln?

Am Sonnabend im Schwimmbad, beim Anziehen, Stimmen von Jungen in der Umkleidekabine, durch Schließschrankwände getrennt. »Wenn man zwei Tage das Chlorwasser nicht abwäscht, riecht man nach Scheiße.« Ein Zweiter, zweifelnd: »Wirklich? Glaub' ich nicht!« Der Erste: »Doch! Ehrenwort!« Da fiel mir vom Freitag das »Quartett« ein, wo ich das Vergnügen und die Ehre hatte, mit Sigrid Löffler über die Qualität von Handkes Sprache in seinem neuen Roman zu streiten. »Großartig. Schön!« »Und unanschaulich. Ledern. Bürokratisch!« Da wir nicht zitieren konnten, gaben wir uns dauernd das große Ehrenwort: »Ich könnte es Ihnen beweisen!«

Könnten wir? Ich trage nach, wie Handke die Wirrnisse des Wetters in der »Steppe« um Santa Fe schildert:

»Immer noch war es Sommer, und trotzdem konnte man auch daran dann irrewerden. Das kam weniger von den zahlreichen elektronischen Temperaturmessern in der Stadt, die jeder andere Grade anzeigten, oft mit Unterschieden eben fast wie zwischen Sommer und schon Winter. Auch jenes Blätterfallen, manchmal schon Anfang Juli, war ja nichts ganz Ungewohntes.«

»Nun ging es hier seltsam vor und zurück mit den Jahreszeiten, diesen Augenblick weit vor und in den folgenden ebenso weit zurück. An einem der Tage dort etwa schwamm der Erzähler in jenem der beiden Flüsse, der mehr Wasser führte, beim Rauschen oder Rasseln der Pappeln beidseits von den Ufern, mit jenem der Grillen Geräusch des Sommers wenn nur je eines, und unversehens – er schwamm flussauf – kam ihm dann ein nicht mehr endender Schwall von abgefallenen gelben, roten, schwärzlichen Blättern entgegen, eine unaufhörliche

Schleppe, in Girlandenform auf und unter dem Wasser treibend, was den Eindruck der Herbstlichkeit noch vertiefte – während im nächsten Moment sich ein Kuckuck hören ließ, als sei es höchstens erst der späte Frühling.«

… An einem der Tage dort etwa … beim Rauschen oder Rasseln der Pappeln beidseits … mit jenem der Grillen Geräusch wenn nur je eines … Eindruck der Herbstlichkeit … jenes Blätterfallen … war ja nichts ganz Ungewohntes … jeder andere Grade anzeigten … Und so den Eindruck großer Sprachlichkeit vertiefend oder höchstens erst, oft mit Unterschieden, das Kanzleideutsch des Unvermögens, galoppierende Substantivitis, darstellend, nichts ganz Ungewohntes? Aber vielleicht riecht man wirklich, wenn man sich zwei Tage nicht wäscht, eventuell nicht mehr nur nach Chlorwasser.

Fragen wird man doch dürfen, um danach zu sagen: »… sehen wir betroffen, den Vorhang zu und alle Fragen offen!«

Jurek Becker

Der Jurek Becker, den ich kannte, eher kurz, von zwei, drei Literaturdiskussionen, von zwei, drei Abenden, die lang und auch lustig waren, der Jurek Becker war ein eindringlich leiser Mann, mit Lachfalten im melancholischen Gesicht, die Schwermut in einem dunklen, grau gepolsterten Bart ruhend. Er neigte, ehe ihn der schreckliche Krebs überfiel, zu körperlicher Schwere, die mit einem leichten, aber auch östlich bedächtigen Witz einherging. Einem dieser Abende verdanke ich einen der schönsten jüdischen Witze, denn Becker erzählte von dem gläubig frommen orthodoxen Vater, dem das Unglück widerfährt, dass sein Sohn zum Christentum konvertiert. Er hadert mit seinem Schicksal, mit seinem Gott, den er anruft, worauf ihm DIESER sagt: »Sei ruhig! Mir ist das mit meinem Sohn auch passiert!« Der Vater starrt fassungslos in Richtung von Gottes Stimme: »Und?? Was hast du gemacht??« Antwortet Gott: »Was werd' ich gemacht haben? Ein Neues Testament!«

Die Begegnungen mit Becker wurden naturgemäß spärlicher, nachdem wir seinen letzten Roman »Amanda« im »Quartett« gezaust hatten – ein Buch, das Becker auch als Mann zeigte, der die Frauen liebte, seine Frau liebte. Jahre vorher war er einmal als Kritiker Gast im »Quartett« und bekannte, vor laufender Live-Kamera sehr zum Ärger von Marcel R.-R., er habe einen dicken, dummen Roman gar nicht erst weitergelesen, das Leben sei zu kurz dazu – ein Satz, der sich für ihn als grausig wahr erweisen sollte.

Dass er uns fehlen und abgehen wird, ist ebenso schrecklich wahr. Natürlich auch wegen seiner Romane, »Jakob, der Lügner« zum Beispiel. Aber mir vor allem, weil er ein in Deutschland seltenes, ja nahezu einmalig unmögliches Kunststück fertig gebracht hat: die glückliche Versöhnung von U und E, von Unterhaltung und hoher Literatur. Wenn ich »Liebling Kreuzberg« sage und an den Wackelpudding schlürfenden modernen Winkeladvokaten Manfred Krug denke, der ähnlich verschmitzt und skeptisch menschenfreundlich wie sein Autor war, weiß man, was ich meine. So eine glückliche Symbiose gibt es sonst nur in anderen, in angelsächsischen Ländern.

Nach Noten

Stellen Sie sich vor, hoch geschätzte Leserin und verehrter Leser, stellen Sie sich einmal vor, ich würde Ihnen hier, an dieser Stelle, ein Geständnis machen. Ein Geständnis, weil ich ein schreckliches Geheimnis nicht mehr länger mit mir herumtragen könnte. Ein Geheimnis, das mir mein Freund, mein Gönner und mein Vorbild in einem Anflug von Schwäche und Zerknirschung anvertraut habe: Er, der große M. R. R., den Vertraute Marcel und Ignoranten Ranikki nennen, er könne weder schreiben noch lesen, er habe das nie wollen und müssen.

»Aber«, stammelte ich ihn verwirrt und erstaunt an, »Sie sagen doch so entschieden kluge Dinge über Bücher, selbst über solche, die mehr als 400 Seiten haben!« »Die liest mir«, erwiderte er mit feinem Lächeln, »meine Frau vor. Dazu hat man schließlich eine Frau.« Nach einer Weile fügte er hinzu: »Unter anderem.«

»Aber«, stotterte ich abermals, »Sie schreiben doch so funkelnde, gestochene Artikel?« »Mein Lieberrr«, erwiderte er (und ich malte mir erschauernd aus, dass er nie das Sprachbild seines herrlich rollenden R würde vor Augen haben können), »mein Lieberrr, haben Sie schon einmal davon gehört, dass es Sekretärinnen gibt, denen man etwas diktiert?« »Aus dem Gedächtnis?« fragte ich bewundernd. »Aus dem Gedächtnis«, bestätigte er, »Sie wissen doch, dass Analphabeten ein fabelhaftes Gedächtnis haben. Haben müssen!« Ich war erbsenklein vor Bewunderung.

Halten Sie die Geschichte für wahr? Nein? Ich auch nicht. Doch gerade hat Luciano Pavarotti (Sie wissen, die drei Tenöre!) der Mailänder Zeitung »Corriere della Sera« gestanden: »Ich kann keine Noten lesen.« Um fortzufahren: »Musik muss man im Kopf haben und sie mit dem Körper singen.« Nun ja, mögen Sie, liebe Nicht-Analphabetinnen und verehrte Alphabeten, sagen: ein Tenor! Und sämtliche Ihrer Vorurteile gegen sämtliche Siegfriede, Taminos und Tristans und Don Carlose wachrufen. Sagt man nicht »Dumm wie ein Tenor«? Nein, man sagt es nicht. Sagt es nicht mehr!

Doch, Moment mal, ich krame in meinem Gedächtnis (das manchmal so gut ist, als wäre ich ein Analphabet), und mir fällt ein, dass einer meiner Lieblingspianisten, Erroll Garner, auch keine einzige Note lesen konnte! Und Paul McCartney, der Beatle, geadelt für seine musikalischen Verdienste und, neben Mozart, der erfolgreichste Komponist der Erde, auch er kann keine Noten lesen, geschweige schreiben. Und plötzlich kommt mir der Gedanke, M.R.R. könnte ein Analphabet sein, gar nicht mehr so verwegen blödsinnig vor. Und in mir keimt der Wunsch, ach könnte ich doch so wenig (Noten) lesen wie Paul, wie Luciano, wie Erroll! Das wäre ein Lesen, Verzeihung, ein Leben!

DER STIEFEL WAR VERGIFTET

Star mit Glatze

Vorsprechen heißt das beim Theater, und dazu sitzt der Intendant mit seinen Dramaturgen und Regisseuren allein im Parkett, meist am Vormittag, auf die leere Bühne ist ein Scheinwerfer gerichtet, und eine nervöse junge Schauspielerin haucht (»mein Ruh' ist hin ...«) das Gretchen, ein aufgeregter junger Mann schmettert den Marquis Posa oder brüllt den Kowalski. Dann heben oder senken sich die Daumen, die Theaterleute im Parkett stecken die Köpfe zusammen: »Sie hören von uns!« Das ist dann meist das Letzte, was das junge Talent noch zu hören bekommt. Der Nächste bitte!

Beim Film heißt das Probeaufnahme und verläuft so ähnlich, nur eben vor laufender Kamera, denn bekanntlich macht man auf dem Film einen ganz anderen Eindruck als im richtigen Schauspielerleben. Das weiß inzwischen jeder Home-Videot, der mit seinen Urlaubsbildern seine nähere Umgebung tyrannisiert, die heimlich denkt: »Im Film watschelt er ja noch schlimmer als in Wirklichkeit.«

Fallen die Aufnahmen beim Screen-Test negativ aus, ist es mit der Karriere vorbei, noch ehe sie angefangen hat. In einer amerikanischen Zeitung im Flugzeug (»Fliegen bildet«) las ich jetzt wieder das Urteil über einen jungen Schauspieler, der, Anfang 30, nach einer Bühnenkarriere, den Sprung ins Filmgeschäft wagen wollte. »Can't act! Slightly bald. Can dance a little!« Vernichtend: Kann nicht spielen! Hat eine leichte Glatze! Kann ein bisschen tanzen! Fuhr der junge Mann wieder heim nach Omaha, wo er herstammte, und verkaufte dort künftig saure Drops oder Autoreifen?

Keineswegs. Er machte eine Karriere als größter Tanzstar der Filmgeschichte – zumindest bis ihn Gene Kelly

1946 ablöste. Der Mann hieß Fred Astaire, und in den fünfziger Jahren gab es über ihn einen deutschen Schlager, der sich so reimte: »Ja, wenn ich ein Tänzer wär/und könnt' tanzen wie Astaire!« Nun ist es nicht so, dass man über das vernichtende Urteil, das dem angehenden Star widerfuhr, nur höhnisch lachen möchte, aus nachträglicher Besserwisserei. Nein, wenn man sich Astaire vor Augen holt, denkt man: Na ja! Das stimmt schon auch wieder neben all der Verzauberung. Er hat auf seinem großen schmalen Kopf wirklich verhältnismäßig dünne Haare. Und wenn er seine Partnerinnen mit breitem Lächeln angeht und das für Liebe ausgibt: Mein Gott, so toll gespielt ist das auch nicht. Und tanzen? Tja, im Vergleich zu Nurejew...

Das mag eine trostreiche Geschichte für alle jungen Männer (und Frauen) sein, die nicht spielen und nur ein bisschen tanzen können und noch dazu auf dem Kopf schütter behaart sind. Ein Star und der weltberühmteste Swing-Tänzer wird man durch das »Trotzdem«! Talent ist auch der Sieg über die eigene mangelnde Begabung.

Gedanken-Strich

Arthur Schnitzlers »Reigen«, ein Stück voller Wiener Fin-de-siècle-Melancholie, handelt von einem Stafetten-Lauf der Liebe, in ihrer vergänglichsten Form. Das Episoden-Drama beginnt unter den Brücken, mit der Dirne und dem Soldaten, in der zweiten Episode treffen sich der Soldat und das Stubenmädchen im Prater, dann das Stubenmädchen und der junge Herr, der junge Herr und die junge (verheiratete) Frau, die dann mit ihrem Mann schläft, der wiederum mit dem »süßen Mädel« zusammen ist, die ihrerseits den »Dichter« beflügelt, der es mit der Schauspielerin hat, die anschließend mit dem Grafen intim ist, der wiederum zur Dirne, siehe Anfang, geht. Eben ein Reigen.

Mit psychologischer Raffinesse zeigt Schnitzler (der nächststehende Zeitgenosse Freuds und Karl Kraus') das Davor und das Danach, das Feuer der Annäherung und die Erkaltung (»Animal triste«) nach der Erfüllung. Das Dazwischen, das Eigentliche, zeigt er nicht. Im Buch begnügt er sich mit Gedankenstrichen. Auf der Bühne fällt, dann, der Vorhang. Bei den (Ur-)Aufführungen in Wien und Berlin 1920/21 kam es dennoch (oder gerade deshalb) zu Skandalen, den Berliner Direktoren des Kleinen Schauspielhauses wurde der Prozess gemacht, der zwar mit einem Freispruch endete, den Dichter aber dazu bewog, das Stück für alle künftigen Aufführungen sperren zu lassen, wegen der Missverständnisse, denen er sich ausgesetzt sah und die in der Schlammschlacht des Berliner Prozesses sichtbar geworden waren.

Diese Selbstzensur (vergleichbar der von Brecht an der »Maßnahme«, wenn auch aus total anderen Gründen) erlosch mit Urheberrecht, sechzig Jahre nach Schnitzlers Tod, also 1981. Von da an konnte der »Reigen« gespielt werden. Vorher, bis zu diesem Zeitpunkt, gab es nur zwei französische Filme, da Schnitzler die französischen Rechte uneingeschränkt seiner Übersetzerin eingeräumt hatte. Diesem Umstand verdanken wir Max Ophüls' Meisterwerk »Der Reigen«, mit Adolf Wohlbrück, einen Film von berückendem Licht, impressionistisch flirrend, der die Wehmut, Schönheit und poetische Verlogenheit der Fin-de-siècle-Doppelmoral festhält.

Warum ich daran erinnere? Weil jetzt das einst als frivol verschriene Stück in einer Benefizvorstellung (Eintritt: 100 Mark, Zweck: postgraduelle Ausbildung von Kinderärzten in Osteuropa, also ein sehr Schnitzlerscher Zweck; Schnitzler war ja bekanntlich Arzt) aufgeführt wurde. Zum Beispiel im Hamburger Curiohaus. Und nicht von irgendjemand, sondern von der Crème de la Crème, dem österreichischen Hochadel. Die Besetzungsliste liest sich, wie sich die feinsten Seiten im Gotha lesen: Baron Alexander Waechter führte Regie, Gräfin Camilla Habsburg-Lothringen war für die Maske verantwortlich, als Souffleuse flüsterte Gräfin Mariella Coreth. Organisiert hatte das Ganze Altgräfin Barbara Salm-Reifferscheidt. Den Dichter spielte Prinz Gobert Auersperg. Die Schauspielerin (übrigens hat Schnitzler seine Affäre mit Adele Sandrock darin nachempfunden) gab Gräfin Gustava Hohenthal, den Grafen stellte Altgraf Franz Salm-Reifferscheidt dar, den »Herrn im Frack« (die Wohlbrück-Rolle im Ophüls-Film) Fürst Eduard Auersperg.

Darf man in diesem Zusammenhang, halten zu Gnaden, usw. usf. sagen? Man darf vor allem, das ist zwar von Hofmannsthal und aus dem »Rosenkavalier«, seufzen: »Ja, die Zeit!« Das ehemalige Skandalstück, als schmuddlig verschrien, jetzt als wohltätige Vorlage für die erlauchte Laienspiel-Schar? Hochwohlgeborenes ging auf den Gedanken-Strich. Die Zeiten ändern sich! Ändern sich die Zeiten?

August Everding

Im Spätherbst traf ich August Everding zum vorletzten Mal, wir beide diskutierten im Brecht-Jahr in Augsburg in einer öffentlichen, vom Bayerischen Fernsehen ausgestrahlten Veranstaltung über Brecht, und, Everding, der Brecht noch bei Proben an den Münchner Kammerspielen erlebt hatte, erzählte die vergnüglichsten und nachdenklichsten Geschichten über den Stücke-Schreiber, vor allem dass Brecht weniger Brechtianer war als seine Adepten, Jünger und beflissenen Nacheiferer seiner Theorie.

Everding saß schon da, in einem Vorbereitungsgespräch im Kulturhaus, als ich ankam. Von seiner schweren, tödlichen Krankheit wusste ich noch nichts, ich sah nur zwei Krücken, an seinen Stuhl gelehnt. Everding, der liebenswürdigste Mensch, den ich kannte, immer in der Stimmung, dem anderen, dem Gegenüber, Vergnügen zu bereiten, war auch an diesem Sonntagvormittag liebenswürdigster Laune. Auf die Krücken angesprochen erklärte er, es gehe ihm, abgesehen von einem dummen Bandscheibenvorfall, gut. Ein Regisseur auf Krücken, er lachte leicht, sei allerdings in seinen Entfaltungsmöglichkeiten eingeengt, er könne seinen Sängern auf der Bühne nichts vorturnen. Alles, was er sagte, war von einer großen Freundlichkeit und hatte etwas schwebend Leichtes.

Als wir ins Auditorium gingen, sagte er mit einem Verzeihen heischenden Lächeln, bei ihm ginge es, leider, leider, nicht so schnell. Sein Gesicht wirkte entspannt, gelöst. Nur einmal erschrak ich, als ich ihn, von der Seite, in einem Augenblick sah, wo er sich offensichtlich unbeobachtet wähnte: Man sah einen Moment, wie er einen offenbar heftigen Schmerz niederkämpfte.

Während der Diskussion war er Feuer und Flamme für unseren Gegenstand, eben der August Everding, der gleichzeitig ein Causeur war und mit jedem Satz seine Liebe und Begeisterung für das Theater offenbarte – eine ansteckende Liebe.

Schließlich, nach der Diskussion, wir verabschiedeten uns nach einem Mittagessen, lud er mich ein, ihn doch möglichst bald im Prinzregententheater zu besuchen. »Es ist jetzt fertig. Und es ist wunderschön geworden! Ich möchte es Ihnen unbedingt zeigen!«

Daraus ist dann nichts mehr geworden. Aber als ich vom Tode dieses großen, ansteckend temperamentvollen Theatermannes hörte, der ein Genie im Mutmachen und Begeisterungstiften war, fiel mir seine Tapferkeit ein, mit der er andere mit seinem großen Leiden zu schonen und zu verschonen suchte.

Kein Skandal mehr!

Im Zuschauerraum saß die Crème der Hamburger Gesellschaft, das, was in Klatsch-, Gala- und Society-Zeitschriften ein »handverlesenes« Publikum genannt wird: Rechtsanwältinnen, Notare, Kaufleute, Ärzte, Galeristen, Künstler, Stars, Politiker.

Auf der Bühne sozusagen das Beste, was Deutschlands Schauspielkunst zu bieten hat, vor allem Susanne Lothar, sicher die radikalste und mitreißendste Schauspielerin ihrer Generation, seit sie Zadeks »Lulu« war.

Schauplatz sind die Hamburger Kammerspiele. Auf der Bühne passiert Folgendes (in nicht alphabetischer Reihenfolge): Einem schwulen Lover, der seinem Freund ewige Liebe verspricht, wird von einem Arzt (eine Kreuzung aus Caligari, Mengele und Dr. Eisenbart, gespielt von Ulrich Mühe) erst die Zunge herausgeschnitten, sie liegt als blutiger Fleischfetzen herum, dann beide Hände abgetrennt (auch hier spritzt Blut, Theaterblut), dann beide Beine, schließlich der Penis. Dieser wird im Laufe des Abends einer Frau, die ihr Bruder werden möchte, anoperiert. Jetzt hängt er an der Nackten, der man offenbar auch die Brüste, ein blutiges Unterhemd deutet darauf hin, amputiert hat. Die Schauspieler ziehen sich dauernd aus und an, stehen nackt, ärmlich und blass herum, werden sadistisch geschunden, körperlich und seelisch missbraucht, bluten, lallen, leiden – und fallen immer wieder kopulierend übereinander her, nur die schlaff baumelnden Glieder der Männer verraten, dass es sich auch hier nur um Theater handelt – wir sind nicht in St. Pauli, wir sind in den Hamburger Kammerspielen.

Es handelt sich um »Gesäubert«, das Stück der 27-jährigen Engländerin Sarah Kane. Wie es im Kopf der schief lächelnden, knabenhaft zarten Autorin aussieht, möchte man nicht wissen, dafür wird es einem gezeigt, auf offener Bühne, von einem gewieft schonungslosen Exekutor wie Peter Zadek. Man fühlt sich dumpf gepeinigt, verschreckt, gequält. Das soll man ja wohl auch.

Trotzdem: zu einem Skandal kommt es nicht. Es gibt keine Theaterskandale mehr, was auch auf der Bühne passiert: ob masturbiert wird, inzwischen ein Alltagsgeschäft der szenischen Seelenentblößer, ob jemand auf offener Bühne geblendet wird wie bei Bond, ein Freier den Kot seiner Hure in ihre abgeschnittenen Haare schmiert wie bei Kroetz – die Hamburger Gesellschaft, die Hamburger Theatergesellschaft ist nicht mehr aus der liberalen Ruhe zu bringen: Man zeigt sich, im dunklen Zwirn und glitzernden Abendkleid, beeindruckt, kommentiert fachmännisch und zurückhaltend die angedeuteten Kopulationen und Verstümmlungen und fühlt sich um eine düstere Deutung der Welt bereichert. Es ist zum Verzweifeln, aber ein Skandal, nö, das ist es nicht. Skandale, Theaterskandale gibt es nicht mehr. Nicht in Hamburg. Nö! Hier nicht.

G.S. und B.B.

1961 inszenierte Giorgio Strehler am Mailänder Teatro Piccolo Brechts »Schweyk«. Das Stück, gewiss nicht Brechts bestes und stärkstes, schickt den braven Soldaten, der die Militärmaschinerie durch übergroßen Gehorsam sabotiert, in den Zweiten Weltkrieg, nach Stalingrad. In Strehlers Inszenierung wurde es zu einem fahlen, imposanten Antikriegs-Bilderbogen.

Es war ein besonders eisiger Januar, als Siegfried Melchinger, damals Feuilletonchef der »Stuttgarter Zeitung«, mit uns, das heißt mit Helmut M. Braem (dem Faulkner-Übersetzer, unserem »Chauffeur«), Rolf Michaelis und mir nach Mailand zu den Schwejk-Proben fuhr. Das Mailänder Hotelzimmer, gegen die heftige Kälte nicht gerüstet, hatte einen eisigen Steinfußboden, durch die Straßen wehte ein schneeiger Wind.

Strehler probte vom frühen Abend bis spät in die Nacht, manchmal wurde es zwei Uhr morgens. Er hatte damals schon graue Locken, sprudelte vor Theaterleidenschaft, wenn er auf die Bühne sprang, um seinen Schauspielern etwas vorzuspielen, er sah aus wie eine Idealbesetzung des Latin Lover und arbeitete wie ein Berserker, immer leidenschaftlich, nie grob und laut. Er befeuerte seine Schauspieler zu den nächtlichen Mammutproben, ihm bei der Arbeit zuzusehen, war selbst ein Schauspiel. Man erlebte, wie italienisches Theaterfeuer, ja unbekümmerte Opernseligkeit in den kargen, strengen, auf Verfremdung bedachten Text fuhr, ihn belebte.

In Deutschland grübelten damals die strengen und bibeltreuen Brecht-Schüler auf der Bühne über den V-Effekt nach, und in Westdeutschland (der Kalte Krieg war nicht nur im Januar kalt) schwankten die Theater zwischen Brecht-Boykott und der missmutigen Überlegung, wie man Brecht von seinem Kommunismus lösen könnte – auf der Bühne. Melchinger predigte und entdeckte den großen Theatermann Brecht, und das mit Strehlers Hilfe.

Ich erinnere mich an die grandios schmissigen, um alle deutsche Theatertheorie unbekümmerten Bilder der Mailänder Proben, der Mailänder Aufführung. Der großartige Damio Damiani hatte sie mit den unendlich bescheidenen technischen Mitteln der Bühne des alten Teatro Piccolo gezaubert. Ein weißer Vorhang war die Schneewüste von Stalingrad, Schnee wirbelte im Scheinwerferlicht. Der Vorhang zerriss, ein Panzer richtete sein Geschütz frontal in den Zuschauerraum, auf den Prager Soldaten, schneegraue Landser in Wintertarnung. Und dann erklang das »Lied von der Moldau«, eines der großartigsten Gedichte Brechts, von Hanns Eisler, der mit in den Proben saß, kongenial mit Dvorak-Zitaten vertont. Es war große Oper und das im strengsten, schönsten Sinn: »Am Grunde der Moldau / Da wandern die Steine / Es liegen zwei Kaiser begraben in Prag / Das Große bleibt groß nicht / Und klein nicht das Kleine / Die Nacht hat zwölf Stunden / Dann kommt schon der Tag!«

Ich glaube, wir verstanden auf einmal – in dieser wunderbaren italienischen Version –, welch trotzige Hoffnung und Kraft Brecht im Exil mitten im Krieg beflügelt hatte.

Ins Knie

Als Willy Brandt in Warschau auf die Knie fiel, um als deutscher Bundeskanzler aller Welt Scham und Reue darüber zu zeigen, was im Namen Deutschlands und von Deutschen Polen im Zweiten Weltkrieg angetan und an Leid zugefügt worden war, so war das eine große symbolische Geste der Versöhnung – und es war ein mutiger Akt. Dass diese Geste historische Folgen hatte, Folgen weltpolitischer Art, steht außer Zweifel.

Nun gibt es auch noch eine künstlerische Folge, die Oper »Kniefall in Warschau«, deren Musik Gerhard Rosenfeld komponiert hat. Und schon, indem man diesen Sachverhalt konstatiert, merkt man, wie aller Ernst, wie alle Würde, wie alle Pietät in die Knie gehen, dem Vorgang entweichen und ihn der Peinlichkeit und unfreiwilligen Komik ausliefern, zwangsläufig. Formal war Brandts große Geste ja nichts anderes als eine spontane Abweichung vom Protokoll. Und mit einer Abweichung von einem Staatsbesuchsprotokoll, nicht wahr, kann die Oper als Gattung eigentlich nichts anfangen – es sei denn, sie setzt einen Kniefall in Warschau einem Apfelschuss des Tell gleich und verfälscht ihn opernhaft.

Willy Brandt singt in die Knie, statt in die Knie zu sinken, und schmerzlich wird man sich bewusst, dass, wie »Die Zeit« zur Dortmunder Uraufführung konstatierte, Demokratie sich nicht zur Oper eignet. Kann man eine Abstimmung im Bundestag, einen Hammelsprung singen und orchestral untermalen? Und wie schmettert Barzel beim Misstrauensvotum? Und wann endlich kommt die Oper, bei der Kohl und Gorbatschow in Wolljacken auf der Krim an der deutschen Wiedervereinigung basteln?

Nun ist ein Kniefall in der Oper kein Beinbruch, aber die Vorstellung, dass der Vorsitzende des Ministerrats der DDR, Willy Stoph, auf einmal ein Opernheld ist, lässt Mitleid aufflammen: Hat das dieser mausgraue Mann verdient, musste man dieser Charge das antun? Ebenso steht es mit dem verdienstvollen Egon Bahr – also Wotan oder Don Giovanni stelle ich mir anders vor. Dass Scheel in eine Oper gerät, geschieht ihm recht, da er doch mit seinem »Hoch auf dem gelben Wagen«-Gesang einen gewissen Anspruch auf diese musikalische Gattung angemeldet hat.

Die Oper – und diese Rolle hat ihr das Kino weitgehend abgenommen – braucht große Leidenschaften, Mord und Totschlag, Schurken im Bariton, strahlende Helden als Tenöre. Kann man sich Willy Brandts Scheidung von Rut oder seine Heirat mit Brigitte gesungen vorstellen? Lieber nicht. Und Kennedy schmettert »Ich bin ein Berliner«? Oder die Registerarie? Werden wir eines Tages mit einer Oper rechnen dürfen, auf der Schröder und Lafontaine sich in Hannover um die Macht und an die Macht singen? »Knieschuss in Hannover«? Und Doris K. als Königin der Macht?

Mamma mia!*

Wenn der Nobelpreis für Literatur verliehen wird, Jahr für Jahr im milden Oktober, dann suchen einen Erinnerungen heim, Jahr für Jahr, und die Erinnerungen bestehen zum Gutteil daraus, dass man sich nicht mehr erinnern kann, wer ihn denn bekommen hat, im letzten Jahr. War das die polnische Lyrikerin? Und war sie in Wahrheit gar nicht aus Polen, sondern aus Tschechien? Und vielleicht gar keine Lyrikerin? Sondern ein Romancier? Und war der in Wirklichkeit aus Zaire? Simbabwe? Oder aus einem anderen afrikanischen Land, das inzwischen dreimal seinen Namen gewechselt hat? Oder gar von den Philippinen oder ein Dramatiker aus Neuseeland? Egal! Es war jedenfalls entweder eine Lyrikerin oder ein Erzähler. Oder was Ähnliches. Entweder aus Polen oder sonst wo her. Aber vielleicht war es doch der Ire? Protestant, im Unterschied zu seinen katholischen Landsleuten? Der mit dem unaussprechlichen Namen? Mit den vielen Ws. Oder den Ypsilons. Aber Protestant. Günter Grass war es jedenfalls nicht. Wieder nicht. Das hätte man sich gemerkt, auf jeden Fall!

Tja, die Erinnerung, das ist ein seltsam Ding. Nobel geht die Welt zugrunde!

Doch an die 70er Jahre und wie das damals war mit dem Theater, daran kann ich mich noch ganz genau erinnern. Ziemlich genau. In Deutschland jedenfalls, das damals noch BeErDe hieß. Da hatten es die (damals noch) hochsubventionierten Theater satt, dass ihre hoch empfindlichen Schauspieler und hochnervösen Schauspielerinnen das Seelenfiligran einer blass die Hände ringenden Irina (»Nach Moskau!« »Nach Moskau!«) oder die von philosophischem Ekel geschüttelten Selbstzweifel eines

Hamlet oder auch den neurotischen Mutterhass eines Gespenster-Oswald spielten. Nein, es drängte sie zur Straße, in die Gosse, zum grob geschnitzten Proletariat. Literatur war »bäh!«, sie wollten keinen »Kaviar fürs Volk«.

Sie wollten Polenta für die Bambini und Spaghetti alla Bolognese für die Mamma mia. Straßentheater, das wollten sie. Südliche Sonne unter nördlicher Subventionskälte, Kinder, Küche, Kirche! Und so stellten sich Schauspieler, die noch kurz zuvor auf griechischen Exkursionen den Begriff der Katharsis bei Aischylos in Epidauros studiert hatten und die Einfühlung (»Wie fühlt sich ein Eiswürfel bei plus 14 Grad Celsius?«) bei Stanislawski und dem New Yorker Actors' Studio und die Verfremdung bei Brook – so gebärdeten sich hochgebildete Schauspieler wie wildgewordene Laien, Hausfrauen und Postbeamte. Auf einmal. Sie chargierten, dass die Schwarte krachte, lachten – »Mamma mia!« –, während sie die Arme in die Hüften stemmten, kurz: Sie spielten so, wie das heute nur noch in amerikanischen, englischen, italienischen, französischen und deutschen TV-Seifenopern geschieht, wenn auch da allerdings mit Werbeblöcken dazwischen und ohne ein klar erkennbares politisches Ziel.

»Das Volk«, hatte Brecht wunderbar klarsichtig gesagt, »das Volk ist alles andere als tümlich.« Damals aber, Mamma mia!, war das Volk volkstümlich tümlich, aber wie! Und die jungen Anwälte, die grünen Studienrätinnen, die schlugen sich in diesem Theater auf die Schenkel und fühlten sich wie kalabresische Landarbeiter, aber echt! Klassenkampf als Volkstheater.

Jetzt hat Dario Fo, der das alles angerichtet hat oder mit dem das alles angerichtet wurde, den Nobelpreis erhalten, und das hat nicht mal Günter Grass verdient. Fo hat das so kommentiert: »Kaum bekommt ein Komiker den Nobelpreis, schon stürzt bei uns die Regierung!« Das Leben ein Stück von Fo. Und Fo keine polnische Lyrikerin. Und Fo, welch ein Glück, überhaupt kein Schriftsteller! Und das werden wir uns merken.

* Das war 1997, als Dario Fo, zwei Jahre vor Grass, den Nobelpreis für Literatur erhielt.

Pakt mit dem Teufel

Über Harald Juhnke (»Nein, nicht schon wieder!« – »Doch, doch, es muss sein!«) erscheint in wenigen Tagen eine Biografie. Der Kollege Rüdiger Schaper, von Beruf Theaterkritiker, hat sie geschrieben. Sie beschreibt den »Entertainer der Nation« zwischen »Glamour und Gosse«.

Natürlich ist da nichts von dem Voyeurismus, mit dem die Öffentlichkeit den Niedergang Juhnkes mit schadenfrohem Grinsen und vorgeschützter moralischer Entrüstung betrachtet: Juhnke, das Objekt einer hemmungslosen Begierde, die einem Schwerkranken immer wieder die Bettdecke wegreißt, um genüsslich in eine schwärende Wunde zu starren.

Nein, Schaper weiß von einem anderen Juhnke zu erzählen, der ein großer Schauspieler ist und ein blendender Entertainer sein kann. Aber spannender ist etwas anderes, nämlich, wie lange Juhnkes Krankheit schon währt. Am 22. Mai 1959 verurteilte ihn das Landgericht Moabit wegen »Verkehrsgefährdung, Trunkenheit am Steuer, Körperverletzung, Beleidigung und Widerstand gegen die Staatsgewalt« zu einer Gefängnisstrafe. Es war der erste notorische Filmriss des Schauspielers, und hält man sich vor Augen, dass das fast vierzig Jahre her ist, dann kann man sich auch mit nur wenig Phantasie vorstellen, wie lange Juhnke mit seiner Karriere gegen die Sucht angekämpft hat – man kann sich die Kämpfe ausmalen, die Niederlagen, das Aufrappeln, das Aufbäumen, das Fallen. Kein Weg, der zu beneiden, zu belachen, zu verachten wäre.

Aber Juhnke hat doch …, höre ich die Einwände, mit seinem Suff die Öffentlichkeit heimgesucht, hat die Reporter zu seinen aggressiven Ausfällen geladen. Aber vielleicht gehört das, wie Husten zur Tbc, zu den Symptomen der Krankheit. Seinem Kollegen Harry Meyen, so ist zu lesen, der ein Boulevard-Schauspieler war und als Ehemann Romy Schneiders ins grellste Licht der Öffentlichkeit geriet, seinem Freund Meyen, der ebenfalls an Alkohol erkrankt war, hat Juhnke damals den Rat gegeben: »Sei freundlich, wenn du schon Zicken machst!« Zicken! Harry Meyen hat sich aufgehängt. Zicken! In Santa Monica fiel der schwer trunksüchtige William Holden mit dem Kopf in seinen Nachtschrank, erst Tage später fand man den Toten.

Juhnke ist lange freundlich geblieben, hat die Sonnyboy-Maske, das Clownsgrinsen aufgesetzt, wo es doch um ein schweres Leiden ging. Er war auch freundlich zu sich selbst, hat sich nach Strich und Faden belogen. Vielleicht konnte er nur deshalb so lange widerstehen, immer wieder stehen, nach den Abstürzen. Es ist seine Form des Pakts mit dem Teufel.

Der Stellvertreter

Jetzt also wieder Harald Juhnke. Hat er wieder? Ja, er hat wieder, und diesmal sogar in Amerika. »Ich bin Gott«, soll er, laut »Bild«, im »Herzen von Hollywood«, dem Luxus-Hotel Mondrian am Sunset Boulevard ausgerufen haben. »Ich bin Gott«, und das in »God's own Country«. Er ist dabei bescheidener geworden: Früher wollte er der deutsche Sinatra sein, jetzt nur noch Gott. Natürlich war er nicht Gott, wie sollte er auch?, sondern nur wieder betrunken. Es war der soundsovielte Absturz, »Bild« zählt nur seit Dezember 94, und zwar Dezember 94, August 95, Januar 96, Januar 97, immer, immer wieder. Dennoch reicht es jedes Mal zur Schlagzeile auf Seite Eins in »Bild«: Juhnke betrunken, Juhnke im Alkohol versunken, Juhnke Prügelei und Polizei, das ist immer wieder das Thema Nummer Eins der Deutschen. »Wer Sorgen hat, hat auch Likör«, wusste schon Wilhelm Busch. Wir haben viele Sorgen, wir haben deshalb Harald Juhnke.

1956 bewarb ich mich um einen Platz an der Journalistenschule in München, die damals noch Werner-Friedmann-Institut hieß. Zur Aufnahmeprüfung wählte ich mir u. a. eine Nachtreportage über ein Würzburger Polizei-Revier. Ich fuhr mit den »Cops« und »Bullen« durch die Nacht, die man damals weder »Cops« noch »Bullen« nannte, sondern Polizisten, und sah ihnen zu, wie sie vor allem Betrunkene einsammelten, aus dem Verkehr zogen, randalierende Säufer, lallende Trinker, die sich blutig geschlagen hatten, Bierleichen, die in Ernüchterungszellen gesperrt wurden; es war eine deprimierende Nacht bis zu einem deprimierenden Morgengrauen. Seither ist viel Wein am Main die Kehlen hinuntergegurgelt, und danach waren alle Kater grau. Jever ist seines Glückes Schmied, und in dubio Prosecco. Und die Schnapsleichen haben einen Kater bekommen und Führerscheinentzug und soziale Probleme, aber was sie nicht bekommen haben, ist die Seite Eins in »Bild«. Die hat unser Harald, wenn er sich, stellvertretend für uns alle, voll laufen lässt (schreibt man das mit drei l, und wie nach der Rechtschreibreform?). Er ist so reich, so entertaining, hat eine so nachsichtige liebe Frau, einen Sohn, der versucht, auf ihn aufzupassen, und den er dafür noch ohrfeigt. Er hat keinen Grund. Eigentlich. Und er tut's trotzdem! Er säuft. Für Deutschland. Auch in Amerika.

»Sag mir, wo die Blumen sind ...«

Sie waren eine Gruppe, eine Clique von jungen, talentierten, frechen, neugierigen und erfolgshungrigen Drehbuchschreibern in Berlin, Ende der zwanziger, Anfang der dreißiger Jahre. Walter Reisch gehörte dazu, der schon sehr erfolgreiche Franz Schulz, der Wiener Billie Wilder und der Königsberger Max Kolpe, ein Jahr älter als Wilder, danach also, als sie gemeinsam für den Regisseur Hans Steinhoff »Scampolo, das Kind der Straße« schrieben, das war 1932, und die Nazis standen wirklich schon vor der Tür, war Kolpe 27 Jahre. In den Jahren 32/33, als Wilder mit Egon Erwin Kisch in einem Hause wohnte und die beiden das Mobiliar ihrer Wohnungen beim Fußballkicken demolierten, schrieben Kolpe und Wilder zusammen eine ganze Reihe Filme: »Madame wünscht keine Kinder« oder »Das Blaue vom Himmel«, sie bedienten die deutsche Traumfabrik mit leichten, schwebend leichten Träumen.

1933 sind die beiden nach Paris emigriert, lebten im Hotel Ansonia, wo auch Erich Maria Remarque lebte, der das Emigrantenhotel in seinem Erfolgsroman »Arc de Triomphe« mitsamt den Schicksalen seiner Gäste festgehalten hat. Wilder und Kolpe, der sich jetzt Colpet schrieb und nannte, drehten gemeinsam einen Film, und das unter elendsten Bedingungen. Der Film heißt »Mauvaise Greine« (also etwa »Saat der Gewalt«), und die Schauspielerin, die in dem Film debütierte, hieß Danielle Darrieux.

Wilder ging nach Hollywood, Colpet blieb in Frankreich, wo er während der Nazi-Zeit untertauchen konnte. Seine Hollywood-Zeit war ein kurzes Zwischenspiel – von 1948 bis 1956. Seit 1956 lebte er in München, schrieb Kabarett-Texte für die »Münchner Lach- und Schießgesellschaft«, die Berliner »Stachelschweine«. Er übersetzte »Irma la Douce« und die »West Side Story«, reimte für »Charlys Tante«, aber vor allem schrieb er die Liedertexte für Marlene Dietrich – »Sag mir, wo die Blumen sind ...«.

Als es der alten und zurückgezogenen Marlene in Paris nicht sehr gut ging, hat sich Colpet, inzwischen selbst über 80, rührend um sie gekümmert, hat Freunde für sie angehauen, telefoniert, gesammelt. So habe ich den sehr distinguierten alten Herrn, der ebenso viel Pariser Esprit wie Berliner Witz hatte (Berliner kommen ja bekanntlich aus Breslau oder Königsberg), kennen gelernt.

Jetzt ist er, fast unbemerkt zwischen den Jahren, wo die Böller und die Sektkorken knallen, wo Geschenke umgetauscht und Diätpläne aufgestellt und gute Vorsätze gefasst werden, 92-jährig in München gestorben. 1992 hatte er sein letztes Buch geschrieben, das den Titel »Bitte ermorden Sie mich!« trug und Episoden auch aus Colpets Leben erzählt. Max Colpet – so sahen deutsche Lebensläufe, deutsche Schicksale aus, die von der kulturbarbarischen Rassenwahn-Diktatur Hitlers geprägt wurden.

Unverwüstlich

Am Sonnabend wurde Johannes Heesters 95. Fünfundneunzig. Aber das allein ist es noch gar nicht, dass der ewige Bonvivant, der Dauer-Lebemann, die Verkörperung des »Graf von Luxemburg«-Charmes so alt wurde. Nein, es ist vielmehr, dass einem zu Heesters das Wort »unverwüstlich« einfällt. Unverwüstlich: So ist er auch ins Guinness-Buch der Rekorde gekommen, als der Schauspieler, der als Ältester am längsten noch auf der Bühne gestanden hat, mit 93 über zwei Stunden.
Auf der Bühne steht er immer noch, er verkörpert das Alter, das er verkörpert; längst der Operette in das Charakterfach entwichen, spielt er den Widerstand, den das Leben dem Alter entgegensetzt, und so fällt einem eben das Wort »unverwüstlich« ein, was auch gleichzeitig heißt, dass das Leben Verwüstungen anrichtet, solche, die nie wieder gutzumachen sind.

Dann kommt man doch wieder zur Operette, zu deren seliger, herrlicher Idiotie – und wie sie hilft, uns über die Verwüstungen hinwegzumogeln. Damals war ich elf, es war Nachkrieg, Winter, Stromsperre, und es gab nichts zu essen, jedenfalls fast nichts. Und in einem Kino in Stollberg im Erzgebirge (damals 14 000 Einwohner) lief die »Fledermaus«, und Johannes Heesters war der Eisenstein, dieser Filou mit den Frauen und dem Champagner. Und so bin ich Nachmittag für Nachmittag mit knurrendem Magen in die »Fledermaus« gepilgert, ja gepilgert, um für anderthalb Stunden aus der Realität auszusteigen, in eine bessere Welt, in der es Smaragde und genug zu essen und zu trinken und schön gekleidete Frauen gab.

»Die Fledermaus« war ein so genannter Überläuferfilm, er wurde unter den Nazis gedreht (in Prag, das Wien hergeben musste, weil das richtige Wien schon zu zerbombt, verwüstet war, um noch Wien darstellen zu können), und in der sowjetischen Besatzungszone, in Babelsberg wurde er fertig gestellt: von beiden, den Nazis wie den sowjetischen Besatzern, zum gleichen Zweck: um Leuten wie mir wenigstens für kurze Zeit eine Flucht aus der Wirklichkeit anzubieten, ins Land des Operettenschmalzes.

Der Film ist gar keine so gute Version dieser hinreißendsten aller Operetten, die es auch an Abgründigkeit mit so mancher Oper aufnehmen kann. Aber Johannes Heesters ist hinreißend. Er wirkt unwiderstehlich, wenn er verkündet: »Glücklich ist, wer vergisst, was doch nicht zu ändern ist.« So lautet die leichtsinnige Botschaft der Unverwüstlichkeit. Und siehe da, und siehe Heesters: Sie hilft.

FRECH WIE OSCAR

Siegeslächeln des Verlierers

Es ist alles, wie es im Urlaub sein soll: Die Hotel-Terrasse liegt in sonniger Glut, gemildert und gefiltert durch weiße Sonnenschirme, der Blick fällt aufs türkisfarbene Meer, in das die wenigen Wolken tiefblaue Schatten schreiben; die Gläser beschlagen von kühlen Getränken, Geruch nach Sonnencreme, alles makellos, perfekt nahezu, ein Augenblick, der der Prospekt-Poesie Recht zu geben scheint.

Doch plötzlich ein Riss durch die lebende Ansichtskarte. Der Weg aus dem Hotel zur Terrasse hat eine kleine, schwer zu erkennende Neigung. Und da passiert es: Ein fülliger Herr stolpert beim Herauskommen, fällt zur Seite, auf seine Hand. Und während er aufsteht, reibt er sich den einen Handknöchel, für Sekundenbruchteile ist sein Gesicht schmerzverzerrt; doch schnell hat er sich wieder in der Gewalt und setzt ein breites Lächeln auf, das er in die Runde schwenkt: Seht, mir ist nichts passiert, mir geht's prächtig. Sein Lächeln soll den kleinen Unfall Lügen strafen. Schaut her, eure Schadenfreude ist völlig überflüssig, nein, ich habe mir überhaupt nicht wehgetan, nicht ein bisschen.

Vielleicht lacht man auch, wenn man sich vor aller Augen Schmerz durch vermeintliches oder wirkliches Ungeschick zugefügt hat, um nicht Mitleid in Blicken, Mienen und Gesten zu ernten, denn Mitleid, das gilt dem Schwachen, dem Strauchelnden, und wer möchte schon als solcher dastehen! Die nobelste Deutung wäre die, dass man mit seinem Schmerz, wenn er allein zu ertragen ist, andere nicht behelligen will: Es genügt, dass einem selber etwas wehtut, warum sollen andere leiden, wenn es auch nur Mitleiden ist.

Als ich den Mann stolpern und stürzen, dann aufstehen und tapfer lächeln sah, ist mir Woody Allens trauriger Held Nadelmann eingefallen, Held einer frühen Kurzgeschichte. Nadelmann also, ein Opernliebhaber, saß in der Mailänder Scala, lauschte einer Puccini- oder Verdi-Oper von einer Loge im 1. Rang aus. Einmal beugte er sich vor Begeisterung so weit über die Brüstung, dass er kopfüber in den Orchestergraben fiel, zwei Scala-Stockwerke tief, sozusagen. Und obwohl er fürchterliche Schmerzen hatte, ging er am nächsten Tag wieder in die Oper und stürzte sich an der gleichen Stelle wieder in den Graben. Und so Abend für Abend. Damit es nicht wie ein Missgeschick aussähe, sondern wie geplant, wie mit voller Absicht ausgeführt.

Woody Allens Kurzgeschichte ist eine Humoreske in Mark Twains burlesker Tradition. Aber als mir bei dem lächelnden Mann im Urlaub all die Lächler nach schmerzenden kleinen Unfällen einfielen, wusste ich wieder, wie viel Allen von der Psyche von Verlierern, die sich als Sieger maskieren, noch in seinen groteskesten Übertreibungen versteht.

Bewegter Dank

Das Ritual ist bekannt, nur allzu bekannt, es hat sich bei den »Oscar«-Verleihungen und ihren Fernsehübertragungen entwickelt, bis zur Parodie seiner selbst: Kaum ist der ominöse Briefumschlag, in den der Name des winner, des Preisträgers, von der Jury nach der Abstimmung versteckt und versiegelt wurde, von einem Laudator mit nervösen Fingern aufgerissen worden, da muss sich der Erwählte auf die Bühne stürzen, den – such live is life – meist unhandlichen Preis entgegennehmen und dann Dankesworte sprechen. Nein, nicht sprechen, sondern stammeln, denn nur im aufgeregten Stottern kann er deutlich machen, was in ihm vorgeht. Wirklich vorgeht. Vorzugehen hat. Und dass sie (oder er) zu bewegt ist, um etwas ordentlich sprechen und sich artikulieren zu können. Stottern muss sein! Schon während er hocheilt, die Treppe zum Erfolg hinaufstolpernd, memoriert er noch einmal, was er zu sagen gedenkt, was er sich vorher tagelang, ja wochenlang hin und her überlegt hat, denn er wusste ja: Er war einer der drei oder vier Nominierten.

Soll er also seiner Großmutter danken? Dass sie seine Mutter geboren hat, ohne die er nicht … Oder einem Lehrer? Dass er nicht so geworden ist, wie der es wollte? Oder seinen Freunden? Aber hat er welche? Seinem Regisseur? Seinen Mitspielern? Weil er sie an die Wand spielen durfte? Soll sie (oder er) sagen, er (oder sie) hätte es eigentlich gar nicht verdient? Und sei daher maßlos, aber auch maßlos überrascht, denn eigentlich hätte doch der (oder die) von ihm (oder ihr) bewunderte … viel eher diese hohe Ehre verdient.

Doch dann fällt ihm rechtzeitig Karl Kraus ein, mit dem Satz: »Machen Sie sich nicht so klein, so groß sind Sie gar nicht!«, und der Preisgekrönte denkt: No more nice guy! Schluss mit lustig! Ende der Bescheidenheit! Die Sache werde ich rühmen! Die hohe Kunst! Die Menschheit! Ihre Probleme! Und dass ich alle liebe! Alle! Vor allem meine Zuschauer! Aber auch die, die mir nicht zuschauen! Noch nicht! Damit sie mir künftig zuschauen! Er übt im Geiste schon die Geste, mit der er gleich auf der Bühne alle umarmen wird, erst den Laudator, dann die ganze Welt, live und in Farbe.

Bei der Verleihung des »Deutschen Filmpreises« in Berlin gab es zwei sehr schöne neue Varianten. Jürgen Vogel, der sagte, er habe immer Schauspieler werden wollen, aber Mensch!, hatten seine Freunde gesagt, mit deiner Hamburger Aussprache! Da musst du erst mal auf 'ner Schauspielschule richtig Deutsch lernen. Das habe er nicht getan. Sich vielmehr gesagt, mit meiner Hamburger Aussprache werde ich ein richtig prima Schauspieler und habe gerade mit dieser Ansprache und ohne Schauspielschule alle Preise eingeheimst – und dann reckte er das Filmband in die Luft, so als wollte er sagen: Das ist erst der Anfang. Und dann Helmut Dietl. Der sagt, er habe sich auf eine Dankrede nicht vorbereitet. Aus Aberglauben, weil, so habe er gedacht, wenn er sich nicht vorbereitete, kriegt er vielleicht den Preis! Das habe er schon mal versucht, nämlich als er für den Oscar nominiert gewesen sei. Auch damals habe er sich nicht vorbereitet – und trotzdem keinen Oscar bekommen. Es habe nicht geklappt, dennoch habe er es jetzt wieder so gemacht. Und da habe es geklappt.

Und der Dank an die Mutter? Mit Mutterwitz lässt sich es ihr am besten danken. Live und ganz spontan unvorbereitet vorbereitet.

Ausgebrannte Kerzen

Helmut Dietls Film »Rossini« spielt im Kerzenlicht. Einen Abend lang sind alle Figuren des Films, Dauerbesucher eines italienischen In-Restaurants, in den betörenden Schimmer dieses warmen, erwärmenden Lichts getaucht, das sie schöner macht, ihnen schmeichelt, während der Film ihnen schonungslos ihre Masken vom Gesicht reißt. Eine Frau (Gudrun Landgrebe spielt sie, es ist ihre Wiederkehr zum großen Kino) hat sich zur wiederholten Feier ihres 40. Geburtstags dieses gnädige, schonende Kerzenlicht gewünscht. Ist es wirklich schonend? Stanley Kubrick war der Erste, der für seinen »Barry Lyndon«-Film 1975 mit der Kamera den milden Kerzenschein eingefangen hat. Er hat damals eine neue, revolutionäre Nasa-Filmtechnik eingesetzt, und die maskenhafte Schminke der Rokokowelt leuchtete im Kino zum ersten Mal bei Kerzenschein auf. Kerzen liefern nicht nur ein warmes, dem Alter gnädiges Licht (siehe Fellinis »Casanova«), Kerzen sind auch, wie die Sanduhr, Symbole und Künder der Vergänglichkeit. Ihr Licht brennt ab, man kann die Vergänglichkeit verrinnen, ja vertropfen sehen. Anders als Glühbirnen, die – peng – mit einer Art Kurzschluss ihr Lichtleben beenden. (In der Kapitalismus-Kritik der dreißiger Jahre war die Verhinderung der ewigen Glühbirne eine Legende wie die Erfindung vom ewigen Streichholz, das auch verhindert worden war.) Kerzen dagegen brennen ab, verflackern, erlöschen. Ihre Größe, ihr Schwinden wird zum Zeichen für die schwindende Lebenszeit, für die Nähe zum Tod. In den Märchen der Gebrüder Grimm gibt es die beeindruckende Geschichte vom Gevatter Tod. Da stehen die Leben der Menschen als Kerzen, in verschiedener Größe in einer Höhle, sie flackern ihr Leben dahin, und es zeigt sich, wie weit sie abgebrannt sind, sie offenbaren Lebensdauer und Lebenserwartung. Lebenslicht heißt das Sprachbild, und wir wissen, dass der Plural von diesem Kerzenlicht nicht Lichter hieß, sondern Lichte heißt. Das Barock-Zeitalter, das so todessehnsüchtig mit der Vergänglichkeit buhlte, hat immer wieder Stundenglas und Kerze beschworen, Andreas Gryphius zum Beispiel unser Leben mit »abgebrannten Kerzen« verglichen. Shakespeares Othello drückt die Kerzen aus, bevor er Desdemona auslöscht. Und von einem, der schnell lebt, sagt man, dass er wie eine Kerze an zwei Enden brennt. Und das Vertropfen der Kerzen – ist es nicht, als ob die Zeit über ihr eigenes Vergehen schwere Tränen weinte? Nun ist dies eine eher melancholische Glosse geworden! Sei's drum!

Lauschangriff

Woody Allens Film »Alle sagen: Ich liebe dich« ist ein Musical-Film, also ein Film über den schönen Schwachsinn, dass Menschen manchmal vor lauter Gefühlen nicht mehr sprechen, sondern nur noch singen können. Natürlich ist das auch ein autobiografischer Film, wie könnte es anders sein? Und also ein altersweiser, ein alterseitler, ein alterssentimentaler Film, in dem Woody mit faltigem Stimmchen singt: »I'm Through with Love«, mit der Liebe sei er durch, was einst die junge, schöne, dralle Monroe sang.

Aber der Zufall will es, dass Allens Film auch von einem Lauschangriff handelt, zu der Zeit (Herbst 1997), da hierzulande ein Gesetz eingebracht wird, das den Lauschangriff von Staats wegen legitimieren und damit ein Grundrecht einschränken soll.

In Allens Film wird aus Liebe gelauscht. Allens Film-Tochter hat ein Loch in ihrer Wohnung zur Nachbarswohnung gebohrt, wo eine Psycho-Analytikerin … Und so hört sie die Analyse-Bekenntnisse der schönen Julia Roberts ab, die, natürlich!, unzufrieden in ihrer Ehe steckt. Kurz darauf trifft Woody Julia durch Zufall in Venedig. Das kleine Knittermännchen mit dem schütteren Haar und den fahrig schüchternen Bewegungen eines alten Sonderlings ist gerade wieder von einer Frau verlassen worden – »I'm Through with Love« –, und so ermuntert ihn die Tochter, auf Julia Roberts loszugehen. Und sie munitioniert ihn mit dem Wissen aus ihren Lauschangriffen auf Julia.

Das ist der Traum jedes Liebenden: die geheimsten Wünsche, die verborgensten Sehnsüchte der Geliebten zu kennen – um sie so zu erobern. Denn Liebe, nicht wahr?, das ist vor allem die nahezu perfekte Gleichstimmung, und Woody kann der Ahnungslosen vorspiegeln, dass sie auf fast mystische Weise eins sind, eins, noch bevor sie sich kennen. Allen wäre kein Komödien-Genie, wenn er das nicht auch komisch zeigen würde: Also tut sein Held so, als liebte er Tintoretto, schriebe gern mit einer klapprigen Schreibmaschine, lebte gern in einer Mansarde, äße gern Schnecken, führe gern nach Boa-Boa. Die bildschöne, blutjunge Julia erliegt dem angegrauten verschlissenen Woody – wie auf Knopfdruck, zumal er auch noch weiß, wie man ihre erogenen Zonen am besten bedient; zum Beispiel durch Pusten in den nackten Rücken, bei mondänen Abendkleidern no problem!

Woody weiß und zeigt, dass dies eine verbotene, eine illegitime, eine kriminelle Methode ist, er hat ein schlechtes Gewissen, wenigstens das, aber da in der Liebe alles erlaubt ist und er sonst keine Chance hätte, greift er zu ihr. Er bekommt ein kurzes Glück, und der Film weiß: Er wird mit einem langen Unglück bezahlen, »I'm Through with Love«, jedenfalls bis zum nächsten Mal und das ad infinitum.

Was man aus diesem gewissermaßen erotischen Lauschangriff für unsere Diskussion über den staatlichen Lauschangriff lernen kann? So gut wie alles, so gut wie nichts!

Es darf gelacht werden

Auf der Berlinale lief als einer der spanischen Beiträge im Wettbewerb »La Nina de tus ojos« (auf Deutsch: »Das Mädchen deiner Träume«), ein Film, der sich mutig, ja waghalsig einem großen Vergleich aussetzt – dem mit Ernst Lubitschs »To Be Or Not To Be«, mit »Sein oder Nichtsein« also, einem Klassiker ohne Makel, einem Film mit einem perfekten Räderwerk, einer perfiden Komik und einer humanen Seele.

Wie im Warschauer Theater 1939 von Schauspielern Hitler übertölpelt wird, um einen polnischen Piloten zu retten, so wird im »Mädchen deiner Träume« 1938 in Babelsberg durch eine Hand voll spanischer Filmleute, die bei Goebbels und seinem Filmchef Hinkel zu Gast sind, ein jüdischer Statist per Flugzeug nach Frankreich in Sicherheit gebracht. Als Motor des Films dient die notorische Geilheit des Reichspropaganda- und Filmministers, der aus Babelsberg, so der Film, auch »sein Privat-Bordell machte«. Der Film ist lustig, manchmal von krachendem Humor, die Hauptdarstellerin (Penelope Cruz) ist, wie es sich für eine Spanierin gehört, feurig, stolz und schön, und Johannes Silberschneider findet für den Doktor Goebbels wunderbar den schmalen Grat zwischen Komik und Ernst, zwischen Karikatur und Figur – eine equilibristische Glanzleistung.

Obwohl ich mich ziemlich gut amüsiert hatte, war mir klar, dass weder ich noch meine Mitjuroren den Film für einen Preis auswählen würden. Warum? Das kann ich mit einer Kortner-Anekdote umschreiben: Der große Theatermann Fritz Kortner probt also in den sechziger Jahren am Berliner Schiller-Theater Shakespeare, eine Komödie, vielleicht »Was ihr wollt«. Er probt eine komische Szene, vielleicht mit Malvolio, lässt sie durchlaufen, unterbricht dann aus dem Parkett die Arbeit auf der Bühne und sagt missmutig, das sei ja überhaupt nicht gut und überhaupt nicht komisch gewesen, das müsse man viel, viel besser machen.

»Nicht komisch?« fragt einer der Schauspieler von der Bühne herab. »Aber, Herr Kortner, Sie haben doch gelacht! Ich habe doch gehört, wie Sie gelacht haben.«

Zwei Antworten Kortners auf diesen beleidigten Einwurf werden anekdotisch überliefert. Kortner gab zu, gelacht zu haben: »Ja, aber unter meinem Niveau!« Und die andere Antwort: »In jedem von uns steckt ein Abonnent.«

Frech wie Oskar

»Alle Jahre wieder«, der Kinoliebhaber denkt, hört er diese originelle Floskel, nicht an Weihnachten, sondern an den Oscar. Und zwar nicht an den, der frech wie Oskar ist, laut einer Redensart, auch nicht an den Zwerg von Günter Grass oder an den kleinen Napoleon von der Saar, nein, an den Oscar mit C, der eigentlich auch nicht Oscar heißt, sondern viel feierlicher »Academy Award«.

Oscar, so weiß die Fama zu berichten, heißt die kleine Statuette, die längst zur größten Filmtrophäe avanciert ist, weil eine Sekretärin beim Anblick des kleinen Kerls, dem man kaum bildhauerische Schönheit zubilligen mag, ausrief: »Mensch! Der sieht ja aus wie mein Onkel Oscar!« Armes Ding, möchte man sagen, mit solchen Verwandten. Aber wieso eigentlich Onkel? Die Statuette verfügt untenherum über keinerlei primäre Geschlechtsmerkmale, könnte also auch eine Oscarine sein, aber da sie obenherum wenig Sekundärmerkmale aufweist, geht das mit dem Onkel schon in Ordnung.

Der »Oscar« gilt im Kino so viel wie der Nobelpreis für Frieden, Medizin und Literatur (vor Dario Fo), und das, obwohl er aus niederen Beweggründen ins Leben gerufen wurde: Er sollte, begründet 1927/28, die Filmwelt davon ablenken, dass die Studiobosse kapitalistische Haie im Umgang mit Gewerkschaften waren. Waren? Und er genießt sein Ansehen, obwohl er rein kommerzielle Absichten und Wirkungen hat – anders als etwa der Grimme-Preis. Denn die Amis, besonders die der Filmwelt, hängen dem nach deutscher Kritikermeinung verhängnisvollen Irrglauben an, dass ein künstlerischer Erfolg auch ein (igitt!) kommerzieller Erfolg sein kann, ja muss. Wir Deutschen wollen dagegen, wenn es um Kunst geht, zu gut für die Welt sein. Basta!

Auch dass die TV-Übertragung der Oscar-Preisverleihung die beliebteste Fernseh-Sendung der Welt und, soweit bekannt, des Universums ist, beruht auf einem Missverständnis. Denn es kann nicht sein, dass Zuschauer begeistert zuschauen, wenn tattrige Stars Briefumschläge aufreißen und Sieger verkünden, die sich dann gerührt und wortreich bei ihrem Erzeuger, ihrem Schönheitschirurgen und bei dem Regisseur bedanken, der sie beim Drehen in den Hintern getreten hat. Nein, das kann es nicht sein. Auch wenn dazwischen ab und zu gesungen und gesteppt wird.

Das Geheimnis besteht darin, dass die Feier, zu der alles strömt, was Geld und Namen hat, als Fest der Rührung und Freude gilt: Ach, wie schön, dass der Wim! Ach, wie herrlich, dass die Kim! Doch das ist nur die halbe Unwahrheit. In Wahrheit ist die Preisfeier ein Fest der Bosheit und Schadenfreude. Denn während die Kim und der Wim zum »Winner« austrompetet werden, geht die Kamera in die Gesichter der Verlierer, in die von Pam und Tom, zeigt, wie sie aus Verzweiflung, Wut und Neid mit den Tränen kämpfen. Dann aber müssen sie doch gute Miene zum bösen Spiel machen. Und lächeln! Und gütig lächeln! Und klatschen! So klatschen, dass es neidlos aussieht!

Billy Wilder wenigstens, der später trotzdem noch sechs Oscars bekam, stellte 1945 seinem nach vorne eilenden siegreichen Konkurrenten Leo McCarey ein Bein. Damals gab es noch kein Fernsehen! Wir aber freuen uns auf die Heuchlerinnen und Heuchler, denen die Kamera ins Gesicht starrt. Alle Jahre wieder!

KLEINE FREUDEN IM JAMMERTAL

Möge er!*

Da heute der 4. Januar ist und auch noch Montag, könnte diese Glosse kaum einen besseren Zweck erfüllen, als jemandem zu gratulieren, der ausgerechnet heute Geburtstag hat und ausgerechnet heute 65 wird, schmatte fünfundsechzig. Er ist so alt, wie er sich anfühlt und anfüllt, ich kenne ihn am längsten, in guten und in bösen Tagen, und manchmal kenne ich ihn nicht, dann kenne ich mich selbst nicht mehr. Früher, bis vor kurzem, hatte man, in Deutschland zumindest, wenn man älter wurde, einen Trost: Jünger war noch älter. Es ist schon ein Witz der Natur, dass sie einen Hundertjährigen im Ernst Jünger nannte. Und noch ein Hundertjähriger kommt einem in den Sinn, nämlich Irving Berlin, der Komponist. Dem hatte man zum hundertsten Geburtstag eine Riesengala mit Diner und hundertundeiner Kerze auf der Torte bestellt und Gäste, die sich alle jung vorkamen, nur weil sie zwanzig Jahre jünger als Berlin waren. Und wie es sich gehört, hatte man auch einen prominenten Festredner engagiert, der das Lob Berlins in allen Tönen feierte. Und das alles gipfelte in dem berühmten »Möge!«, das »Möge!«, das allen Betagten und Hochbetagten zugerufen wird, mit dem Champagnerkelch in der Hand. »Möge er!«, und in Amerika sagt man gern: »Möge er hundert Jahre und älter werden.« Besagter Berlin aber war schon 101, und als der Festredner mit großem Schwung in der rhetorischen Schlusskurve ausrief: »Möge Irving Berlin 100 Jahre werden!«, da stießen ihn die Gäste erschrocken an, stupsten ihn, traten unter dem Tisch nach seinem Fuß, »um Gottes willen!«, murmelten sie. Denn wenn dieser

* Oder wie man sich selbst öffentlich zum 65. gratuliert.

Mögewunsch in Erfüllung gegangen wäre, dann hätte Berlin noch minus ein Jahr zu leben gehabt. Minus eins! Ja, das Alter! Die ältesten Lebewesen auf der Erde sind die Sequoia Waldbestände, zum Beispiel im Yosemite National Park in Kalifornien, die schon zu Christi Geburt standen. Und manche dieser Riesen hat man, wenn sie doch fielen oder (was man heute nicht mehr darf oder tut) gefällt wurden, aufgeschnitten und an den Jahresringen gezeigt, wann Kolumbus Amerika entdeckte oder wann die Kreuzzüge waren. Und Billy Wilder, von dem ich bekanntlich immer spreche, inzwischen selber 93! Möge er hundert werden! Also B. W. hat mir erzählt, dass Mae West, als er sie kennen lernte, schon alt war. Und als ich fragte, wie alt? Sagte er: Um das rauszufinden, hätte man ihr ein Bein aufsägen und die Jahresringe zählen müssen. Wie bei einem Sequoia-Mammutbaum. Aber der heutige Jubilar, mein bester Freund und ärgster Feind in einem, ist erst fünfundsechzig, und am liebsten möchte er sich neben einen Mammutbaum stellen, um sich richtig jung zu fühlen im Vergleich: Der kann noch Bäume ausreißen! Tja, wenn auch keine kalifornischen Riesen. Und so lasse ich seinen Geburtstag ungefeiert, obwohl er so heißt wie ich, so dass man uns, wären wir Zwillinge, nicht unterscheiden könnte. Aber er und ich, wir sind keine Zwillinge, sondern nur ein Steinbock. Und es bleibt ein Trost: Die meisten Böcke im Leben haben wir, habe ich schon geschossen. Hoffentlich!

Alle Wetter

In den späten Sechzigern ließ sich die Bundesbahn einen trefflichen, auch treffenden Slogan einfallen, der die in Schnee und Eis dahinrutschenden oder in frostigen Stau-Schlangen erstarrten Autofahrer weg von der Straße, zurück auf die Schiene bringen sollte: »Alle reden vom Wetter. Wir nicht.« Dazu sah man auf einem Plakat eine Bahn unbeirrt vom Winter fahrplanmäßig und stromlinienförmig ihrem Ziel zueilen – ein stehendes Bild zuverlässiger Geschwindigkeit.

Immerhin war der Bundesbahn-Spruch so gut, dass die SDS-Linken von 1968 die Bahn um ihn beraubten. Sie setzten ihn, auf knallrotem Hintergrund, trotzig unter das berühmte en-profile-Bild der verschiedenbärtigen marxistischen Klassiker Marx, Engels, Lenin (der vierte Eisheilige, Stalin mit Schnurrbart, war nicht mehr dabei), die mit eisigem Spott verkündeten, dass sie nicht vom Wetter reden, nein, »wir nicht!«. Der Bundesbahnslogan war eine Verkürzung der Erkenntnis von Mark Twain: »Alle reden vom Wetter. Aber keiner tut etwas dagegen!« Wie wahr!

Wir haben Wichtigeres, schienen sie zu sagen, die politische Großwetterlage, die historischen Gezeiten Feudalismus, Kapitalismus, Sozialismus, Evolution, Revolution ... Das war lange Zeit, bevor an den traurigen Resten der gestürzten Mauer der in Resignation veränderte, verendete Kernsatz des Marxismus auftauchte: »Das Sein verstimmt das Bewusstsein.« Und Sein ist auch das Wetter.

Wir reden also wieder vom Wetter, und da könnte uns die Bahn einfallen mit ihrem Selbstbewusstsein, wenn wir lesen und sehen, wie die französischen Blitzzüge TGV die klirrende Kälte nicht vertragen, stecken bleiben, und ihre erstarrten Fahrgäste aussteigen, durch den Schnee stapfen und in Dorf-Turnhallen fröstelnd übernachten müssen. Auch einen deutschen ICE hat es schwer erwischt, und die stundenlang eingeschlossenen Passagiere konnten Nacht und Kälte nur überstehen, weil das noch kurz vor Weihnachten war. In ihrer Not aßen sie, laut »Bild«, die als Geschenke verpackten Süßigkeiten ratz fatz auf.

Zum Jahresende fuhr ein ICE von München gen Norden. Es war Mittag, in den Speisewagen strömten noch vor Abfahrt des Zuges die Hungrigen (nun ohne Weihnachtsplätzchen) in das notorisch zu kleine Bordrestaurant. Es drängte sie (auch mich, auch mich!) zur Krippe, und wir scharrten ungeduldig mit den Hufen. Alle sprachen vom Wetter, als der Lautsprecher verkündete, wegen der Kälte könne der Speisewagen erst in Augsburg (also ganze 30 Minuten später) geöffnet werden. Ein Murren und Magenknurren ging durch die Sitzgruppen.

Und in dem Augenblick betrat ein Mann den Speisewagen, trat zu seiner Gattin, die ihm einen Platz freigehalten hatte, und sagte mit frostigem Hohn: »Jetzt verstehst du vielleicht, warum ich so ungern mit der Bahn fahre!«

Die Naturgewalten, die grimmigen Launen des Wetters, Väterchen Frost und sein strenges Winterregiment waren ihm wurscht, waren ihm schnurzpiepe. Es war ein Zeitgenosse, der nicht mehr in den Unbilden der Witterung lebte, sondern in der vollklimatisierten, anspruchsbewussten Servicegesellschaft, wobei Service im Deutschen zu Recht Dienstleistung heißt: »Nun kommen Sie mir bloß nicht mit dem Wetter! Das ist doch nur eine faule Ausrede!«

Hand in Handy

Neuerdings tauchen in den Speisewagen von IC- und ICE-Zügen auf der Karte drei Piktogramme auf: ein durchgestrichener Hund, ein durchbalkter Laptop und ein durchkreuztes Handy: Es ist wie früher in der Frauenbuchhandlung, »wir, Hunde, Männer und Handy-Besitzer, wir dürfen hier nicht rein«, wir müssen, schon aus hygienischen Gründen, draußen bleiben. Mindestens das Handy muss inzwischen an vielen Orten draußen bleiben. No Handy, steht dann drohend an Flug- und Bankschaltern. Bessere Etablissements haben ihre Lokalitäten stillschweigend gegen den Handy-Verkehr immunisiert. War es noch vor Jahren das Signum des Snobs, der im weißen Lokal vor seiner Piccata Milanese sitzend, eben mal mit Miami Beach telefonierte, so ist der heutige Handyist als Telefonterrorist geoutet, er erntet hasserfüllte, verachtende Blicke: Der muss es nötig haben! Der muss ein Ego haben, klein wie eine Kichererbse!

Nun gibt es jene alberne Spezies Mensch (vorwiegend Mann) wirklich, die scharenweise und geradezu mechanisch zum Handy greift, bevor sie, sagen wir: in Berlin, ins Flugzeug steigt und in das Fernsprechklötzchen sagt: »Du, ich bin jetzt auf dem Flughafen Tegel und steige in den Flieger ...« Dann schaltet diese Menschengruppe das Handy aus, um es in, sagen wir: München, wieder sofort im Bus oder in der Halle des Flughafens anzumachen: »Du, ich bin jetzt gerade in München gelandet.« Es ist die Informationsüberflussgesellschaft, die Derartiges hervorbringt. In der Tat ist das Handy oft nur akustische Umweltverschmutzung.

Der Handyist, der zeigt, dass er wichtig ist und sich das auch leisten kann, ist eine Spielart des neulich in Berlin (in der Paris Bar oder dem Borchardt) gesichteten so genannten »Lifestyle-Faschisten«, der entweder eine geblümte Seidenweste trägt oder einen weißen Anzug und sich Wasser in seinen Barolo oder Chianti gießt – welch barbarischer Luxus!

Der echte Lifestyle-Handyist (der Verfasser dieser Glosse bekennt sich zu dieser Sekte) schämt sich seiner Liebe, ja Verfallenheit zum Handy, der er frönt wie einem geheimen Laster. Er zeigt, wenn er sich öffentlich Hand-in-Handy zeigt: Es ist ein Genuss mit Reue, ein Genuss der Reue.

Trauring, aber wahr

Über das Heiraten ist so ziemlich alles und so gut wie alles längst gesagt. Auch die Erkenntnis, dass das Heiraten zwangsläufig zur Ehe führt, bricht sich immer wieder, mit jeder neuen Generation, Bahn, und Immanuel Kant, ein verbissener Junggeselle übrigens, hat die Ehe als einen Vertrag zur gegenseitigen Nutzung der Geschlechtswerkzeuge definiert. Hat der 'ne Ahnung von wegen Müll wegbringen, Geschirrspüler ausräumen und »Egon, da liegen schon wieder deine Socken rum!«. Warum wir diese Menschheitsfrage, die schon Hekatomben von Juwelieren, Priestern, Standesbeamten, Anwälten und Scheidungsrichtern in Amt und Brot gesetzt hat, hier wieder aufwerfen? Weil soeben ein Buch mit dem Titel »Warum heiraten?« (herausgegeben von Regula Venske) erschienen ist. In diesem Ehe-Brevier gehen Walter Jens oder Ulrich Greiner, Eva Demski oder Anne Duden der Frage nach und auf den Grund. »Warum heiraten?« Ja warum? Oder auch: warum nicht? Noch ist die Kierkegaard-Einsicht nicht zu überbieten, die da sagt: »Heirate, und du wirst es bereuen, heirate nicht, und du wirst es bereuen, also heirate oder heirate nicht, und du wirst beides bereuen.« Ich habe diesen Satz, Traurings aber wahr, aus dem Gedächtnis und aus eigener Erfahrung zitiert – in Ehefragen ist, siehe Kant, jeder Experte.

Manche Erfahrungen ändern sich. Konnte Oscar Wilde noch jubeln: »Ehen werden im Himmel geschieden!«, so kannte er das deutsche Scheidungsrecht noch nicht. Und das Buch, das Regula Venske, die schon als Krimi-Autorin für das Thema bestens geschult ist, herausgegeben hat, beschäftigt sich zwangsläufig mit heutigen Verhältnissen, und so versichert sich ein lesbisches Paar in Briefen:

»Wenn wir heiraten könnten und je heiraten wollten, würden wir heiraten, ansonsten lassen wir's sein.« Im Übrigen steuert der Ehemann der Regula Venske, der Rundfunkredakteur Andreas Wang, eine über die Ehe herausreichende Erkenntnis von den heutzutage sehr zu Unrecht so genannten »Zweierbeziehungen« bei: »Auf jeden Fall so lange zusammenbleiben, bis es Spaß macht!«

Neben der Frage »Warum heiraten?« wirft das Buch noch andere, drängende Probleme auf, wie zum Beispiel die: »Wie vermehren sich Singles?« Noch ehe ich Eva Demskis Antwort gelesen hatte, wusste ich sie schon von alleine. Wie sich Singles vermehren? Na, ist doch klar! Durch Klonen!

Scheidung auf hygienisch

Ehen, so verspricht man uns vorher, Ehen werden im Himmel geschlossen. Gut, aber dann? Ja dann! Dann gibt es zum Beispiel das geteilte, gemeinsame Badezimmer. Es ist der Prüfstand, der Kriegsschauplatz jeder Zweisamkeit. Damit sind nicht einmal so einschneidende Wechselfälle des Lebens wie dies des mutmaßlichen »Fiffi« Kronsbein gemeint, der sich von seiner (anschließend seligen) Frau mittels eines in die Badewanne geworfenen Föhns trennte: Scheidung auf hygienisch.

Nein, es geht um offene und falsch ausgedrückte Zahnpastatuben, um Haare in Kamm, Bürste und Abfluss. Und es geht um Wartezeiten vor verschlossener Badezimmertür, die besonderes dann unangenehm ins Gewicht fallen, wenn Bad und Toilette eins sind, sie duscht, wenn er gerade nicht duschen will, sondern muss. Und zwar nicht duschen.

Wir alle ahnten ja schon immer, dass auch bei Nachbars große Auseinandersetzungen nicht darüber geführt werden, ob er Rot und sie Grün wählt, ob sie nach Italien und er nach Mallorca will, ob die Tochter Latein oder Französisch lernen und der neu Geborene Sulpiz oder Paul heißen soll – stattdessen darüber, dass er, das alte Ferkel, die Zahncreme wieder offen gelassen habe, so dass sie, weil sich an der Öffnung eine Verhärtung gebildet habe, nicht an die weiße Paste kommen konnte.

Jetzt aber ist es statistisch gesichert. Eine Umfrage brachte letzte Woche an den Tag: Mehr als zwei Drittel der Deutschen ärgern sich schon am frühen Morgen, dass die Wäsche im Bad nicht weggeräumt wird (68 Prozent) oder dass Haare das Waschbecken verunzieren (67 Prozent), wobei die Haarfarbe des Partners offenbar keine entscheidende Rolle spielt. Das Haar im Waschbecken ist sozusagen das Haar in der Suppe, die man im ehelichen Kleinkrieg auslöffeln muss. Sie geht zum Anwalt, nicht weil sie die Haare einer anderen auf seinem Sakko entdeckt, sondern seine eigenen im Kamm.

Männer sind größere Pedanten, deshalb ärgert es sie (zu fast 50 Prozent), wenn die Tube falsch gerollt wird. Allerdings hat die ehefreundliche Zahncremeindustrie hier in Wahrheit längst Abhilfe geschaffen: Bei den meisten Zahnpasten kann man heutzutage nicht mehr falsch drücken; um jemanden zu ärgern, muss man die Zahncreme schon offen liegen lassen, statt sie geschlossen hinzustellen.

Merkwürdige Unterschiede zwischen Männern und Frauen treten auch bei den Wartezeiten vor verschlossener Badezimmertür auf. Da fühlen sich 43 Prozent der Frauen und nur 31 Prozent der Männer genervt. Liegt das in den Genen, den Chromosomen? Oder haben Frauen schwächere Blasen oder nur schwächere Nerven? Fragen über Fragen, die die Umfrage der Zeitschrift »Das Haus« leider offen lässt.

Hilfe, und zwar Lebenshilfe, wird einem dennoch zuteil. Als meine Frau mich, nachdem ich die Umfrage bereits gelesen hatte, ärgerlich darauf hinwies, ich hätte schon wieder vergessen (»Das machst du mit Absicht!«), die Zahncreme zuzuschrauben, konnte ich sie kühl darauf hinweisen, dass sie mit ihrem Anstoßnehmen zu einer statistischen Minderheit gehöre und ich mich mit der Mehrheit geärgert hätte, wenn sie die Zahncreme offen gelassen hätte. Ich hätte sie also überstimmen können. Statistisch. Geholfen hätte es mir aber nichts.

Postmoderne Musik

In verflossenen Tagen, als der Mann, der einem Briefmarken verkaufte, noch Schalterbeamter hieß, da war der Kunde noch nicht König Kunde auf der Post. Er war Bittsteller, dem der Staat in Gestalt des Beamten, der Ärmelschoner trug oder einen grauen Kittel und einen durch eine Nickelbrille streng anblitzte, Marken zuteilte. Mit Lineal und Federhalter zog er akkurate Striche durch das Postsparbuch und schlug mit dem Stempel heftig zu, wenn er dem Bittsteller zwanzig Mark abgeknöpft oder zugewiesen hatte.

Man nahm, um seine Briefe freimachen zu können, an einem Staatsakt teil, man war Bittsteller, der um eine Amtshandlung nachsuchte, was einem dadurch bitter ins Bewusstsein gerückt wurde, dass der strenge Beamte immer, wenn man nach devotem Warten in der Schlange endlich dran war, den Schalter schloss, ein Schild »Vorübergehend geschlossen« vor sich aufbaute, ein Butterbrot aus Zeitungspapier auspackte (damals wusste man noch, wozu Zeitungen gut waren), seine Thermosflasche aufschraubte und sich dampfenden, aber dünnen Kaffee in einen Becher goss, um schließlich seinen imposanten Schnäuzer hineinzutunken. Er schlürfte, und es war, als ob Vater Staat persönlich schlürfte. Ach, dass man Briefe schreiben durfte! Es war ein Monopol wie die Bahnfahrt zu Cousine Clärchen, die auch ein geknipster Hoheitsakt war.

Heute, in der Postmoderne, ist der Kunde König, und auch die Post bemüht sich um Service, der im Deutschen zwar immer noch drohend Dienstleistung heißt, ein Wort, das streng nach Verbeamtung und Versorgungsklasse A13 riecht. Es soll Postämter geben, auf denen man am Schalter Milch bekommt, Marmelade und Stoffplüschtiere,

Schoko-Riegel und Toilettenpapier. Mit der Marmelade kann man den Geschmack der Briefmarken, die man anschleckt, enorm verfeinern und erhöht gleichzeitig ihren Klebe- und Haftfaktor.

Für diesen Dienst am Postkunden, der dem Service an Tankstellen nachempfunden ist, müssen Beamte, die das harte Knallen mit dem Stempel gewohnt sind, geschult werden. In Dachau zum Beispiel. Dort klagte (laut SZ) ein Postler namens Elmar über den neuesten neuen Dienst als Dienstleistungsträger. Vor allem das Verkaufen singender Glückwunschkarten komme ihn hart an; »das nervt unheimlich, wenn die dauernd dudeln«, jammerte Elmar, »der Kunde hört sie ja nur einmal, aber ich die ganze Zeit.«

Mitfühlend fiel mir der letzte Geburtstag meiner Tochter ein. Da hatte ihr die Mama als Aufmerksamkeit eine singende Kerze gekauft, die – was sonst? – Happy birthday to you spielte, wenn man sie ansteckte. Wir steckten sie an, sie spielte, wir löschten sie, die Kerze verstummte beim Erlöschen. Wunderbar! Wir zündeten sie wieder an, sie spielte: Happy birthday to you, Happy birthday to you, in Endlosschleife. Wir pusteten sie aus, aber sie verstummte nicht; wir versuchten es erneut mit An- und Ausmachen, sie spielte weiter, unentwegt Happy birthday to you. Wir stellten sie in die Küche, sie dudelte weiter, wir sperrten sie in die Toilette: Happy birthday to you, selbst unter fließendem Wasser. Also haben wir sie wieder angezündet, auf die Terrasse gestellt und bis zu ihrem verlöschenden Ende Happy birthday spielen lassen. Bei sorgsam geschlossener Tür.

Seit dem Tag weiß ich, wie es Elmar zumute sein muss, seit er nicht mehr auf die Post zum Stempeln geht, sondern um Marmelade, Toilettenpapier und singende Glückwunschkarten zu verkaufen. Dem Manne von der Posttankstelle würde ich, selbst zum Geburtstag, nur eine stumpf vertropfende Kerze anstecken.

Schall und Wahn

In »Bild« (wo auch sonst?) war letzte Woche etwas zutiefst Deprimierendes zu lesen: dass nämlich die meisten Männer ihren Orgasmus meist nur vorgaukeln; das heißt, sie haben keinen, sie tun nur so: »Ächz! ächz! stöhn! stöhn!« und aus der Traum. Ach wir Heuchler, Angeber, Schwächlinge. Warum sich Menschheit dennoch so rasant vermehrt, steht auf einem anderen Blatt.

Mir fiel jedenfalls zu der bitteren Erkenntnis, dass Männer selbst im entscheidendsten Augenblick nur so tun als ob (weil sie sich schämen, weil sie zu gestresst sind, weil sie Angst vor weiblicher Überlegenheit haben und weil Frauen ohnehin nur so tun, als hätten sie einen, und zwar einen Orgasmus), mir jedenfalls fiel eine Episode aus einem Roman von Martin Walser ein, aus einem frühen Roman, aus Olims Zeiten, aus dem Schreibmaschinen-Zeitalter.

Da lädt ein Schriftsteller einen geschätzten und darum auch beneideten Kollegen zu sich in sein schönes Haus, das im Zweifelsfall am Bodensee liegt, mit Blätterrauschen und Wasserrauschen, kurz: mit schöpferischer Einsamkeit. Der eingeladene Kollege schätzte den Gastgeber auch, die beiden sind also Freunde und Rivalen. Und wie das bei Männern so ist (bei Frauen übrigens auch): Sie mögen und fürchten einander gleichzeitig.

Am ersten Morgen wacht der Gastgeber auf, das Zimmer seines Gastes liegt nahe bei seinem Arbeitszimmer, und was hört er da? Er hört, zu seinem Erschrecken, das emsige Klappern einer Schreibmaschine. Am frühen Morgen! Während er gerade in einer Phase der Impotenz ist, schreiberisch versteht sich. Den ganzen Vormittag hält das Geklapper an; mein Gott!, ist der schöpferisch, denkt der

Erzähler. Schließlich, nach Stunden und Tagen der Verzweiflung und Demütigung, kommt er auf eine halsbrecherische Idee: Er bespielt sich ein Tonbandgerät (groß waren die damals und hießen Uher, und man hatte »Help!« von den Beatles drauf), indem er wild und doch regelmäßig auf seine Schreibmaschine einhämmert. Als er das Band bespielt hat, setzt er es in Gang, legt sich beruhigt auf sein Bett und lässt das Tonband klappern: So, jetzt wird der Kollege denken, dass er auch schreibe wie ein Weltmeister.

So geht das Vormittag für Vormittag. Schließlich klopft der Gastgeber, als es wieder aus dem Zimmer seines Gastes so schöpferisch schallt, an dessen Tür und öffnet sie, als niemand antwortet, vorsichtig. Da sieht er seinen Gast, eingeschlummert auf dem Sofa, auf dem Schreibtisch steht ein gewaltiges Tonbandgerät, die Räder kreisen, und es klappert in einem fort. Befriedigt schließt er die Tür, geht zurück auf seine Arbeitsstube, setzt das Tonband in Gang und liebt seinen Kollegen fortan uneingeschränkt, das heißt: mit einem Hauch Herablassung.

Harald Schmidt hat die Meldung von »Bild« von dem vorgetäuschten Orgasmus kommentiert, indem er gestand, selbst er habe geheuchelt, einen Orgasmus simuliert, allerdings nur ein einziges Mal in seinem Leben. Nämlich als seine Freundin ihm nach dem elften Mal in einer Nacht gesagt habe: »Komm, lass uns ein Dutzend voll machen!«

Die Mücke des Objekts

Im Urlaub, auf einmal, zählen nur noch die wesentlichen Dinge. Also nicht mehr, ob der Euro kommt, Kohl bleibt, Schröder drängt, sondern zum Beispiel am Abend die Mücken. Im Schlafzimmer. Sie machen aus sich selber einen Elefanten. Man hätte auch lieber einen Dickhäuter im Schlafzimmer als eine Mücke, das heißt: wenn das Zimmer groß genug wäre. Die Diskussion, ob man die Fenster aufmachen darf oder nicht. Und soll man die Spirale anzünden, dass man am nächsten Morgen riecht, als hätte man die ganze Nacht auf einem Holzkohlengrill gelegen? Oder den Körper einreiben, mit Autan? Da stinkt man zwar, aber manchen Mücken ist das egal, sie finden immer eine Stelle, die man vergessen hat.

Und dann der nächtliche Angriff, das Geräusch eines Motorrollers, einer Säge: Gemein die Biester, greifen im Dunkeln an und surren auch noch dabei, aber dann saugen sie lautlos. Das machen nur die Weibchen, die Blut saugen, die Männchen sind harmlos. Wieder typisch! Aber noch typischer, dass man so etwas nicht mal denken darf, nicht mal bei Nacht, wo so ein Weibchen heransurrt.

Machen die das eigentlich, weil sie Blut trinken? Und wie ernähren sich die Mückenmännchen, was frisst der Mückerich? Oder brauchen das die Mückinnen für den Sex, damit sie neue Mücken säugen können oder Eier oder so? Ich werde, wenn ich die Nacht je überstehe, nach dem Urlaub in Brehms Tierleben nachgucken, im Band Insekten. Schon wieder eine! Wie die bloß auf die Arche Noah gekommen sind! Und wann ist so eine Mücke satt, nach dem wievielten Stich?

Da am Knöchel, da juckt es besonders. Neulich, hat man da nicht einen Bekannten getroffen, der trug den

Arm in der Schlinge, die Hand geschwollen, sah aus wie ein Boxhandschuh, erzählte, dass ihn der Arzt sogar ins Krankenhaus legen wollte. Mein Gott, juckt der Fingerknöchel, und dabei kostet das Zimmer pro Nacht! Tückisch die Tiere, die Mücke des Objekts. Dass Frauen so ruhig schlafen können, während man leidet. Haben Frauen vielleicht anderes Blut? Oder gehen Mückenweibchen nur auf Männer, wegen Sex oder so? Hört denn der Fingerknöchel nie auf zu jucken, schöne Ferien das! Das hätten die doch in den Prospekt schreiben müssen, das mit den Mücken.

Am nächsten Morgen, der Fingerknöchel ist nicht geschwollen, man sieht nichts, als wäre nichts gewesen. Dafür am Bauch, wo man nachts nichts gespürt hat, eine dicke Quaddel, so heißt das doch. Wie kommt das? Wieder eines der Geheimnisse der Natur, eines ihrer Rätsel. Man wird jedenfalls keine Schlinge tragen müssen, bestenfalls eine um den Bauch.

Männer seien einfach empfindlicher, sagt dann die Frau, während er die gerötete Erhebung auf seinem Bauch betrachtet. Er sagt zu seiner Frau, sie möge keine sexistischen Bemerkungen machen. Sein Blick geht vom Bauch zum Knöchel. Rätselhaft! Eine dieser Sinn-Fragen, wie sie Woody Allen stellt: Gibt es ein Leben nach dem Tod, und wenn ja, ist man dort in der Lage, einen Zwanzig-Dollar-Schein zu wechseln?

Asche zu Asche

Neulich in Berlin an einem der zufällig sonnigen Tage, Warten vor einer Fußgängerampel am Hohenzollernplatz. Forsch marschiert ein Mann heran, hält erst kurz vor dem Bordstein, er ist schwer, im Rentenalter, er reckt das Kinn in die Straße, in den Verkehr. Ihm auf den Fersen eine Frau, auch sie füllig, auch sie um die sechzig. Als er zum Stehen kommt, tritt sie von hinten an ihn heran, zupft seine hellbraune Trevira-Freizeitjacke energisch zurecht: »Die sitzt schon wieder nicht!« Dann: »So, jetzt sitzt sie!« Noch ein Zurechtrücken, das Ganze ohne Worte, er lässt es, ohne die geringste Reaktion zu zeigen, über seinen Rücken ergehen.

Man weiß sofort: Die beiden sind ein Paar, lange verheiratet, die verstehen, die missverstehen einander ohne Worte. Ihr Zurechtrücken seiner Jacke aus dem Hinterhalt, den er längst nicht mehr als solchen empfindet, drückt mancherlei aus: Er gehört zu mir, er gehört zu mir! Er mag mir noch so rücksichtslos vorausstiefeln, er wäre ohne mich verloren. Ohne mich würde er weiß Gott wie herumlaufen! Man sieht das doch, wie der aussieht, wenn ich nicht auf ihn aufpasse.

Solche Ehemänner nennen ihre Frauen Mutti, auch wenn sie keine Kinder haben, auch wenn die Kinder längst aus dem Haus sind. Zu Recht. Sie sind von ihrer Mutter ihrer Frau übergeben worden. Zuerst hat die Mutter sie zurechtgezupft: »Halte dich grade, Walter!«, danach die Ehefrau: »Erwin! Deine Krawatte!«

Die Szene an der Ampel am Hohenzollernplatz stand mir wieder vor Augen, als ich jetzt in den Zeitungen las, ein Engländer habe testamentarisch angeordnet, dass er, nach seinem Ableben, versteht sich, eingeäschert und dass ein Teil seiner äschernen Reste in eine Eieruhr gefüllt werden solle, die genau auf fünf Minuten Rinnzeit eingestellt werden müsse. Weil eine Sanduhr, also auch Eieruhr ein Symbol für die Vergänglichkeit ist? Keineswegs. Der Verstorbene hatte zu Lebzeiten als Grund angegeben, seine Frau habe ihm sein Leben lang das Frühstücksei falsch gekocht, immer falsch, zu weich oder zu hart, nun wünsche er wenigstens, dass sich das nach seinem Tod ändere.

Man kann sich das alles vorstellen. Wie sie sagt: James, deine Krawatte! Tag für Tag, tagtäglich. Wie sie an seiner Freizeitjacke zupft, an der Ampel. Und wie er sich tagtäglich ärgert, dass sie sein Ei falsch kocht und wie er sich traut oder nicht traut zu sagen: »Du, Mutti, das Ei ist wieder zu hart!« Tagtäglich, jahraus, jahrein. Wahrscheinlich nicht traut! Und daher das jetzt mit Grabesstimme nachholt, man hört ihn förmlich aus der Urne, respektive: Eieruhr höhnisch meckernd lachen, so, der hab ich's gegeben! Endlich, letztendlich!

Aber dann erinnerte ich mich an den alten schwäbischen Witz: Großvater ist gestorben, die Familie sitzt zusammen, beratschlagt, wie man ihn bestatten solle. Schließlich meldet sich die Großmutter und sagt mit heller Stimme: »Großvater wird verbrannt! Der kommt in die Eieruhr! Der soll schaffe!« Der praktische schwäbische Fleiß und Erwerbssinn, die dem Württemberger eigene Sparsamkeit und nüchterne Vernunft – sie kommt in dem Witz auf das Schönste zum Ausdruck. Vielleicht, so denke ich auf einmal, war der verstorbene Engländer in Wahrheit ein Schotte, der, vielleicht, gedacht hat: Wenn ich schon sterbe, eines Tages, dann soll sich meine arme Frau wenigstens das Geld für den Sand in der Eieruhr sparen.

Gestundete Zeit

Als ich gestern aufwachte, war es passiert. Alle Uhren gingen anders. Zeitreise, Winterzeit, Winterreise ... Auf einmal waren zwei düstere Erkenntnisse außer Kraft gesetzt. Einmal die Einsicht: »Es ist später, als du denkst!« Es war früher, als wir dachten, für eine Stunde lang wenigstens. Und dann die bittere Wahrheit: »Es wird einem nichts geschenkt!« Eine Stunde wurde uns von Samstag auf Sonntag geschenkt.

Obwohl. Geschenk? Nicht wirklich. Geliehen bestenfalls. Im Frühjahr werden wir sie zurückgeben müssen. Mit Mehrwertsteuer, versteht sich. Die Stunde wird uns nur gestundet. Es ist wie mit dem Flug nach Amerika. Hinzu kriegt man was. Zurück wird es einem wieder abgeknöpft. Die Zeit ist wie das Finanzamt. Gnadenlos.

Und dann, wann wurde uns die Stunde geschenkt? Ausgerechnet von Samstag auf Sonntag, wo wir sie gar nicht brauchen konnten, weil wir sowieso länger schlafen konnten! Am Dienstag oder Donnerstag, da hätten wir uns gefreut! Aber so. Ich verbrachte die Nacht in einem Hotel, bekam also fürsorglich am Samstagabend einen Zettel ausgehändigt: »Zeitumstellung am 26. Oktober: 03:00 D 02.00 Uhr«. Um zwei ist es drei, dachte ich, und Hamlet fiel mir ein, ich muss die Uhr umstellen: »Die Zeit ist aus den Fugen/Weh mir zu denken/Dass ich geboren ward sie einzurenken«.

Pflichtbewusst wollte ich den Wecker stellen. Auf zwei oder drei? Vier Prozent aller Deutschen wussten, laut Umfrage, vor dem 26. Oktober '97 nicht, ob sie ihre Uhren vor- oder zurückstellen sollten, wenn es so weit wäre.

Ob ich zu dieser Elite gehöre? Schlaflos wälzte ich mich im Bett: Ist um drei Uhr zwei Uhr? Was ist dann um zwei

Uhr? Und was machen die Kirchturmuhren? Schlagen die zwei Mal die zwei, nachdem sie zwei Mal die vier geschlagen haben, die volle Stunde? Und die Eisenbahn-Züge, die zwischen zwei und drei durch die Nacht brausen, auf einmal mit schier unendlicher Geschwindigkeit, jedenfalls in Stundenkilometern? 160 Kilometer in einer Sekunde.

Fragen über Fragen. Wir (Tageszeitungs-)Journalisten haben ohnehin ein seltsames Verhältnis zur Zeit. Wenn ich schreibe: »Als ich gestern aufwachte ...«, ist es heute. Immer, während wir gestern schreiben, ist es heute. Und heute ist (beim Schreiben) morgen. Und morgen? Morgen ist immer übermorgen. Eigentlich schrecklich.

Es gibt einen geradezu gnadenlosen blöden Witz, einen uralten Graf-Bobby-Witz, dessen Schwachsinn in Tiefsinn umschlägt. Da fragt der Graf Bobby, der offensichtlich ohne Uhr ist, oder sie ist ihm stehen geblieben, also er fragt seinen Freund Freddy: »Wie spät ist es?« Und Freddy antwortet: »In zehn Minuten elf.« Darauf Bobby: »Jaa, in zehn Minuten! Aber jetzt?« Aber »Jetzt« ist immer schon vorbei.

Goldrausch

Manchmal liest man Meldungen, die sind so beknackt und bescheuert, dass man sie fast schon wieder für wahr halten möchte. Also: Die Salinas Salzgut GmbH will im Gorlebener Salzstock Gold fördern. Natürlich hofft sie dadurch, und das ist die gute Nachricht für alle Atomkraftgegner, die Pläne für das atomare Endlager zu Fall zu bringen. Denn: wo bald gefördert werden kann, da wird man um Himmels willen doch nicht die Ader verstrahlen! Gold, so denken die Atomkraftgegner sicher mit moralischem Ingrimm, Gold ist ein unschlagbares Argument. Gold ist, soweit man die Menschen kennt, das beste Argument überhaupt. Schon deshalb heißt es, dass Schweigen Gold ist.

Jetzt aber die schlechte Nachricht: Der Professor von der Lüneburger Universität, der das Gold im Salz entdeckt hat – im Auftrag der Salinas untersuchte er einen 500 Gramm schweren Salzbrocken –, hat auch entdeckt, wie viel Gold im Salz steckt, nämlich: In einem Kilogramm Salz aus Gorleben befinden sich 1,1 Milligramm Gold. Donnerlittchen!

Nun aber schnell den Rechenschieber zur Hand und das Kleine Einmaleins auf den Tisch, so, jetzt wird gerechnet, zwei schreib hin, drei im Sinn! Wenn ein Kilo Salz ein tausendstel plus ein zehntausendstel Gramm Gold enthält, dann, ja, dann braucht man, sagen wir, für zwei Eheringe (einer allein tut's ja nicht) à fünf Gramm zwei Mal drei Gramm Gold, wenn man die Legierung einrechnet. Also: Für sechs Gramm Gold müssen wir 6000 Kilo Salz verarbeiten, cum grano salis. Sechs Tonnen für sechs Gramm. Brauchen wir aber Eheringe für, nehmen wir mal an: 1000 niedersächsische Brautpaare, also insgesamt sechs Kilo

Gold, dann benötigte die Salinas Salzgut GmbH bereits sechs Millionen Kilo Salz.

Das Gold ist gut, aber wohin mit dem Salz? Endlich kann man die Titelfrage von Brigitte Schweigers Roman »Wie kommt das Salz ins Meer?« beantworten. Oder ein neues Salzburg bauen, direkt neben Gorleben? Sämtliche Suppen der Erde versalzen? Oder wieder Salz auf vereiste Straßen streuen, der Umwelt zuliebe?

Und wer soll das Gold gewinnen? Sollen unsere Häftlinge oder Jugendliche ohne Arbeit mit der Lupe Körnchen für Körnchen Salz nach Gold absuchen? Als ABM-Maßnahme?

Nein, ich habe in der Schule nicht nur geschlafen und weiß, schon allein durch Chaplins »Goldrausch«, dass man Gold in Pfannen auswaschen kann. Dazu braucht man, wenn man nicht verhungernde und wahnsinnige Goldgräber wie in Klondike hat, jede Menge Wasser, jede Menge Chemie und jede Menge Energie, ob man Gold nun baggert, es wäscht, es hydraulisch abbaut, es mittels eines Gebläses, nachdem man es getrocknet hat, von anderen Substanzen trennt; man muss es amalgamieren oder in Riesenretorten ausbrennen, man kann es im Chlor-Verfahren gewinnen und gewinnt es heutzutage meistens im Zyanid-Verfahren – alles Methoden, die verdammt ökologisch und äußerst umweltfreundlich klingen. Wasser wird verplanscht, Energie verpulvert, Chemie kommt gnadenlos zum Einsatz. Und das alles für 1,1 Milligramm. Ich will hier auch keine Milli-Mädchen-Rechnung aufmachen und fragen, ob man das Gold, bei dem Aufwand, nicht billiger auf dem Weltmarkt kauft. Sind das meine Sorgen? Ist das mein Salz? Und das Salz soll sowieso gefördert werden. Also warum nicht das Gold raus, ehe man sich, aus Versehen sozusagen, mit dem Salz Gold über das Gemüse streut. Broccoli mit Gold, oder gleich Danziger Goldwasser.

Ich kann mir vorstellen, dass von Nichts nichts kommt (Physikalisch: Satz von der Erhaltung der Energie) und dass man eines Tages ein Kraftwerk – behüte: ein Atomkraftwerk! – wird errichten müssen, in der Nähe von Gorleben, um an das Fitzelchen Gold ranzukommen. Aber im ersten Jubel geht so was unter.

»Am Golde hängt, zum Golde drängt doch alles«, heißt es im »Faust«. Und man weiß, was daraus geworden ist: Am Schluss will der Kerl einen Damm ins naturgeschützte Gebirge setzen lassen – und schaufelt sich sein eigenes Endlager.

Nicht von Pappe!

Manchmal reibt man sich verdutzt die Augen und fragt sich: Träum' ich? bzw.: Träumt man? Oder auch (politisch korrekt, wenn auch antiquiert): Träumt man(frau)? Siegt der Sozialismus doch (noch), wenn auch nur über die Hintertreppe? Grund zu diesem Staunen und zu dieser bangen Frage ist der »Trabi«, ja, der Trabi, jenes weich in den Hüften schaukelnde Gefährt, ein Pappkamerad, der in gräulichsten Brauntönen, um nicht zu sagen: Kackfarben bemalt ist, fröhlich schwarze Auspuffwölkchen ausstößt, während man ihn – zwangsläufig – überholt. Der Trabi hat also jetzt den Elchtest bestanden, bei dem, wir wissen es inzwischen bis zum Überdruss, der Mercedes der A-Klasse kläglich umgekippt ist. Der Sozialismus siegt. Ausgerechnet in Gestalt des Trabi, ausgerechnet über den Mercedes! Man(frau) glaubt, mich tritt ein Elch!

Nun muss ich zugeben, dass ich bis vor kurzer Zeit nicht wusste, was ein Elchtest ist, und dass es ihn überhaupt gibt. Hätte man mir das Wort Elchtest vor Monaten zugerufen, ich hätte geglaubt, es sei eine in Skandinavien praktizierte Alkoholprobe: Die schwedische Polizei zeigt auf ein leere Landstraße, und wenn der geprüfte Verkehrsteilnehmer einen Elch zu erblicken vermeint und »Da! da!« zeigt, dann ist er seine Pappe los. Eins Komma drei, mindestens. Oder ich hatte bei »Elchtest« gedacht: Jägerlatein oder so was! Aber trotzdem! Der Trabi! Hut ab!

Ach, was hatten wir früher über die Technik des Real-Existierenden gewitzelt, hatten uns, wir Wessis, den Witz erzählt, von der Sensation der Leipziger Messe, damals, die Sowjetunion hätte den ersten begehbaren Mikrochip, ha, ha, ha, gezeigt. Ach, was waren wir stolz auf unsere Autos, die wir mit Chipcards mieten, die auf dem Display

Außen- und Innentemperatur zeigen und piepen, wenn man zwei Stunden gefahren ist, und auf der Armatur warnt ein rotes Signal, wenn wir beim Ausparken (Vorsicht! Rechts) zu nah an ein andres Auto kommen. Auch ABS gab's und Servo-Lenkung und Handy und Füssy und Lenkradheizung und Modem und Modul. Und jetzt der Trabi! Besteht einfach, dir nix, mir nix, den Elchtest.

Und da kommt einem, nämlich mir, die gute alte Raumstation »Mir« in den Sinn. Läuft sie nicht auch, der westlichen Elektronik zum Trotz, die schon an der Hemdfarbe erkennt, welchen Drink sie einem zukommen lassen soll, automatisch, läuft nicht auch das aus sowjetischen Tagen kreisende Raumgefährt wie der Trabi und besteht auf der Milchstraße jeden Elchtest? Und wenn mal was passiert, wenn aus Versehen Wodka in die Leitungen geflossen ist und es einen Kurzschluss gibt auf der »Mir«, dann gehen die Astronauten wie robuste Klempner zu Werke: Sie nehmen Hammer und (nein, nicht Sichel), Hammer und Zange, Meißel und Stemmeisen, klopfen ein paar Rohre grade, jagen ein paar Vierzöller rein, verlöten das Loch in der Hülle und fertig.

Der Trabi und die Station »Mir«. Aus Pappe und doch nicht von Pappe.

Weise Weihnacht

Weihnachten ist die Zeit, in der sich Fragen stellen, unabweisliche, und Wünsche melden, brennende Wünsche: Will man »besinnliche«, wie es so schön heißt, Weihnachten oder sinnliche? Und dann die Fragen: Wohin mit dem Meerschwein vor Weihnachten? Und wo liegt diesmal die Schneegrenze? Unter oder über 2000 Mark? Und wohin mit der Krawatte der Schwägerin nach Weihnachten? Und was kochen wir, wenn uns Wolfram Siebecks Weihnachtsmenü-Vorschlag nicht behagt?

Da trifft es sich gut, dass Prominente aus Politik und Wirtschaft, aus der Kultur und vom Fernsehen sich öffentlich äußern, wie sie's mit Weihnachten halten. Welches Liedgut sie aus sich oder CDs herauspressen, wenn es so weit ist. Wie sie den Baum schmücken und wo sie den Feuerlöscher platzieren. Und, vor allem, was sie schenken und was sie essen. Sie alle stellen sich kostenlos als Leit- und Vorbilder zur Verfügung.

Claudia Nolte zum Beispiel, eher der besinnliche als der sinnliche Tip und Typ. Sie isst zum Beispiel zu Weihnachten Wurstbrote, jawoll Wurstbrote. Jetzt habe ich die »Bunte« verlegt und weiß nicht, ob an Heiligabend oder am Ersten oder am Zweiten Feiertag, jedenfalls Wurstbrote. Schon erstaunlich, dieser schöne altdeutsche Brauch (»Hinaus in die Ferne/mit Butterbrot und Speck«), wo doch Pizzas (Margherita) und Sushis (Sashimi) frei Haus geliefert werden und es McDonald's gibt und Döner und der Wok in jedem dritten Haushalt die traditionelle Krippe ersetzt. Und man Martinis mischen kann.

Aber die Wurst! Weihnachten geht es um dieselbe, ob einem Weihnachten Wurst ist oder nicht. Und von der Wurst handelt auch die schönste Geschichte von den

(Weihnachts-)Wünschen. Sie ist von Johann Peter Hebel und stammt aus seinen unsterblichen Kalendergeschichten für oberrheinische Bauern, aus der Zeit, als das Wünschen noch half. Oder man es zumindest glaubte. Bevor man Hebel gelesen hatte.

Da hat also ein Bauernehepaar drei Wünsche frei, und flugs wünscht sich die Bäuerin als erstes eine Bratwurst. Flupp! hat sie sie vor sich auf dem Teller, und der Bauer, der in Wut gerät, dass sein Weib den ersten Wunsch so töricht vertan hat, verwünscht sie, indem er ihr die Wurst an die Nase wünscht. Wupp! Und schon baumelt sie als schweinerner Rüssel aus dem Gesicht der Bäuerin. Die beiden schauen sich betreten an. Und sie wissen, sie werden den dritten Wunsch brauchen, um den wunschlosen, den vorverwünschten Zustand wiederherzustellen.

Das Schöne bei Hebel ist, und deshalb liebte beispielsweise Ernst Bloch die scheinbar einfachen Geschichten des Kalendermannes so, das Schöne ist, dass die beiden, nachdem sie ihre drei Wünsche so töricht vertan haben, glücklich und zufrieden sind. Doch zurück zur Wurst, sie mag nun Currywurst, Kebab, Döner, Pizza, Gans oder Rehrücken heißen, Puter oder Karpfen. Wenn Weihnachten vorbei ist (und das wird auch dieses Jahr passieren, wie jedes Jahr), dann baumelt sie uns nicht von der Nase, sondern sitzt uns auf der Hüfte. Fest, unweigerlich. Und da hilft dann kein dritter Wunsch, da hilft nur Diät.

Rote Zahlen

In einer der besseren Zeitungen, etwa im Tagesspiegel, lese ich dieser Tage: »Daimler schreibt keine roten Zahlen mehr.« Oder war es Mannesmann? Oder Thyssen? Oder die Telecom? Jedenfalls: irgendeiner von denen »schreibt keine roten Zahlen mehr«.

Zuerst hat mich dieser Satz getröstet. Wunderbar, dachte, ich keine roten Zahlen mehr! Wie gut! Dann hat mich der Satz verwundert. Warum ist das meldenswert? Auch ich schreibe keine roten Zahlen mehr. Und wenn ich's mir recht überlege, habe ich noch nie, nie, nie rote Zahlen geschrieben. Nie! Mir wurden rote Zahlen geschrieben, und zwar ins Heft, als ich zur Schule ging. Von den Lehrern, die mir mit roter Tinte unter meine Arbeiten in Latein, Mathematik und Erdkunde rote Zahlen schrieben. Auf einer Richterskala von eins bis sechs, in Ziffern: von 1 bis 6. War man über vier (in Zahlen: 4), dann musste man die rote Zahl unterschreiben lassen. Von Mama oder Papa. Ich ging lieber zu Papa, weil der meist zerstreut war und an was anderes dachte, während er unterschrieb. Und zwischen den Zähnen murmelte er schlimmstenfalls: »Muss das sein?« Und dann war er mit seinen Gedanken schon wieder spazieren gegangen, aus der Familie und den roten Zahlen seines Sohnes hinaus, wer weiß wohin!

Mama dagegen schaute einen aber so etwas von enttäuscht an, wenn sie mit einer roten Vier Minus konfrontiert wurde – als würde ihr Lebensplan zusammenbrechen und alle Hoffnungen dazu. »Hab' ich nicht alles für dich getan?« fragte ihr feucht vorwurfsvoller Blick mit großen Telleraugen. Und: »Was soll nur aus dir werden!« Tja, was wohl! Ich durfte denn auch zwei Wochen nicht auf den Fußballplatz. Und ins Kino erst recht nicht.

Seither und seit damals schreibe ich keine roten Zahlen mehr. Und lasse mir auch keine schreiben. In meinem Haus gibt's überhaupt nirgends und niemals rote Tinte. Wozu auch? Wenn ich Schulden habe oder das Konto abstürzt oder der Urlaub doch teurer war, als wir gedacht hatten, dann notiere ich das einfach mit blauer Tinte. Oder mit schwarzem Computer. Soll und Haben, Plus und Minus. Jedenfalls keine roten Zahlen. Nie schreibe ich rote Zahlen, nie trage ich rote Socken, nie seh' ich rot, dann lieber schwarz. »I see black«, habe ich meinem Englischlehrer geantwortet, als er mich fragte, was ich wohl für eine Zensur (in Rot) erwarte. Und ich hatte, obwohl redensartlich nicht ganz korrekt, Recht: Es war eine hohe rote Zahl! Ich hatte ins Schwarze getroffen! Und so würde ich auch Thyssen, Siemens, Klöckner von Notre-Dame sowie den Tigerstaaten in Asien raten, keine roten Zahlen mehr zu schreiben.

Wie heißt das im Kinderreim vom Fuchs, der die Gans gestohlen hat? »Gib sie wieder her!« So heißt das: »Bis dich färbt die rote Tinte. Und dann bist du tooot!« Haben wir das nötig? Also keine roten Zahlen mehr.

Klon der Angst

Zum Spott meiner Familie habe ich mir von Zeit zu Zeit ein Gericht bereitet und mit Heißhunger verschlungen, das sonst niemand mochte: Corned Beef mit Reis. Eines Tages fiel mir auch der Grund ein, warum ich dieses Essen so mochte. Ich hatte es erstmals als Kind, als ich mitten im Krieg mit meiner Mutter auf Sommerfrische war, gegessen: Mittags hatte es meine Mutter bereitet, und wir aßen bei strahlendem Sonnenschein in einem Garten, durch den die Hummeln brummten, und noch heute sehe ich das schöne Lachen meiner Mutter, als sie sah, wie es mir schmeckte. Und dann war es die Woche, in der mein Großvater unerwartet starb.

Mir ist die Geschichte mit dem Corned Beef eingefallen, als ich las, dass ein amerikanischer Forscher sich jetzt in der Lage erklärte, Menschen zu klonen. Natürlich hätte mir auch etwas Edleres einfallen können, Prousts in den Tee getauchte Madeleine etwa, aber mein Beispiel sagt das Gleiche:

Dass wir nämlich das, was wir Menschen sind, also unsere Eigenarten, Eigenschaften, unseren Charakter, unser Wesen, nicht nur den Genen verdanken, sondern einer Unzahl von Erfahrungen und Erlebnissen, die sich uns eingeprägt haben wie in Wachs und die uns auf diese Weise geformt und bestimmt haben: der Mensch ein Bildungsroman, eine Erziehungsgeschichte, in der Düfte eine Rolle spielen, das jähe Erschrecken, Momente von Glück, verspielte Nachmittage, bedrohliche oder freundliche Lehrer.

Mögen wir einen Menschen, weil er uns an die liebenswürdige Tante erinnert, die uns immer so schön vorlas? Können wir etwas nicht ausstehen, weil es an unangenehme Erfahrungen anklingt? Der Mensch wird das, was er ist, auch und vor allem durch sein Schicksal, durch sein Geschick. Und Geschick lässt sich nicht klonen.

Neben allen ethischen Überlegungen lässt sich gegen das Klonen von Menschen anführen, dass es niemals zum Erwünschten führen würde – es sei denn, man könnte beiden, dem Original und der Fälschung, das in jeder Sekunde deckungsgleiche Leben aufbürden. Beim geklonten Schaf will man die Wolle, bei der viereckigen Tomate die Eignung, kistengerecht verpackbar zu sein. Menschen sollen aber weder nur viereckig noch nur in der Wolle gefärbt sein. Sie sind vor allem das, was das Leben aus ihnen macht und was sie aus dem Leben machen.

Schon wenn Leute beim Anblick von Kindern sagen »Der ganze Papa!« oder »Ganz die Mama!«, erschrecken selbstkritische Eltern. Hoffentlich doch nicht so ganz!, denken sie mit schlechtem Gewissen. Und dabei können sie doch auch sicher sein, dass der Sohn keinesfalls mit dem gleichen Heißhunger von Zeit zu Zeit Corned Beef verschlingen wird. Und wenn doch, dann aus ganz anderen Gründen. Die Psyche lässt sich nicht klonen. Es klont sich nicht.

Weiße Socken

Vergangenen Freitag wurde das »Literarische Quartett« zehn Jahre alt, und da wurden wir, also auch ich, in vielen Interviews zu dieser Sendung befragt. Unter anderem auch: »Wie bereiten Sie sich auf die Sendung vor?« Tja! Und da ist mir nachträglich die Sendung vom 15. August 1993 eingefallen. Sie war ausnahmsweise an einem Sonntag, es war gewittrig schwül, und als während der Sendung Marcel Reich-Ranicki etwas über Walsers »Ohne einander« sagte, blitzte und donnerte es über dem gläsernen Kuppeldach des ORF-Landesstudios fürchterlich. Reich-Ranicki hob den Blick gen Himmel und sagte: »Man wird doch wohl noch was gegen Walser sagen dürfen!«

Aber zunächst, wie ich mich vorbereitet habe. Und dazu noch zunächst eine Vorgeschichte. Zu den Kinderkrankheiten der Sendung gehörte in den achtziger Jahren, dass einmal Reich-Ranicki und einmal ich (später einmal auch Jochen Hieber) zu kurze Socken anhatten, so dass im Sitzen bei hochrutschendem Hosenbein nacktes Männerbein sichtbar wurde. Nun gehört es zu den unerforschlichen Rätseln der Natur, dass der Anblick von nackten Frauenbeinen gefällt, um es milde auszudrücken, der von bloßem Männerbeinfleisch (meist unerträglich bleich) dagegen Abwehr, ja Abscheu hervorruft. Seither war die Sockenfrage eine wesentliche Vorbereitung, neben der Krawatte die wesentlichste.

Nun zur Vorgeschichte: Ich war mit meiner Familie am Wörthersee in Ferien, und als ich am Sonntag von Klagenfurt nach Salzburg fuhr, waren meine Frau und meine Kinder schon im Zug nach Hamburg. Ich stand also Sonntag früh auf, packte den Koffer und stellte, oh Graus!, fest, dass in den Koffern, die längst nach Hamburg reisten, alle meine Socken waren. Alle! Bei mir hatte ich nur ein Paar weiße Tennissocken. Mit rot-blauem Kringelrand. Blankes Entsetzen packte mich! Konnte ich in Tennissocken zu dunklem Abzug Harry Mulischs »Entdeckung des Himmels« diskutieren? Oder gar Cees Nootebooms »Rituale« preisen? Unmöglich. Ich war erledigt. So gut wie! Mit meiner Kritikerlaufbahn am Ende.

Kaum in Salzburg angekommen, fragte ich in meinem Hotel, ob nicht zufällig ein Paar Socken übrig geblieben seien. Von einem anderen Gast? Es waren nicht! Also machte ich mich, noch in weißen Socken, auf die Socken, auf den Weg, von Hotel zu Hotel, von Portier zu Portier, von Concierge zu Concierge. Es waren Festspiele in Salzburg, ein hochgestimmtes Publikum mit weinroten und seidig schwarzen Socken. Und ich sagte, ich hätte eine merkwürdige Frage, wurde dann rot und fragte: ob nicht zufällig ...!

Im vierten Hotel, ich hatte schon den »Goldenen Hirsch«, den »Österreichischen Hof« und das »Bristol« abgeklappert, hatte ich Glück. Ich bekam etwas: frisch gewaschen, in dunkelblauer Baumwolle und nötiger Länge. Ich wollte bezahlen, man hob abwehrend die Hand, ich solle sie zurückschicken, falls der Gast, der sie vergessen habe ... Ich hob die Hand zum Schwur: Selbstverständlich! Großes Indianerehrenwort.

Die Sendung war gerettet, jedenfalls was mich anbetraf. Die Vorbereitung abgeschlossen. Jetzt, wo ich mich daran erinnere, fällt mir ein, dass ich die Socken nicht zurückgeschickt habe, nachdem ich sie natürlich erst zum Waschen am Montagmorgen nach Hamburg mitgenommen hatte. Das war, wie gesagt, 1993, im August. Verjähren entliehene Socken in vier Jahren?

Auf allen Viren

Eine Grippewelle, von Gebildeten auch Grippe-Epidemie genannt, durchrollt zur Zeit unser Land. Sie soll die schwerste seit über 20 Jahren sein. Wer von ihr befallen wird, soll, das ist einer ihrer heftigsten, von Dr. Huxley 1942 erstmals beschriebenen Symptome, nur über Grippe schreiben können. Und so schreibe ich, obwohl ich auf allen vieren, ja sogar auf allen Viren krieche, über die Grippe.

Ihre übrigen Symptome hat Kurt Tucholsky, der sich vor der Grippe als Peter Panter zu verstecken suchte (sie hat ihn doch erwischt), bereits 1931 beschrieben. Sie, die Grippe, sei erkennbar an »leichtem Kribbeln in der Nase, Ziehen in den Füßen, Hüsteln, Geldmangel und der Abneigung, morgens ins Geschäft zu gehen«. Tucholsky hat auch die Dauer einer Grippe beschrieben: »Bei ärztlicher Behandlung drei Wochen, ohne ärztliche Behandlung 21 Tage.« Seit es die Krankenversicherungskarte gibt, ist es allerdings umgekehrt: mit Arzt 21 Tage, ohne drei Wochen. Dergleichen nennt man Fortschritt. Den Fortschritt erkennt der Tucholsky-Leser, der mit grippigen Händen und schweißigen Augen nach Peter Panter greift, auch dran, dass Tucholsky noch glaubte, dass die Grippe durch, ha, ha, ha, Bakterien übertragen werde, durch Bazillen. Er folgte dabei der Irr-Lehre Dr. Pfeiffers, der 1892 »ein äußerst kleines, im Auswurf des Kranken vorhandenes Stäbchen gefunden hat, den Grippe-Bazillus«.

Kein Wunder, dass sich Professor Pfeiffer irrte, denn die Viren wurden erst um 1900 herum überhaupt entdeckt. Im gleichen Jahr übrigens, als im Virchow-Institut in Berlin entdeckt wurde, dass Kinder nicht vom Storch gebracht werden; schon 1887 war in Frankreich die Theorie gefallen, Kinder entstünden durch Champagner und wüchsen vor der Geburt in Kohlköpfen auf.

Doch zurück zur Grippe. Ihre erste sicher konstatierte Epidemie fällt in das Jahr 1387. Damit ist sie etwa so alt wie der schiefe Glockenturm von Pisa (der 1350 fertig gestellt und in Schieflage gebracht worden war) und ebenso hartnäckig. Das heißt aber auch, dass die Grippe jünger als die Büchse der Pandora ist und deshalb nicht unter den hypokratischen Eid fällt.

Warum gibt's die Grippe überhaupt? wird so mancher Laie fragen, und der Fachmann wird dazu zustimmend nickend sein Haupt wiegen. Ja, warum? Auch der »Spiegel« stellt, in Zusammenhang mit der Grippe-Welle und dem Rosenmontag, eine ähnlich bewegende Menschheitsfrage, und das als Titel-Geschichte: »Passen Männer und Frauen überhaupt zusammen?« Und unterstreicht das »überhaupt«! Und überhaupt? Man könnte, ja müsste die Frage ergänzen. »Passen Männer und Frauen überhaupt zusammen? Punkt. Und wenn ja, warum?« Und wenn nein, ach nee. Ich muss bei solchen Fragen passen. Und zwar grundsätzlich, aber nicht zusammen. Warum haben wir uns das nicht früher gefragt? Ich meine, was wäre der Menschheit erspart geblieben? Seit 1387 mindestens.

Und was das mit der Grippe zu tun hat? Gemach! Zitieren wird wieder Peter Panter, respektive Tucholsky. Er meint über die Grippe: »Man steckt sich am vorteilhaftesten an, indem man als männlicher Grippekranker eine Frau, als weiblicher Grippekranker einen Mann küsst, über das Geschlecht befrage man den Hausarzt.« Passen also Männer und Frauen überhaupt zusammen? Bei Grippe kann die Antwort nur lauten: Je nachdem!

Steinzeit-Erlebnis

Wie es in der Steinzeit zuging, weiß ich durch das Fernsehen. Wenn ich meinen Kindern über die Schulter schaute, während sie »Familie Feuerstein« guckten, und dabei hängen blieb. Seit damals weiß ich, auch in der Steinzeit sah es aus wie bei Hempels unterm Sofa, und Reifenprobleme hatten die jedenfalls nicht.

Wie es vor der Steinzeit zuging (hieß die Zeit Diluvium?, Tertiär? oder Unterprima? Egal!), weiß ich seit letzter Woche ebenfalls durch das Fernsehen. Als in Madrid, mitten im elektronischen Zeitalter, ein Tor umfiel. Und auf einmal half keine E-Mail und kein Handy und kein Internet und keine Konferenzschaltung und keine Eurovision. Das war der Hammer! Und zwar wirklich. Männer in grauen Anzügen standen auf einmal da, als hätten sie Bärenfelle um. Sie schickten andere aus, Holzteile zu sammeln, und während ich überlegte, ob es nicht sinnvoll wäre, wenn die sich ein Tor durch den Pizza-Service bestellen würden, vielleicht käme es dann schneller, allerdings con funghi, wurden Keile in den Boden getrieben, und das Tor wackelte, und jemand holte ein Maßband von Omas Nähmaschine, der Zollstock schien noch nicht erfunden, ließ es vor der wackelnden Latte im Wind flattern und sagte (auf Madrilenisch): »Passt scho!« Passte aber nicht, wie sich herausstellen sollte.

Wie es in der Wirklichkeit (ohne Fernsehen) zugeht, erfuhr ich am nächsten Morgen, als ich noch schadenfroh an das umgefallene Tor dachte. Doch dazu muss ich ausholen: Ich habe in Berlin eine kleine, dennoch geschmackvolle Wohnung, bei deren Küchentür sich die Klinke gelockert hatte. Ähnlich wie das Tor in Madrid.

Und am Morgen zog es, weil ich zwecks Lüftung das Fenster öffnete, und in der kleinen Küche das Fenster offen gelassen hatte über Nacht, auch zwecks Lüftung. Ich eilte also, durchaus noch wenig bekleidet und ohne Brille (ein Mensch im Holozän sozusagen) in die Küche, das Fenster zu schließen. Bautz! fiel die Türe zu, und klirr! lag die Klinke auf dem Boden. Ich setzte sie wieder ein, dabei stieß sie die andere Klinke gegenüber hinaus. Ich war eingeschlossen; ohne Telefon, Handy, Fernsehen, Fußballübertragung und Pizzaservice! Zurück in der Steinzeit!

Aber ich hatte, anders als meine Vorfahren im Jura und Delirium, ein Schweizermesser, bei dem ich auch ohne Brille die Lupe, den Zahnstocher und den Korkenzieher fand. Beim weiteren Suchen noch die Zange (es ist das Schweizermesser höchster Stufe und hat, abgesehen von einem Fußballtoraufsteller, alles) schnitt ich mir in den Daumen, und die Zange kantete außerdem nicht. Sie war, obwohl klein, zu dick; das Problem kennt man.

Ich blickte auf den Hof, hinab in die Tiefe von der Höhe des dritten Stocks. Es regnete. Ich wartete. Niemand ging zu den Mülleimern, alle Fenster bis auf meins geschlossen. Es war kalt. Nach einer Ewigkeit – meine Quarzuhr, die ich ins Quartär gerettet hatte, sagte mir: nach 30 Minuten – überwand ich meine Scham und rief mehrmals »Hallo!« in den hallenden Hof, erst schüchtern, dann immer lauter. »Hallo!«, wie jemand, der ohne Telefon telefonieren will. Endlich öffnete sich unter mir ein Fenster. Ich rief meine Notlage mit blutendem Daumen in den Hinterhof, warf schließlich Zettel und Telefonnummer hinunter. Bald war Hilfe im Anmarsch.

Während der Wartezeit wollte ich nicht untätig sein, nicht wie das hilflose Bergopfer fröstelnd dastehen, bevor die Alpenwacht und der Bernhardiner mit dem Enzianfässchen kommen. Ich griff also noch einmal nach meinem Schweizermesser, den Daumen mit Küchenkrepp umwickelt. Diesmal zog ich die einfache Klinge auf, drückte sie ins Klinkenloch und benutzte sie aufs Geratewohl als Vierkant.

Was soll ich sagen: Es klappte. Mit einem Schritt war ich, wenn auch leicht lädiert, wieder zurück in der Postmoderne, wo wir Tore aus Madrid nur elektronisch vermittelt umfallen sehen. Ich hätte mir sogar eine Pizza bestellen können.

Ohne Mais kein Reis

Das Leben, sagt man, schreibt die schönsten Geschichten, und das ist wahr. Die Sache hat nur einen Haken, nämlich den, dass das Leben zwar die schönsten Geschichten schreibt – schriebe, schreiben würde, aber nicht schreiben kann. Das Leben kann nämlich nicht schreiben; es kann leben. Und selbst ob das Leben leben kann, wirklich leben, richtig leben, daran darf man zweifeln. Aber schreiben, so viel steht fest, kann das Leben nicht. Das ist eine Chance, ein Glück für uns Journalisten, für uns Schreiber. Denn weil das Leben selbst nicht schreiben kann, können wir es abschreiben – wenn wir es können. Wir gucken dem Leben auf die Finger und denken, ha, ha, wenn das Leben jetzt schreiben könnte, dann hätte es was zu erzählen. Also schauen wir ihm zu, dem Leben, verzichten selbst zu leben und schreiben, was das Leben schriebe, wenn es schreiben könnte. In der Zeit, in der wir schreiben, verzichten wir darauf, zu leben. Aber der Verlust hält sich, erfahrungsgemäß, in Grenzen.

Wer schreibt, lebt nicht. Und wer nicht lebt, sündigt nicht. Also sündigt nicht, wer schreibt. Das ist zwar nicht wahr, klingt aber tröstlich.

Ich komme zum Maishuhn. Auf der Speisekarte, der aktuellen Speisekarte für den Monat Mai, in den Eisenbahnzügen, die einen Mitropa-Wagen mit sich führen, also in all den ICs und ICEs steht ein Maishuhn auf der Speisekarte. Eine Maishuhnbrust mit Reis.

Ich fahre im Zug zwischen Dortmund und Berlin, und es ist Mittagszeit, ich sitze an einem großen Tisch (vier Plätze), und eine junge Frau sitzt an einem kleinen Tisch (zwei Plätze), während ich das Sauerfleisch mit Remoulade und Bratkartoffeln bestelle und das Ehepaar neben mir das Chili con Carne, einerseits, und den nordischen Fischteller, andererseits, hat die junge Frau jenseits des Gangs das Maishuhn bestellt. Ja, und ein Mineralwasser. Mit Kohlensäure. Ja.

Ein paar Minuten später bringt der Ober (er hat einen Schnurrbart, einen Bauch und einen Akzent, der auf seine Herkunft vom Balkan schließen lässt) das Maishuhn. Die Maishuhnbrust. Neben dem bleichen Huhn, das in einer noch bleicheren, wenn auch mehlig dicken Sauce schwimmt, liegt ein Häufchen Reis. Ebenfalls weiß, wenn auch mit grüner Petersilie garniert. Die junge Frau blickt ihren Teller an, das bleiche Hühnerfleisch, den weißen Reis, die grüne Petersilie. Dann blickt sie zum Ober auf, nimmt ihren ganzen Mut zusammen und sagt mit einer Stimme, die vor Entschlossenheit heiser ist, indem sie mit dem Finger auf den Reis deutet:

»Ich habe ein Maishuhn bestellt. Auf der Karte stand Maishuhn. Aber das da«, sie zeigt auf das Reishäufchen, »das ist kein Mais, das ist Reis.«

Der Ober schaut sie verblüfft an. Er sagt: »Cheist Maishuhn. Huhn cheist Mais!«

»Aber das ist Reis«, sagt die Dame. Und der Ober zuckt die Achseln.

Ich hätte, nur durch einen Gang vom Maishuhn getrennt, dem Leben zu Hilfe kommen können. Ich hätte erklären können, dass ein Maishuhn, vor allem ein totes, nicht mehr als Maishuhn zu erkennen ist, weil es den Mais zu Lebzeiten gefressen hat. Und dass die Frau den Reis, hätte es sich um ein Reishuhn mit Mais gehandelt, auch nicht hätte sehen können. Ohne Reis kein Mais, wie man im Leben so schön sagt. Ich ließ es aber auf sich beruhen. Die Frau kam sich betroffen vor, der Ober missverstanden, das Maishuhn mit Reis war ohnehin schon tot. Aber das Leben ging weiter.

Wie sagt Karl Kraus: »Das Leben geht weiter – als es erlaubt ist.«

Davor, danach

»Männer sind Schweine« heißt der jüngste Immer-noch-Hit der »Ärzte«. Und warum? »Sie wollen immer nur das eine.« Der Riesenerfolg dieses Songs kommt sicher daher, dass Zuhörerinnen der These der Ärzte erstens freudig und leiderfahren zustimmen und zweitens aus dem fröhlichen Gekrähe Zerknirschung des »stärkeren« (ha, ha, ha) Geschlechts heraushören: Einsicht ist der erste Weg zur Besserung. Männer dagegen hören das Lied gern, weil sie wissen, dass Männer nichts lieber hören, als »Schweine« zu sein, immer nur »das eine« zu wollen. Gut geprahlt ist halb gewonnen! Und die »Ärzte« zitieren Jack Lemmon als Daphne aus »Manche mögen's heiß«, der da sagt: »Männer, diese haarigen Biester, die immer nur das eine von uns Mädchen wollen.« Er sagt es als Frau verkleidet und mit verstellter Stimme, weil er denkt, dass das Frauen über Männer hören wollen. Und weil er weiß, dass es wahr ist. Und weil er stolz darauf ist.

Im neuen Woody-Allen-Film lädt sich der einsame Woody ein schwarzes Callgirl für »das eine« zu sich ein und erzählt, er mache es mit Vorliebe mit Callgirls, da müsse er »vorher« nicht über Kafka quatschen. Und die üppige Hure fragt erstaunt: »Wollen wir nicht vorher ein bisschen reden?«

Billy Wilder, der in »Manche mögen's heiß« das alte Frau-Mann-Spiel ganz schön durcheinander gemischt hat, seufzte mir einmal vor, er hätte richtig reich werden können, wenn er das Schwenkbrett erfunden hätte. Unmittelbar »danach« dreht sich die Matratze, die Frau verschwindet im Souterrain, und oben erscheint ein Bridge-Tisch mit 3 Spielern, die sich zu dem Mann gesellen (in

Deutschland zum Skat). Man würde sich den ganzen Dialog »danach« ersparen.

So sind Männer. Eben Schweine. Oder halt! Wollen sie nur so sein? Wollen sie nur angeben? Gebt es ihnen wie dem Ehemann, der spät, sehr spät nach Hause kommt, und als die Frau ihn fragt, wo er denn gewesen sei, gesteht: »Ich muss dir die Wahrheit sagen. Ich war bei einer Freundin!« Worauf ihn die Ehefrau geringschätzig anlächelt und sagt: »Angeber! Du warst sicher wieder nur beim Kegeln!« Der Dialog allerdings, so viel ist wahr, ist keine männliche Stärke. Weder davor noch danach. Weder als Werbung noch als zärtlicher Dank. Da sind Männer (und gemeint sind immer nur die anderen, nicht Sie und nicht ich) wirklich Schweine.

Schweine wären übrigens, wenn man sie nur ließe, äußerst saubere, intelligente, auf Diät achtende Tiere. Von einem Dialog davor und danach hielten sie aber trotzdem nichts. Quieken ist alles, was die wollen.

Für die Katz

Früher war es der Spinat. Weil er so eisenhaltig und gesund war, zwangen Mütter ihre Kinder, das grüne Zeug, das meist zu einer breiigen Pampe verarbeitet worden war, zu essen. »Spinat ist sooo gesund! Das brauchst du! Das wird aufgegessen!« Auch meine Mutter zwang mich. Ich durfte nicht aufstehen, bevor ich meinen Spinat nicht aufgegessen hatte. Ich saß, stierte verzweifelt auf den grünen Haufen, der mich unabweislich an einen Kuhfladen erinnerte, plopp, auf grüner Wiese. Ich kam mir wie ein Wiederkäuer vor. Eisenhaltig! Damals, als ich klein und spinatgefüttert war (nur Lebertran war noch ekliger!), war schon allein die Luft eisenhaltig.

Manchmal versuchte es meine Mutter auch im Guten. »Einen Löffel für die Oma! Einen für den Opa! Einen für Tante Martel!« »Nein!« schrie ich, »keinen Löffel für Tante Martel. Tante Martel kann ich nicht leiden! Fast so wenig wie Spinat kann ich die leiden!« »Du bist ein böser Junge«, sagte meine Mutter. »Tante Martel ist doch gerade so schwer krank!« »Dann soll sie den Spinat doch selber essen!« sagte ich bockig. »Wenn der so gesund ist!«

Aber es half mir nichts. Der Spinat musste rein. Dabei war nur ein Kommafehler schuld. Im Lexikon war das Komma beim Eisengehalt des Spinats um eine Stelle verrutscht, so dass der Spinat irrtümlich als zehn Mal so gesund galt, wie er war, jedenfalls was seinen Eisengehalt betraf. Der hätte ja förmlich rosten müssen, so eisenhaltig war der! Lächerlich. Heute liebe ich Spinat und kann ihn auch gut kochen – zubereiten sagt man. Ich liebe ihn aus Trotz und Protest gegen meine Kindheit.

Letzte Woche war der Knoblauch dran. Auch er ein Irrtum! Haben amerikanische Ärzte festgestellt. Auch er ein

Kommafehler. Knoblauch, so war zu lesen, nach einer Studie an über 1000 Versuchspersonen, ist gar nicht so gesund. Die einen fütterte man jahrelang mit Knoblauch, die anderen mit einem Placebo, das nur so stank wie Knoblauch. Grässlich! Stinkt und ist nicht einmal gesund! Hat kein Eisen, senkt nicht das Cholesterin, schenkt auch kein langes Leben. Am Schluss des Versuchs waren Knoblauchfresser und Nicht-Knoblauchfresser gleich gesund und gleich unglücklich. Knoblauch ist für die Katz! Für Tante Martel!

Da fiel mir der Papp-Bulgare ein, der früher am Reck im Schaufenster von Apotheken und Reformhäusern geturnt hatte, ein Greis mit weißem Haar und eisgrauem Bart: Ilja hieß er und Roganoff, und Kefir trank er außerdem, war 105 Jahre alt und turnte immer noch, im Fenster der Apotheke, elektrisch bewegt, am Reck. Dank Knoblauch. Wir aßen ihn alle, tapfer, wir wollten auch noch lange turnen, wenn auch nicht unbedingt am Reck.

Und jetzt? Der Knoblauch wie der Spinat, ein Schuss in den Ofen. Umsonst gestunken und umsonst das Blähgefühl. Umsonst eine Zehe für die Oma und eine Zehe für Tante Martel. Knoblauch ist auf einmal nur noch etwas für unverzagte Gourmets, wie Spinat. Schmeckt, wem's schmeckt, ist aber nicht gesund.

Nur den Rotwein lasse ich mir nicht ausreden. Dass der gesund ist und gut gegen Herzinfarkt, Hirnschlag und Krebs. Da können noch so viele amerikanische Studien kommen! Da trink ich einen Schluck für die Oma und einen für den Opa. Und einen Schluck für Tante Martel! Für die unbedingt!

Weisheit der Natur

Immer, wenn der Juli in den August übergeht, fällt mir die Weisheit der Natur ein, die uns nicht nur zehn Finger gegeben hat, damit wir das »Rach 9« spielen können, eventuell, ich allerdings weniger. Sondern damit sie uns auch dem Dezimalsystem anpasst, mitsamt Ringfinger, Zeigefinger, Stinkefinger.

Noch weiser ist die Natur mit den Fingerknöcheln verfahren, und wenn mich meine Frau im Urlaub fragt, weil wir am 1. August zurückmüssen, wie viel Tage der Juli hat, dann schau ich auf meine Fingerknöchel und beginne mit dem Zeigefinger der Rechten die Knöchel der Linken abzutasten – Berg – Tal – Berg – Tal. Für jeden »langen Monat« hat mich die weise Natur mit einer Knöchelerhebung, für jeden »kurzen Monat« mit einem Tal zwischen zwei Knöcheln ausgestattet. Wie weise!

So weise, dass ich mir manchmal einbilde, das Tal zwischen dem Januar-Knöchel (linker Zeigefinger) und dem Märzknöchel (diese Knöchelerhebung heißt medizinisch auch: linker Effenberg) sei ein besonders tiefes Tal, weil der Februar bekanntlich, Sie wissen schon!

Nur eines kann die Natur nicht ganz, wie ich »Rach 9« nicht ganz kann: Sie kann durch die Handvertiefungen kein Schaltjahr ankündigen. Aber meine Uhr kann das auch nicht, und da ich immer vergesse, meine Uhr nach den Knöcheln zu stellen, zeigt sie mir ohnehin ein Datum, das nie stimmt, also schau ich erst gar nicht hin.

Aber jetzt wieder von der menschlichen Unzulänglichkeit zurück zur Weisheit der Natur. Wir haben nämlich an einer Hand (und zwar an jeder) vier Knöchel und drei Vertiefungen, und das reicht natürlich für die zwölf Monate nicht hin und nicht her. Fast habe ich manchmal den Verdacht, die Natur hat uns nur deshalb zwei Hände gegeben, damit es mit den Monaten reicht, und meine Mutter und mein Vater fallen mir ein, die in meiner stürmischsten Entwicklungsphase, der so genannten Kindheit, mich nachdenklich anschauten, dann sich, um dann sorgenvoll zu sagen: »Du, ich glaube, der Bub hat zwei linke Hände!«

Und zu dem Gesicht, das ich dann machte, sagte meine Mutter, ob ich mit dem linken Fuß aufgestanden sei. Bis heute kann ich deshalb, um mit Jandl zu sprechen, »lechts und rings« immer »velwechsern«, »werch ein Illtum!«.

Doch wieder zurück von menschlicher Schwäche zur weisen Natur. Wie wir wissen, wechseln die zwölf Monate, lang, kurz, lang, kurz, so richtig alternierend. Auf einen kurzen April folgt ein verregneter Mai, auf einen kurzen November eine weiße Weihnacht im Dezember. Immer zuerst lang (Januar), dann kurz (Februar). Unerbittlich.

Nur ein einziges Mal macht die Natur, macht der Kalender eine Ausnahme. Vom Juli zum August. Hier folgt lang auf lang. Und nun lieber Leser, legen Sie ihre Hände fromm nebeneinander, denn der liebe Gott sieht alles! Und zählen sie Knöchel, Knöcheltal, Januar, Februar und so weiter. Und wenn eine Hand zu Ende ist, nehmen Sie die nächste. Es stößt Knöchel auf Knöchel, lang auf lang. Und auf Ihrer Hand ist es erst Juli und dann August.

Früher nannte man das eine Eselsbrücke. Ich nenne es die Weisheit der Natur. Die ist ja auch so weise, dass der Wolfgangsee nicht überlaufen kann. Und wenn noch so viele Kohls und Schlingensiefs drinnen baden, zwischen Juli und August.

Kleinvieh macht Mist

Endlich Sommer. Und gleich so viel. Die junge Frau im Garten des Café Einstein, allein am Tisch, das hat sie nun davon. Denn sie bestellt sich eine Schale Erdbeeren, und als die kommen, muss sie gerade mal. Telefonieren oder aufs Klo.

Kaum ist sie weg, kommen die Spatzen. Sie tschilpen, sie spähen. Erst einer, mit einem Hüpfer auf der Sessellehne, dann der zweite; drei und vier flattern herbei, vorn herunter, da ist der erste schon auf dem Tisch und springt die Erdbeeren an, sein Schnabel pickt wütend ins tiefrote Fruchtfleisch. Die andern ihm nach, wetzen ihre Schnäbel in den Früchten, auch gegeneinander, Futterneid, wütendes Zirpen.

Bald ist die Schüssel von flatternden Sperlingen umlagert, die sich gütlich tun. Dem Betrachter fällt Frommes ein und Menschliches. Frommes: Seht euch nur die Spatzen an, sie ziehen kein' Pflug, sie tragen kein Joch, und Gott im Himmel nährt sie doch. Kein Spatz fällt vom Himmel, wenn es der Höchste nicht will. Doch auch Menschliches: Die Spatzen haben Glück! Dass sie uns nicht schmecken, und deshalb lassen wir sie leben. Nur im Sprichwort ist der Spatz in der Hand besser als die Taube auf dem Dach. Die wiederum im Bett ist besser als der Schwerhörige auf dem First.

Jetzt scharen sie sich auch um den Brotkorb des Herrn, der sich den Tafelspitz bestellt hat, streiten sich nicht mit den Wespen, die es schwerer mit uns Menschen haben, wenn sie uns an den Salat und an Fleisch und Kuchen gehen. Weil sie stechen, weil sie sich wehren: Das mögen wir nicht. »Wie bei Hitchcock«, sagt ein Gast und zeigt mit dem Finger auf die hüpfende Spatzenpyramide, die geschickt Brot in sich hineinpickt. Durchaus keine Spatzenhirne, was ihren Hunger anlangt.

In Salzburg im Café Bazar, Blick auf Festung und Salzach, auch hier nährt Gott die Spatzen mittels der Gäste. Und während ich mit Gott und Welt hadere, weil Frau Löffler meine Begeisterung für Paul Kornfelds »Blanche« nicht teilt und Marcel Reich-Ranicki nicht meine Freude über Philipp Roth, und überhaupt, tschilpen die kleinen braungrauen aufgeplusterten Vögel.

Hat Franz von Assisi, als er den Vögeln predigte, auch den Spatzen die schützende Hand vorgehalten? Frank Elstner fällt mir ein, als er, lang, lang ist's her, »Wetten dass ...« noch selber (oder sagt man: selbst) moderierte. Da hatte er einmal einen Experten für Vogelstimmen, der konnte jede Stimme von Vögeln erraten. Nun ja. Und davor hatte Elstner Angst. Vor dem Aussprechen. Also sagte er statt »Experte in Vögeln« »Experte von unseren gefiederten Freunden«. Und eigentlich klang das noch unanständiger. Fast wie »bumsen«! »Unsere gefiederten Freunde«. Von wegen! Fressen uns unsere Erdbeeren weg. Und unser Baguette. Bloß weil Sommer ist. Aber darauf pfeifen die Spatzen vom Dach.

Hälfte des Lebens

Dieser Tage konnte man in der Zeitung lesen: Die Lebenserwartung der Deutschen hat sich in den letzten 100 Jahren verdoppelt. Verdoppelt! Von 40 auf 80 Jahre. Selbst wenn man sich vor Augen hält, dass der Grund dafür auch ist, dass die Frauen seit hundert Jahren nicht mehr an Kindbettfieber sterben und die Männer, zumindest in Mitteleuropa, sich seit 50 Jahren nicht mehr im Krieg totschießen, selbst dann bleibt das eine erstaunliche Zahl.

Und was noch erfreulicher ist: die Menschen bleiben länger jung, ihre Lebensuhr tickt anders. Als Balzac 1835 seinen Roman »Die Frau von dreißig Jahren« schrieb, war die Heldin, die Dreißigjährige, zwar in der Blüte ihrer Jahre, aber in dieser Blüte war das Verblühen schon angelegt, und der große Romancier beschrieb den »poetischen Gipfel des Frauenlebens«, indem er dieser »Hälfte des Lebens« auch die Lebensgier einschrieb, die von der Ahnung des unabwendbaren Abstiegs getrieben wird. »Sie (die Dreißigjährigen) kennen dann jeden Preis der Liebe und freuen sich ihrer in der Furcht, sie zu verlieren: Ihre Seele ist noch schöner durch die eben entschwindende Jugend, und ihre Leidenschaft erstarkt durch die Ahnung einer sie erschreckenden Zukunft.«

Gewiss, der romantische Blick eines Romans der lodernden Leidenschaften. Aber würde man die glühende Julie d'Aiglemont, so heißt Balzacs Heroine, in die heutige Zeit schreibend verpflanzen wollen, man würde sie, um die biologische Balance ihres Lebens zu treffen, zur »Frau von fünfzig« machen müssen.

Und in diesem Zusammenhang erinnere ich mich an meine Theaterzeit, als ich das Vergnügen (und auch die Anstrengung) hatte, mit dem großen Theaterregisseur

Rudolf Noelte zusammenzuarbeiten. Wir bereiteten die Besetzung von Tschechows »Drei Schwestern« vor. Und Noelte wollte für Werschinin, den Oberst, der neu in die Garnisonsstadt kommt, Malte Jäger als Gast engagieren. Sie erinnern sich? Werschinin, das ist der melancholische, unglücklich verheiratete Schwadroneur, der Mascha den Hof macht, auch sie ist, mit einem lächerlichen Mann, unglücklich verheiratet. Er gewinnt ihr Herz, indem er darüber räsoniert und philosophiert, wie glücklich die Menschen in einhundert, zweihundert, dreihundert Jahren sein werden, das Leben auf der Erde werde »unvorstellbar schön« sein. Tschechow macht sich über den lebensuntüchtigen Schwärmer gleichzeitig lustig, weil er tatenlos in die Zukunft starrt, und lässt ihn doch wegen seiner utopischen Träume als rührend und liebenswert erscheinen.

Als Noelte mir Malte Jäger nannte, blickte ich ihn erstaunt an. »Aber«, sagte ich, »Werschinin ist in dem Stück um die vierzig Jahre, und Malte Jäger ist über sechzig.« »Genau deshalb ist er die richtige Besetzung. Um einen im Jahr 1900 Vierzigjährigen ›richtig‹ zu besetzen, muss man heute (das war in den sechziger Jahren) einen Sechzigjährigen wählen, um, was Lebensstimmung, Ausstrahlung, biologische Befindlichkeit anlangt, analog zu sein!«

Das leuchtete mir sofort ein: Noelte hatte Recht! Damals, vor heute hundert Jahren, war eine Vierzigjährige eine Matrone, Großmutter unter Umständen, heute ist eine Vierzigjährige eine Frau in den besten Lebens- und Berufsjahren, und wenn sie einen langen Ausbildungsweg zu ihrer Karriere hatte, vielleicht gerade Mutter geworden. Ich blickte den Regisseur bewundernd an. Rudolf Noelte war damals gerade Mitte vierzig. Wie er so neben mir ging, wir spazierten durch den Stuttgarter Schlossgarten, sah ich ihn an: Der große Regisseur sah aus wie Mitte sechzig.

Kleiderordnung

Gestern, Sonntagvormittag, kurz nach zehn Uhr, Börne-Preis-Verleihung in der Frankfurter Paulskirche. Da ich der Laudator auf den Kollegen Josef Joffe war und reichlich nervös, war ich schon so früh erschienen – die Preisvergabe war um 11 Uhr, und wer, außer Martin Walser, darf schon in der Paulskirche reden –, und so war ich der erste Gast, wurde in einen Empfangsraum geführt, wo Kaffee, Tee und Kekse standen, und tigerte mit meiner Rede in der Hand nervös auf und ab …

Die Tür ging auf, ein Mann im schwarzen Smoking, Fliege, einen sorgfältig gestutzten Bart um sein Kinn, trat ein, begrüßte mich. Ich stutzte, fragte ihn, seinen Smoking anstarrend: »Oh, bin ich underdressed?«, weil ich nur einen grauen Anzug mit Krawatte anhatte. Er schaute verlegen beiseite, erwiderte dann: »Ich glaube nicht!« Und, nach einer Pause: »Ich helfe hier beim Service aus!« Ich hatte einen Ober mit einem Gast verwechselt. Und dann fiel mir ein, dass mir das öfter passiert, in letzter Zeit. Dass ich beispielsweise ins KaDeWe gehe, um einen neuen Kopf für meine Elektro-Zahnbürste zu kaufen, und dann frage ich eine Frau, die vor den Haartrocknern herumsteht, ob sie mir denn sagen könne, ich suche eine elektrische Zahnbürste, und sie lächelt mich indigniert an, sie wisse es nicht, sie sei hier auch Kundin. Und ich werde rot, Schweißperlen auf der Stirn, entschuldige mich und verkneife mir, gerade zu sagen, dass ich gedacht hätte, sie sei eine Verkäuferin.

Aber warum schäme ich mich? Hätte ich sie mit der falschen Verkäuferinnen-Erwartung herabgewürdigt? Nur weil ich in einer Dienstleistungsgesellschaft – auch Journalisten sind Dienstleistende – eine Kundin, eine potenzielle Käuferin mit einer Angestellten des KaDeWe verwechselt hätte? Ist das die »Hier ist der Kunde König«-Mentalität? Und wenn einer der »König« ist, der King, dann ist der andere der Diener?

Oder neulich in W. Am Morgen, ich war noch einkaufen und bringe die Tüte zurück ins Hotel. Vor dem Hotel steht ein Mann im giftgrünen Anzug. Ob er die Tüte zu meinem bereits ausgecheckten Gepäck stellen könne, will ich ihn gerade fragen und zögere. Aber wie, wenn er trotz seines giftgrünen Anzugs kein Gepäckträger des Hotels, sondern ein Gast ist? Er hat dunkle, gegelte Haare. Ein Hotelangestellter oder der Scheich von Dubai, der ein bisschen in der Herbstsonne flaniert? Ich habe keine Ahnung, also eile ich, um mich nicht wieder zu blamieren, in die Hotelhalle, und ich lasse meinen Einkauf an der Rezeption deponieren, wo ich quälend lange in einer Schlange stehen muss. Vielleicht ist der Grüne doch nur ein Türsteher gewesen, kein Scheich und kein Maharadscha? Egal. Später stellt sich heraus, dass er ein Taxifahrer eines privaten Taxi-Service zum Flughafen war.

Und so geht's mir immer mit der Kleiderordnung, und ich bewundere auf einmal die militärische Hierarchie, die Uniform, Lametta, Silber, Gold und Sterne. Goldgeflochtene Schulterstücke ein General, zumindest, Silber mit zwei Sternen ein Hauptmann oder so und mit dem Äskulap-Stab ein Militärarzt oder so was. Und dann drücke ich einem Mann, der mir die Hoteltür aufhält, ein Zwei-Mark-Stück in die Hand. Und er sagt mir, in singendem Englisch, dass er der Neffe des Aga Khan sei, und fragt, wie es mir in Wien gefalle. Ich lächle, werde rot, aber die zwei Mark hat er trotzdem behalten.

Alzheimer

Über Alzheimer gibt es, da es eine so schreckliche Krankheit und ein so fürchterliches Leiden ist, viele Witze, als Ventil sozusagen, um sich über das Lachen Befreiung von dem Überdruck zu verschaffen. Also: Kommt ein Mann zum Arzt und sagt: »Herr Doktor, es ist schrecklich, aber ich kann mir überhaupt nichts merken, ich vergesse alles sofort wieder.« Darauf der Arzt: »Seit wann haben Sie denn das?« Und der Patient: »Was?«

Ich stehe in Tübingen in der Hafengasse, vor dem Hotel »Prinz Karl«, ein Haus, das die gedrungene Schönheit Tübingens (Bursa, Stiftskirche, Markt) verkörpert. Der Eingang ist ein Tor mit breitem Bogen, das erste wie das zweite von den drei Stockwerken hängt über dem Erdgeschoss mit seiner 10-Fenster-Front mit den roten Geranien und den aufgeklappten Fensterläden nach vorn, als wollte es sich auf die Straße stürzen. Das Haus ist schmutzig gelb und von verwitterter Schönheit, davor buckliges Kopfsteinpflaster, man spürt jeden Schritt an der Sohle. Eine Gasse, die sich immer noch in ihre schöne, klobige, spröde Vergangenheit ducken möchte.

Mir fällt ein, wie ich vor 35 Jahren hier gegessen habe, der »Prinz Karl« war die Mensa der Universität (ist es wohl noch heute). Tübingen hatte damals rund 3500 Studenten, und am Donnerstag gab es in der Mensa Linsen und Spätzle, dazu ein Paar Saitenwürscht; ach, bis heute kenne ich nichts Besseres, und wenn es nicht auf die Figur zu achten gäbe, täglich könnte ich das essen. Linsen, Spätzle, Saitenwürscht.

Und Percys Gearing fällt mir ein, eine amerikanische Studentin, die hieß wie ein US-Admiral und wie ein Kreuzer oder ein Schlachtschiff und hatte glänzend blaue

Augen und eine Delle mitten in der Nase. Und ich saß mit ihr beim Essen, diesmal weiße Bohnen, als Eintopf, und ihr Freund, ein Germanist, erklärte ihr, dass Schluss sei, zwischen ihm und ihr, und da fiel ihr alles, was sie an weißen Bohnen gegessen hatte, und das war viel, wieder aus dem Hals, zurück auf den Teller. Schrecklich. Ich habe seit der Zeit nie wieder weiße Bohnen gegessen. Jedenfalls selten.

Und jetzt stehe ich vor dem »Prinz Karl« und bin nostalgisch oder wie das so heißt. Aber dann entdecke ich ein Schild, und auf dem steht: »Hier wohnte Alois Alzheimer (1864-1915) in den Jahren 1886/87 als Student. Die nach ihm benannte Erkrankung stellte er erstmals 1906 an der hiesigen psychiatrischen Universitätsklinik der Öffentlichkeit vor.«

Das Schild ist neu. Und in meinen Gedanken erscheint ein anderes Schild, ein imaginäres: »Hier kotzte Percys Gearing 1962 ihren Liebeskummer nach einem Eintopf zurück auf den Teller.« Das hatte ich, bis ich das Alzheimer-Schild sah (das es damals noch nicht gab), vergessen. Oh seliges Vergessen!

Weiße Trüffeln

Es gibt sie nur im Spätherbst und im Frühjahr, die weißen Trüffeln, wobei die besten als Alba kommen, wo es auch eine Trüffel-Börse gibt und eine Trüffel-Mafia natürlich: Wenn etwas wertvoll, kostbar und teuer ist, kann das nicht ausbleiben. Die weiße Trüffel, eine aromatische Köstlichkeit, die herb, streng, intensiv, einmalig riecht – man schmeckt sie mit der Nase wie mit der Zunge, mehr mit der Nase und dem exklusiv snobistischen Gefühl, sehr wenig für sehr viel Geld zu essen – die weiße Trüffel also, die als Aphrodisiakum verschrien ist, gibt es, wie den Steinpilz, nur kurze Zeit. Während man bei Spargel, Erdbeere oder Orange die Jahreszeiten leicht übertölpeln kann (schon lange ist es nicht nur Weihnachtszeit, wenn es nach Mandarinen riecht), widersetzt sich die Trüffel, vor allem die weiße, dem ganzjährigen Verschleiß.

Der Parasit oder Schmarotzer aus der Abteilung der Askomyzeten und der Familie der Tuberazeen wächst an den Wurzeln bestimmter Bäume, wird von Trüffelhunden verbellt, von Trüffelschweinen aufgespürt, ist sündhaft teuer und wird über Nudeln, Carpaccio, Risotto, Fisch, Kartoffelbrei, Spiegelei und Spinat dünn gehobelt und geraspelt. Und da er selten ist, der Piemont-Trüffel aus Alba (er riecht wie ein Renaissance-Bett nach einer Liebesnacht), mischen ihm Gauner geschmuggelte Trüffeln aus Kroatien bei, die neben die duftenden Originale gelegt werden und deren Geruch so ziemlich annehmen.

Aber nicht das wollte ich erzählen, keine Gourmet-Geschichte (wenn man Pech hat, kostet ein Kilo Trüffeln, »weißes Gold« genannt, über 8000 Mark, aber keine Angst, man braucht nur ein paar Gramm), sondern von einem Erfinder. Vor zwei, drei Jahren geisterte ein Biologe durch die deutschen Zeitungen, dem es erstmals gelungen sein sollte, diese kostbare weiße Trüffel einfach zu züchten. Trüffel-Bänke anzulegen. Wie Austernbänke! Er züchtete also, und das mit Erfolg! Schließlich kam er, als es ihm gelungen war, die weiße Trüffel anzubauen wie Spinat, Rotkohl oder Ravioli (werden die eigentlich angebaut, gefischt oder geschossen?), ins Fernsehen. In »Tagesschau« und »Tagesthemen«, in »heute«, und »heute journal« und n-tv, dort stündlich. Stolz erzählte er, dass es ihm geglückt sei, Trüffeln zu züchten. Jawoll! Echte weiße Trüffeln! Aus Hannover oder Braunschweig statt aus Alba. Das Ei des Kolumbus! Die Trüffel des Polykrates! Sie wüchsen bisher, man müsse nur den Boden injizieren, ohne Probleme. Einen Nachteil hätten sie allerdings, sie seien zwar total wie weiße Trüffeln, aber sie hätten – leider, leider! – kein Aroma.

Ich stellte sie mir vor. Trüffeln ohne Aroma, das ist wie Radiergummi, dünn über Tagliatelle gehobeltes Radiergummi. Gekonnt gezüchtet, aber dennoch Mist! Als ob ein Genetiker den intelligentesten Menschen mit Gen-Manipulation geklont oder sonst was hätte und nun verkünden würde: Sie habe alles bisher, diese Intelligenzbestie, nur kein Hirn. Oder man würde eine Rose kreieren, die überall wüchse, in zehn Minuten, nur schwarz-weiß und ohne Duft.

Von dem Trüffel-Erfinder habe ich seit zwei Jahren nix mehr gehört.

Der Dreher

Kürzlich ist es passiert. Da wollte ich von unterwegs, einer fremden Stadt, zu Hause anrufen, und da hatte ich kein Handy bei mir und musste also richtig wählen, wie früher, ohne Speicher und Kurzwahl. Ich habe also gewählt, 040 und alles, und als das »Tut Tut Tut« ertönte, es war 9 Uhr vormittags, meldete sich die Kanzlei »Anwalt und Partner«. Ich sagte, »Oh, da habe ich mich verwählt«, und die Dame am anderen Ende der Leitung sagte: »Macht nichts.« Und ich legte auf und war konsterniert. »Macht nichts!« dachte auch ich und wählte noch einmal. Richtig von vorne und nicht mit Wahlwiederholung. Und wieder piepte und tutete es, dann war wieder niemand aus meiner Wohnung dran, sondern wieder die Dame von »Anwalt und Partner«. Aber sie sagte nicht: »Anwalt und Partner«, sondern nur »Sie haben sich wieder verwählt!«, denn wir telefonierten beide von ISDN-Apparaten, und so erkannte sie, das ist der Gleiche (vielleicht dachte sie, der gleiche Idiot) von vorhin. »Oh!« sagte ich, entschuldigte mich wieder, und sie sagte wieder: »Macht nichts!«

Aber diesmal dachte ich, hat die 'ne Ahnung von wegen »Macht nichts!«. Ich hatte mit zwei Anrufen plötzlich mein Zuhause verloren. Ich rekapitulierte im Kopf meine Nummer, m, m, m, 64, 61. Das ist sie doch! Noch einmal anzurufen, wagte ich nicht. Die Dame von »Anwalt und Partner«, was hätte sie gesagt, wenn ich zum dritten Mal p, p, p, 64, 61 … Die Nummer stimmt doch, dachte ich. Aber ich kann doch jetzt keinen Freund anrufen und fragen, du, kannst du mir meine Telefonnummer von zu Hause geben, ich hab sie vergessen, ich komme nie zu Hause an. Und die Auskunft geht auch nicht, denn ich habe keinen Eintrag. Ich war also auf einmal in der Fremde heimatlos, telefonisch heimatlos. Kafka fiel mir ein, »Der Landarzt« und »Einmal dem Fehlläuten der Nachtglocke gefolgt – es ist niemals gutzumachen!«

Ein leichter Schwindel erfasste mich. Es war ein ähnliches Gefühl, wie man es hat, wenn man eine leere Rolltreppe betritt, und sie setzt sich nicht in Gang, weil sie kaputt ist. Und auf einmal, statt zu gehen, stakst man mit unsicheren Schritten hinauf (oder hinunter, hinunter besonders), wie über schwankenden Boden, man hat Angst, dass sich die Schritte verheddern. Es ist eine Störung im Erwartungssystem des Gehirns, man hat mit etwas automatisch gerechnet, was nicht eintritt, und schon spielt der Computer der kleinen grauen Zellen leicht verrückt.

Es war dann alles nicht so schlimm, mit dem Telefon, meine ich, denn nach einer halben Stunde panischer Unruhe auf der Rolltreppe meines Hirns fand ich heraus, dass der Fehler ein so genannter »Dreher« war, statt m, m, m, 64, 61 musste ich p, p, p, 61, 64 wählen. Und war auf einmal nicht mehr ohne Zuhause. Wie sagt Karl Valentin? Er sagt: »Da war i wieder beruhigt!« Ich auch. Aber es braucht nur wenig, um aus dem Tritt zu geraten. Manchmal muss nur eine Rolltreppe stehen bleiben. Für kurze Zeit.

Szenen einer Ehe, eine gruselige Geschichte von Gewalt, aber bestimmt eine, die alles andere als ein Einzelfall ist. Ereignet hat sie sich in Frankfurt, zu lesen war sie in der »FAZ«.

Also: Wieder einmal die Ehefrau, wie so oft an Wochenenden, betrunken und erst sehr spät nach Hause gekommen. Ihr auf sie wartender Mann machte seiner aufgestauten Wut Luft, indem er sie beschimpfte, schlug und an den Haaren riss. Seine Frau griff zum Messer und verletzte ihn mit vier Stichen lebensgefährlich.

Dass es zu Gewalt zwischen dem Paar kam, war offenbar nichts Neues, schon gar nicht etwas Einmaliges. An nahezu jedem Wochenende ist die Ehe in Gewalt eskaliert und explodiert. Die Frau hat dabei, wohl um die überlegene Körperkraft ihres Mannes auszugleichen, oft zu Feuerhaken und Flaschen gegriffen. Die Tochter, die die Aggressionsschübe ihrer Mutter offenbar kannte und fürchtete, hat meist vorsorglich die Messer im Haus versteckt, sobald das Wochenende nahte.

Ruchbar und bekannt sind diese Eheauseinandersetzungen durch ein Gerichtsverfahren geworden. Der lebensgefährlich verletzte Ehemann hat, nein, nicht etwa seine Frau verklagt, jedenfalls nicht in diesem Prozess, er hat vor dem Bundessozialgericht auf Opferentschädigung nach dem Opferentschädigungsgesetz geklagt. Die Klage wurde abgewiesen, die Entschädigung dem Manne verweigert. Das Gericht meinte, das Opfer habe nach seinen Ehe-Erfahrungen wissen müssen, in welche Gefahr es sich begebe, wenn es die betrunken Heimkehrende mit Streit zur Gewalt provoziere.

Und jetzt kommt der Grund, warum ich diese Geschichte erzähle. Als die Richter dem Ehemann vorhielten, er sei in seiner »durch Gewalt geprägten Lebensgemeinschaft« verblieben und habe »die zahlreichen gewalttätigen Reaktionen« seiner Frau nicht als Warnung genommen, wandte der Mann ein, er habe das Kind nicht seiner zur Gewalt neigenden Frau allein überlassen wollen. Und außerdem: Er habe nicht, wie es Frauen möglich sei, Zuflucht in einem Frauenhaus suchen können.

Ein Frauenhaus für Männer, ein Männerhaus sozusagen! Auf einmal wusste ich, was mich an dieser Geschichte irritiert hatte. Sie war die ganz normale schreckliche Geschichte von der Gewalt in der Ehe. Nur war sie hier spiegelverkehrt.

Blonder Traum

Wenn Männer unter sich sind, so geht ein gängiges, aber gültiges Vorurteil, dann trinken sie Bier, spielen Skat, rauchen Zigarre und erzählen einander, sich und ihresgleichen, schmutzige Witze. Wenn Männer unter Frauen sind und sich trauen, dann trinken sie Bier (»Egon! Denk an deinen Bauch!«), rauchen Zigarren (»Egon! Die Gardine! Der Geruch geht nie mehr raus!«) und erzählen schmutzige Witze. Um die Frauen hinunterzuziehen. Wo hinunter? Na, aufs männliche Niveau, so viel ist doch klar, siehe Freud, Psychopathologie des Witzes!

Männliche Witze, das wissen wir, sind mehl-chauvinistisch, sprich: frauenverachtend. Manchmal sind sie sogar menschenverachtend, dann handeln sie von Ostfriesen, Belgiern, Österreichern, ja sogar von Manta-Fahrern. Meist aber doch von Frauen, von Friseusen, Praktikantinnen und vor allem von Blondinen. Da Männer auf blonde Frauen stehen, Blondinen bevorzugen, so sehr, dass ursprünglich dunkle Frauen freiwillig erblonden, gab und gibt es die Epoche des Blondinen-Witzes (mit der Steigerungsform des Susan-Stahnke-Witzes). Frauen missdeuten oder missverstehen diese Witze gern, missdeuten sie als frauenfeindlich. Wo doch in Wahrheit … Also Männer erzählen Blondinen-Witze, weil sie Blondinen lieben und von Blondinen wiedergeliebt werden wollen und dunkel ahnen, dass nur besonders dumme Frauen Männer wiederlieben könnten, die Blondinen-Witze erzählen. Ist das dialektisch klar? Na also!

Nun aber geht, noch rechtzeitig vor der Jahrtausendwende, die Ära der Blondinen-Witze, die Epoche des ausgelachten dummen Blondchens zu Ende. Sie wird abgelöst von dem Zeitalter der (auch im Witz) selbstständigen, emanzipierten Frau, die, statt sich einen Millionär zu angeln (dick, glatzköpfig, uralt), in gehobener, leitender Position ihrem Broterwerb nachgeht, während ihr Partner die Geschirrspülmaschine auffüllt. Zwei Indizien habe ich dafür in jüngster Zeit erlebt, zwei Witze in den letzten Wochen erzählt bekommen, die Signal-Wirkung hatten, auch wenn sie, muss ich gestehen, von Männern in Gesellschaft erzählt wurden, die sich an Frauen ranmachen, bei Frauen einschleimen wollten.

Also. Drei Blondinen im Wald begegnen einer Fee, die jeder einen Wunsch bewilligt. Reich möchte ich sein, sagt die erste, ohne heiraten zu müssen. Und, schwupp!, sitzt sie auf einem Haufen Gold, auf Diamanten und einem Stapel von Rüstungsindustrie-Aktien. Die zweite sagt, dass sie noch blonder werden möchte, wie sie ist. (Da sie eine Blondine ist, sagt sie »blonder wie« statt »blonder als«). Und schon sieht sie aus, als sei sie in Wasserstoffperoxid gefallen. Und die dritte wünscht sich: »Ich möchte noch dümmer sein, als wie ich bin.« Und, ratz fatz!, ist sie – ein Mann. Gelächter, dankbares, der Frauen: »Oh, der ist aber wirklich schön!« Der Erzähler lächelt selbstzufrieden in die Runde – Was bin ich doch für ein Mann! Ein Frauenmann!

Und der zweite? Ein Clinton-Witz. Über Hillary Clinton, die bekanntlich im Unterschied zur dunkelhaarigen … wie hieß die doch gleich? … blond ist, so richtig schön kunstblond. Also, Hillary Clinton hält an einer Tankstelle, weil sie tanken muss. Der Tankwart sieht sie, erkennt sie, eilt heraus, begrüßt sie: »Weißt du noch, Hillary, damals auf dem College, du und ich, ach wie schade, dass wir uns getrennt haben!« Er zögert: »Andrerseits«, sagt er dann nachdenklich, »andrerseits wärst du dann nicht die Frau des Präsidenten, sondern nur die eines Tankwarts.« »Irrtum«, sagt Hillary. »Du«, sagt sie und deutet auf seine Brust, »du wärst Präsident!« Dankbares Lachen der Frauen. »Der ist wirklich gut! So gar nicht zotig, wie die anderen.« Nur eine der Blonden sagt nachdenklich, nach einer Pause: »Darf man solche Witze erzählen, solange Peter Handke in Serbien weilt?«

Spannend*

Nein, nicht schon wieder! Doch, noch einmal. Einmal noch! Und dann erst wieder danach. Also die Sonnenfinsternis. Einerseits finden in Salzburg Festspiele statt, wo im Messegebäude die »Zauberflöte« gegeben wird, die Geschichte von der Königin der Nacht und dem Sonnensektenhäuptling Sarastro, in der gesungen wird: »Bald prangt den Morgen zu verkünden, die Sonn' auf goldner Bahn«.

Andererseits liegt Salzburg am 11. August genau auf der Schatten-Schneise, auf der die Sonne für gut zwei Minuten total verschwindet, hundert pro. Dieses Glück des Auserwähltseins teilt die Mozartstadt mit Karlsruhe, Stuttgart und München. Aber anders als die anderen Städte schaltet Salzburg auf Rot. Und so ist auf Plakaten zu lesen: »Stadt Salzburg Magistrat. Achtung Sonnenfinsternis. Am Mittwoch, 11. August werden die Ampeln in der Innenstadt fünf Minuten lang von 12.38 bis 12.43 Uhr auf Rot geschalten« (genau so: »geschalten« und nicht »geschaltet«). »Wir wünschen ein spannendes Erlebnis.«

Spannend, was ist spannend? Spannend ist, ob man die Hose noch zukriegt, die letztes Jahr noch passte, ohne dass sie spannte. Spannend wäre, ob die Sonnenfinsternis wirklich so stattfindet wie von den Reisebüros und Fachoptikern, den Leitartiklern und Dachterrassenvermietern geplant. Spannend ist etwas, von dem man nicht weiß, wie es ausgeht. Kriegt der Graf die hübsche Kusine seiner Todfeindin? Kriegt die Polizei den freigängernden Mörder, der sich immer so gut im Maisfeld versteckt? Aber eine Sonnenfinsternis? Spannend? Von 12.38 bis 12.43 total. Hundert pro. Ampeln auf Rot?

Für Spannung sorgen da einmal der Handel und die Industrie. Indem sie die Augenärzte im Radio verkünden lassen, man würde unweigerlich blind, wenn man ohne Spezialbrille in die finstere Sonne blicken wollte. Und so sind die Sonnenfinsternisbrillen ausverkauft. Total. Hundert pro. Wer schwarz sehen will, muss sie sich schwarz erkaufen. Das ist spannend. Krieg' ich noch eine, oder gucke ich in die Röhre?

Spannend ist auch, dass man die Sonne nur nicht sieht, wenn man sie sieht. Bei Bewölkung ist's aus mit der Finsternis. Da wird's nur noch dunkler, und das kennt man. München und Salzburg haben hundert pro Sonnenfinsternis, aber nur fünfzig Prozent, dass die Sonne wirklich scheint, wenn sie nicht scheint. Und fünfzig Prozent, dass sie sowieso hinter Wolken verschwunden ist, das Übliche also, und dass man von ihr nichts sieht. Das ist tröstlich für den, der dann keine Finsternisbrille mehr abgekriegt hat, weil man sie dann ohnehin nicht braucht. Das wäre praktisch. Und spannend.

Die Spannung entsteht ja auch daraus, dass Sonnenverfinsterungen so selten sind. Alle 360 Jahre am selben Ort. Einerseits. Die nächste bei uns 2080 n. Chr. Oder so. Jedenfalls in Salzburg. Wo man sie erst dann wieder sehen kann, wenn es nicht regnet. Also für mich kommt das nicht mehr in Frage, dann brauch ich bestimmt keine Brille mehr.

Ein Freund hat mir erzählt, dass es auf anderen Planeten wegen Mondmangel und Mondgrößen keine Sonnenfinsternis gibt, selbst wenn man dorthin könnte. Mit einer Ausnahme. Es gebe, erzählt mein sternenkundiger Freund, einen kleinen Planeten, der könnte auch mit Sonnenfinsternissen dienen. Allerdings sei der so weit weg, dass, könnte man mit ihm telefonieren, das »Hallo!« zweitausend Jahre brauchte, um oben anzukommen. Und weitere 2000 Jahre würde es dauern, bis man die Antwort hörte: »Ja!« (Wie sagte doch Beckenbauer so treffend:

Und die Grundgebühr ist auch schon drin!) 4000 Jahre hin und her. Auch keine Lösung. Irgendwie nicht spannend.

* Erinnern Sie sich noch? Am 11. 8. 99 erlebten ausgewählte Teile Deutschland und Österreichs eine totale, teilweise leider verregnete Sonnenfinsternis.

Wolke Sieben

Am Ende seines neuen Buches, in der hundertsten Jahrhundertgeschichte aus dem Jahr 1999, lässt Günter Grass seine verstorbene Mutter wieder lebendig werden – mit gerührtem Wohlwollen blickt sie auf Leben und Werk des inzwischen über 70-jährigen »Bengels«, der für sie – so sind Mütter – immer noch der kleine »Dreikäsehoch« bleibt, der er einmal war.

Wir alle kennen diesen Traum, wenn wir älter, reifer, erfolgreicher werden. Ach, hätte Opa noch erleben können, wie wir, obwohl wir doch als kleiner Steppke nicht rechnen konnten, Oberstudienrat für Mathematik geworden sind oder Obstgroßhändler, während er uns doch verbläut hat, wenn wir die Äpfel in Nachbars Garten mopsten. »Ach, wenn Papa das noch hätte erleben können!« seufzt mancher dann, wenn er die kluge und schöne Tochter des ärgsten Konkurrenten seines Vaters heiratet, wenn er eine Sechs im Lotto hat (und danach nicht verlottert) oder in einem schneidenden Leitartikel die Kulturpolitik der Regierung geißelt, wo doch sein Vater zu Lebzeiten mit einem Seufzen die »5 minus« unter dem Deutschaufsatz »Der Herbst – ein Stimmungsbild« unterschreiben musste. »Ach, wenn Vati das noch erlebt hätte!« seufzt dann auch Mutti, die das noch erleben darf. »Und die süßen Enkel und all das! Und das Häuschen in der Toskana!«

Der Mensch stellt sich, ist er in gerührter Grass-Stimmung, seine verschiedenen Verwandten gerne in sinnend sitzender Haltung im Himmel vor, wo sie wohlwollend auf ihn und sein segensreiches Tun herabblicken. Ein modisch kitschiger Ausdruck hat sich dafür den Wohnsitz »Wolke Sieben« ausgedacht, ein schäfchenwolkenartiges Luftkissen, von dem aus man noch teilhat, ohne eingreifen zu müssen.

Schwerer wird es schon, sich die gleiche Wolke auszumalen, auf der die gütig lächelnde Oma sitzt, ihr Haar schlohweiß wie der kondensierte Wasserdampf, auf dem sie unsichtbar schwebt, wenn man gerade Konkurs gemacht hat, wenn einem die schöne kluge Ehefrau mit einem noch klügeren schönen Nachbarn durchgebrannt ist, wenn man sein Haus in der Toskana verkaufen muss. Dann, ja dann seufzt man: »Wie gut, dass das Oma nicht mehr erleben musste!« Dass ihre hoffnungsfrohe Tochter den dicken Widerling geheiratet hat, der gerade wegen Steuerbetrugs hinter Gitter muss. Dann möchte man, dass sich »Wolke Sieben« spurlos vom Himmel verzieht, dass der Himmel leer ist, strahlend blau und kalt.

Johann Nepomuk Nestroy, der große Komödienschreiber, der Aristophanes des österreichischen Vormärz und Wiener Biedermeier, hat einmal einen Monolog gegen das so genannte ewige Leben geschrieben – den ihm die damalige Zensur prompt verboten und gestrichen hat. Er sagt darin, dass Gott nicht so ungerecht und gemein sein könnte, uns ein Leben nach dem Tod zu schenken. Denn dann müssten die Verstorbenen auf die Erde der Hinterbliebenen herabblicken und ohnmächtig zusehen, wie ihre Erben das hart Erarbeitete auf das Schnödeste verschleudern würden, wie die Witwen, kaum sei man unter der Erde (und also auf Wolke Sieben), sich dem nächsten Besten und nächsten Schlechtesten an den Hals würfen – nicht auszudenken! Der große Pessimist Nestroy meldete Bedenken an gegen den Optimismus der mobilen Industriegesellschaft, die da dachte und hoffte: »Unsere Kinder sollen es besser haben als wir!«

Da nicht jeder oder besser: kaum einer in der glücklichen Lage von Günter Grass ist, der sich eine stolz gerührt und bewegt auf den großen Sohn herabblickende Mutter herbeiträumen kann, halten wir es lieber mit Nestroy: Weg mit Wolke Sieben!

Kleiderordnung

Die meisten von uns werden sich erinnern. Man bekam in der Schule das Fach Chemie, und in einer der ersten Stunden erklärte der Lehrer im obligaten weißen Kittel den Unterschied zwischen Säuren und Laugen. Er nahm ein kleines, länglich rechteckiges Stück Papier, goss aus Phiolen Flüssigkeit darüber, das Papier verfärbte sich, mal rot, mal blau. Und dann handelte es sich um Säure und Lauge oder umgekehrt. Das Papier hieß Lackmuspapier und die Verfärbung Lackmus-Test.

Natürlich gibt es noch viele andere Tests, um etwas herauszufinden. Zum Beispiel das dünne Haar im Tagebuch bei der Eintragung: »... und dann küsste mich Robert heftig und überallhin.« Ist das Haar verschwunden, dann weiß die Frau, dass sie einen neugierigen Ehemann hat, und der geneigte Leser weiß, das dieser nicht Robert heißt. Oder den Diamantentest. Ist der Klunker nun echt oder nicht? Dazu wirft man den Stein in ein offenes Feuer im Kamin, und wenn er nicht verbrennt, ist er falsch, Glas. Und wenn er verbrennt, war er echt. Garantiert. Purer Kohlenstoff. Der Test hat nur einen kleinen Nachteil. Man erfährt zu spät, dass man einen echten Diamanten hatte. Jetzt hat man nur noch Asche.

In diesem Sommer unseres Missvergnügens (frei nach »Richard III.«) wurde in einem Großversuch an der Ostsee ein neuer Test entwickelt, mit dem man blitzschnell und todsicher Wessis und Ossis auseinander halten kann. Wie Säure und Lauge und ohne dass sie den Mund aufmachen oder PDS oder respektive CDU auf einem Wahlzettel automatisch ankreuzen. Nein, man braucht sie nur an den sonnigen Strand der See zu führen. Zieht sich der Testant ohne Umstände splitternackt aus (so wie Gott ihn geschaffen und der Kalorienüberfluss ihn ernährt hatte) und beginnt sogleich Würstchen zu grillen, dann handelt es sich zweifelsfrei um einen eingeborenen Bewohner der neuen Bundesländer. Tritt er hingegen in Badehose oder Bikini zu einem nackt Würstchen Grillenden, nimmt Anstoß (»Nicht mal rote Socken hat der an!«) und sagt, dies sein kein FKK-Strand, dann kann es sich nur um einen Wessi handeln. Der wird dann in der Regel von dem adamistisch Grillenden und dessen Gattin und Tochter im Evakostüm aufgefordert: »Geh doch gleich nach drüben!« Und mit »Drüben« ist die Nordsee gemeint, Sylt, Amrum. Während der Nackte zufrieden seufzt und dekliniert (frei nach Curt Goetz): »Ich Binz auf Rügen! Du bist's auf Rügen! Er ist's auf Rügen!«

Eine Badekleiderkluft hat sich zwischen Ost und West aufgetan. So wie man früher in Rimini am Strand die Frau aus Wanne-Eickel von der Frau aus Rom dadurch unterscheiden konnte, dass nur erstere ihren Busen blank im Strand-Ristorante über die Spaghetti con vongole hängen ließ, so weiß man heute: Badet jemand nackt und es steht kein FKK-Schild dabei, dann ist er aus Dresden, Zwickau oder Torgau. Bei diesem Test bestätigen sich jedoch die alten Naturgesetze, wie sie sich auf Buhne 16 auf Sylt oder sonstigen westlichen FKK-Stränden studieren ließen. Gesetz Nummer eins: Je fortgeschrittener die Zellulitis, desto größer der Drang zum Nacktsein. Gesetz Nummer zwei: Je dicker der Bauch, umso größer die Liebe zum totalen Sonnenbad. Und Gesetz Nummer drei: Je oller, je toller. Und es gilt der Volksmund: »Wo gesungen wird, da lass dich ruhig nieder! Böse Menschen zeigen keine Glieder.«

Neue Steinzeit

Die Scholastiker im Mittelalter quälten sich, um ihren Geist zu schärfen, mit der Frage, ob Gott einen Felsbrocken erschaffen könne, der so schwer und groß wäre, dass Gott ihn nicht bewegen und heben könnte. Die Frage ist verzwickt, ein Stein des Anstoßes, denn sie stellt die Allmacht des Schöpfers in Frage – so oder so. Denn kann Gott einen Stein schaffen, der ihm zu schwer ist, als dass er ihn bewegen könnte, dann ist er nicht allmächtig, weil er ihn nicht bewegen kann. Und kann er jedes Gestein, sei es auch groß und schwer wie das Himalaya-Gebirge, aus eigener Kraft transportieren, dann ist er zwar stark, aber auch nicht allmächtig: Weil er nämlich nicht in der Lage ist, einen Stein zu schaffen, der ihm so zu schaffen macht, dass er ihn nicht schafft.

Vor einiger Zeit hat sich die Menschheit eine ähnlich knifflig unauflösliche Frage vorgelegt: Kann der Mensch mit seiner technischen Intelligenz eine Maschine (sprich: einen Computer) schaffen, der ihm dann an Intelligenz überlegen ist? Garry Kasparow contra »Deep Blue«, das war hier die Frage, die bis dato, da diese Glosse vor dem letzten Gefecht geschrieben wird, offen ist. Bis jetzt ist der beste Schachspieler der Welt gegen »Deep Blue« mit einem blauen Auge davongekommen: Er hat einmal gesiegt, einmal verloren und zweimal Remis gespielt.

Aber bei den beiden Unterschieden hat sich, wenn man den Analysen glauben darf, etwas Verstörendes gezeigt: Man hatte vorab geglaubt, der Schachcomputer wisse einfach zu viel, habe zu viel Wissen eingespeichert, sämtliche wichtigen Partien der letzten Jahrhunderte, und sei deshalb im Nachteil, weil er im Unterschied zum Menschen nicht wisse, welches Wissen er jetzt nutzen müsse und welches er jetzt vergessen könne. Weit gefehlt! Nach seiner anfänglichen Niederlage habe sich, so war zu lesen, »Deep Blue« ganz menschlich verhalten, indem er auf den Stil Kasparows, der sich mal schlagwütig, mal defensiv gegeben habe, geschmeidig eingegangen sei. Treuherzig wie ein falscher Fuffziger, eine menschliche Maschine eben.

Natürlich kommt keine solche Geschichte ohne den »Zauberlehrling« aus, von wegen der »gerufenen Geister«. In Kubriks »2001 – Odyssee im Weltraum« heißt der Zauberlehrling HAL, ist ein Computer, der eine Weltraumfähre steuert, und spielt mit den Astronauten gegen die Langeweile Schach – ganz wie jetzt im richtigen Leben von 1997. Als er einen Fehler macht, reagiert er gekränkt – Irren ist menschlich – und wird von den Menschen, die keine menschlichen Fehler mehr machen, getröstet, nachdem er sich zu rächen versucht. Er verhaucht, Kinderlieder singend, seine Seele.

Vielleicht hätte Kasparow, als er in Bedrängnis geriet, »Deep blue« scheußlichen Zigarrenrauch ins Gesicht (beziehungsweise ins Display) pusten oder ihn sonst wie kränken sollen. Hätte er danach gewonnen, wüsste man, dass der Mensch in seiner Allmacht Maschinen schaffen kann, die menschlicher sind als er. Der Mensch würde dann siegend verlieren. Wie der Gott der Scholastik gegen den Stein.

Blinder Alarm

Eines dieser neuen, hyperschicken, hypermondänen Lokale, die man Fresstempel nennt und die wie Steinpilze, gedünstet, an frischen Kräutern, in Berlin-Mitte aus dem neu gestampften Boden schießen (wo gestern ein Kran war, ist morgen ein Restaurant). Der Ober hat die Kerzen angezündet, Mozart rieselt leise zärtlich von den Wänden, die in die Höhe fliehen wie ein Dom, man hat bestellt, der Sommelier hat die Weinflasche entkorkt, am Korken gerochen, probiert, eingeschenkt, probieren lassen, das amuse geule (»Ein kleiner Gruß des Hauses«) ist serviert …

Ach diese Abende! Plötzlich heult eine Sirene los, laut an- und abschwellend wie der sprichwörtliche Bocksgesang, es geht durch Mark und Osso-Bucco-Knochen. Ein fragender Blick der Gäste zum Ober, der zuckt die Achsel: »Feueralarm!« Die Gäste löschen beruhigt mit Wein, »Ach so!« Der Ober hätte »Falscher Alarm!« gar nicht zu ergänzen brauchen. »Passiert leider öfter!« Der schneidende Lärm, der ja an sich eine berechtigte Panik-Stimmung hervorrufen soll, aufspringen soll man, alarmiert das Lokal verlassen, hält an. Ein Herr fragt den Geschäftsführer, indem er geschmerzt das Gesicht verzieht: »Und kann man das nicht abstellen?« Der Geschäftsführer, ebenfalls mit geschmerztem Gesicht, ringt die Hände. Leider ginge das nicht, abstellen könne man das nicht. Das könne nur die Polizei, respektive: die Feuerwehr. Die müsse erst anrücken, löschen, dann könne sie das Sirenengeheul abstellen. Erst dann. Aus Sicherheitsgründen. »Na dann«, sagt der Herr. »Wie gut, dass mir nicht auch noch die Sprinkleranlage den Spitzkohl und die Rinderbäckchen wässert!« Erst beim Dessert gibt es wieder Mozart, dezent bis zur Unhörbarkeit. »Bei uns«, sagt ein Gast in die wiedergewonnene Stille, »bei uns im Büro geht auch immer die Alarmanlage los. Bei Betriebsfeten. Sobald einer 'ne Zigarre raucht. Oder auch nur ein Zigarillo.«

Und während die Alarmanlage gelärmt und getobt hatte, war auch nicht ein Gast erschrocken aufgefahren und in seinem Gespräch verstummt: »Und stell dir vor, dann hat sie doch von mir verlangt ...«

Es war wie sonntags, wenn man im langsam bunter werdenden Laub durch die Straßen wandert, die Kirchenglocken läuten, sonst ist es still. Nur ab und zu heult eine Sirene auf, in einem Auto, das aufgeregt schreit: »Ich werde gestohlen! Hilfe! Haltet den Dieb!« Die Passanten bleiben ruhig. Sie wissen, wenn wirklich ein Auto gestohlen wird, dann heult die Sirene nicht, dann sind Profis am Werk, die wissen, wie man eine Sirene kaltstellt. Wenn also ein Auto heulend aufjault, dann wird es nicht gestohlen. Im Gegenteil. Es ist bestenfalls ruhestörender Lärm.

Neulich erzählte mir ein Bekannter, er habe vor zwei Jahren von seiner Tante einen Klimt, einen Picasso, zwei Klees und einen Rauschenberg geerbt! So was gibt's. Und da habe er sich aus Sicherheits- und Versicherungsgründen eine Alarmanlage in seine Wohnung installieren lassen. Und die sei superempfindlich gewesen, naturgemäß bei zweiten echten Klees und einem Klimt, von Picasso ganz zu schweigen. Wenn er in der Nacht auch nur geschnarcht habe oder seine Frau habe sich im Bett umgedreht, sei die Alarmanlage losgegangen. Einmal in einer Nacht drei Male. »Wir haben sie dann jedes Mal im Halbschlaf abgestellt, mit einem Knopf am Bett, wie einen Wecker, der am Sonntag um sieben klingelt, weil man ihn aus Versehen nicht abgestellt hat.«

»Eines Nachts aber«, erzählte mein Bekannter, »eines Nachts heult es wieder, die Sirene ist los, ich fahre aus dem

Schlaf hoch, denke, entweder habe ich geschnarcht oder meine Frau hat sich umgedreht. Oder umgekehrt, jedenfalls schaltete ich mit einem Knopfdruck die Alarmanlage aus. Und stellen Sie sich vor«, fährt er fort, »am nächsten Morgen sind alle Bilder weg, der Picasso, die Klees, der Klimt und der Rauschenberg. Alle weg!« Er macht eine Pause. »Sie können gar nicht glauben, wie froh ich war. Stellen Sie sich vor, ich wäre aufgestanden, hätte mit den Dieben gekämpft. Nicht auszudenken! Ich meine, die Alarmanlage, die hat mir doch das Leben gerettet.«

Was aber macht man, wenn es im Lokal wirklich brennt? Noch auf das Dessert warten?

Kanonen auf Spatzen

Jetzt, da die Ferien für die meisten vorbei sind, haben alle was zu erzählen. Wie sie im Stau gestanden hätten, bei brütender Hitze, irre, und Else sei auch noch schlecht gewesen, vielleicht der Fisch am Abend vorher. Wie sie in Italien, in Positano den Kanzler und die Kanzlerin getroffen hätten, so richtig menschlich einfach. Schröder habe vor dem Cohiba-Automaten gestanden und die Leute in der Schlange gefragt, ob ihm jemand zehn DM-Hunderter in einen Tausender ... aber echt! Und wie ein anderer auf Ibiza (irre Nächte, sag ich dir!) fast die Frau seines Lebens kennen gelernt hätte, bis unerwartet deren Mann ... Schwamm drüber. Und eine Woche später wieder, die Frau meines Lebens, echter Wahnsinn, sag ich dir. Und wie ein dritter einen Kater hatte, auf Mallorca, schrecklich und die Hitze, das war schon fast wieder schön, super! Und wie sie keine Tankstelle gefunden hätten, weit und breit, ich meine die Brüder da unten!

Auch ich habe etwas zu erzählen, auch ich habe etwas erlebt, zwar nicht persönlich, aber immerhin. Also wo ich war, da war in der Nähe des Hotels auch ein Tennisplatz, und da konnte man sich abrackern, wenn es nicht regnete, und die Schnitzel abarbeiten und den Apfelstrudel, wenn es nicht regnete. Auch mit Trainer oder Lehrer oder, wenn man fauler war, gemischtes Doppel.

Ein Bekannter aus dem Sauerland, dem ich seit Jahren in Freundschaftsspielen fast alle meine Punkte liefere, spielte eines Tages, es war vormittags, elf Uhr siebzehn, mit dem Trainer, der abwechselnd »Ja, wunderbar!« rief oder »Schlampig! Spielen's bitte ein bisserl schlampig!« Und da passierte es. Der Lehrer servierte, mein Bekannter schlug einen Vorhand-Return, plopp!, der Ball sauste übers Netz, halbhoch, der Trainer wollte schon »Ja! wunderbar!« rufen, da schien der Ball in der Luft stehen zu bleiben, kam dann von seiner Bahn ab – und dann sah man, wie ein Spatz wie ein Stein auf den Tennisplatz fiel. Er flatterte noch einmal matt, dann war er tot. Vom Tennisball meines Bekannten aus dem Sauerland getroffen und tot, den Tennistod gestorben.

Das ist wirklich wahr, und das habe ich selbst ... Nein, ich will nicht flunkern, selbst gesehen habe ich es nicht, aber ich hätte es sehen können, da ich nur eine Dreiviertelstunde später selber spielte, auf demselben Platz. Aber man hat es mir selbst erzählt, ich weiß es aus erster Quelle. Mein Bekannter aus dem Sauerland hat es mir erzählt, mit einer Mischung aus Stolz und Trauer, der Trainer hat es mir erzählt, mit einem fassungslosen Lächeln. Und die beiden Spieler am Nebenplatz haben es mir erzählt; die hatten zwar den Treffer, die tödliche Kollision, nicht direkt gesehen, dafür das Opfer, den toten Vogel, danach. Er könne ihn auch mir zeigen, sagte der Trainer. Nein, danke, sagte ich, und dass ich es auch so glaubte. Später hat sich mein Bekannter aus dem Sauerland noch eine Urkunde über den Vorfall ausstellen lassen. Wie nach einer Meisterschaft.

Ja, so war das. Und so ist das im Urlaub. Einer meiner Freunde hätte, wäre er dabei gewesen, gesagt: Sachen gibt's, die gibt's gar nicht. Und ein anderer hätte gesagt: Das kann nur dir passieren! Aber mir ist es ja gar nicht passiert, eigentlich.

Was uns die Geschichte lehrt? Also, ich weiß nicht. Früher hätte ich vielleicht gedacht: Es fällt kein Sperling vom Himmel, ohne dass es IHM gefällt. Heute kann man über solche Unwahrscheinlichkeiten (wie lange müsste man trainieren, um einen Spatzen mit einem Tennisball absichtlich abschießen zu können?) nur erschrecken.

Mal angenommen, es erwischt keinen Spatzen, und es ist auch kein Tennisball. »Der Zufall ist ein Kutscher«, schrieb Nestroy, »was der alles z'sammenfahrt!«

FRÜHER – ALS DIE KIRCHE NOCH IM DORF WAR

Sein Krampf

Als kürzlich publik wurde, dass man per Internet ungehindert Hitlers »Mein Kampf« bestellen könne, und zwar bei einem Internet-Buchhändler des deutschen Medien-Riesen Bertelsmann, waren die Reaktionen heftig und empört: das Internet, ein Schlupfloch für politische Pornografie, über das man das Rezeptbuch des größten Massenmörders der Neuzeit beziehen kann – und auch noch von einem deutschen Verlag.

Hitlers »Mein Kampf«, sein programmatisches Pamphlet, das er in der Festungshaft in Landsberg schrieb, wo er nach dem Münchner Putsch-Versuch von 1923 einsaß – der demokratische Staat hatte dem Rechtsradikalen äußerst kommode und »ehrenhafte« Gefängnis-Bedingungen eingeräumt, weil er auf dem rechten Auge blind war –, kann in der Tat nur als unverhüllte Ankündigung und offene Drohung gelesen werden, dass er, Hitler, käme er an die Macht, einen Krieg vom Zaun brechen würde, und zwar einen riesigen »Lebensraum«-Krieg, bei dem die Unterlegenen vernichtet würden, und dass sein zügelloser Antisemitismus nur eine Konsequenz haben könnte – die Ausrottung.

Das ist, mag man einwenden, aus dem Rückblick leicht zu sagen, und in der Tat mochte man »Mein Kampf«, solange Hitler nur ein eifernder Sektierer war, als Werk eines Spinners abtun, ziemlich ungenießbar und voll unfreiwilliger grusliger Komik. Dass Hitler damit Ernst machte und dass ihm die Mehrheit der Deutschen die Möglichkeit einräumte, diesen Ernst bis zum bitteren Ende auszutoben, wissen wir inzwischen nur zu gut. Deshalb ist »Mein Kampf« zu Recht verboten, und kaum ein Vernünftiger, der sich vom Verstand und politischer

Moral leiten lässt, wird dieses Verbot aufheben wollen. Obwohl …

Es gibt triftige Gründe für das Verkaufsverbot. »Mein Kampf« ist unverhüllte Propaganda für eine »darwinistische« Vernichtung anderer und insofern im wahrsten Sinne des Wortes Gewaltpornografie. Da diese Gewalt sich aber in schrecklicher Konsequenz in der Geschichte ausgetobt hat, bis in ihre letzten selbstzerstörerischen Zuckungen, wird, von ein paar radikalen Narren am Rand der Gesellschaft abgesehen, das Buch niemand mehr zu Programm machen. Es ist als Rezeptur erledigt.

Im Übrigen war es schon vor Hitlers durch das konservative Bürgertum halb legalisierten Staatsstreich so, dass seine Anhänger ihm nicht zuliefen, weil sie »Mein Kampf« gelesen hatten, sondern weil sie es nicht gelesen hatten. Seine hemmungslose Rhetorik, die Terror- und Propaganda-Maschinerie von SA und Goebbels haben ihm die jubelnden Massen zugetrieben, nicht sein ledernes Elaborat.

Ja, hätten wir »Mein Kampf« gelesen, vorher, so sagten, nachher, nach '45, manche Deutsche zu ihrer Entschuldigung, dann wäre das wahrscheinlich nicht passiert. Kein Wort wahr! Die Nazis waren keine Sache des Lesens oder Nichtlesens – es gibt, von ungewollten Wegbereitern wie dem missbrauchten Nietzsche abgesehen, keine Ideologie, die weniger durch Theorie, stärker durch vulgarisierte Parolen, durch Bierhaus-Reden, »Stürmer«-Tiraden bestimmt wäre.

Bleibt die schwer erträgliche Vorstellung, dass beim Verkauf von »Mein Kampf« ausgerechnet mit diesem dumpfen Machwerk Geschäfte zu machen seien. Wie, wenn man das Geld zur Wiedergutmachung und Entschädigung der Opfer verwendete?

Adolf auf der Couch

Die Frage »Was wäre geschehen, wenn …« oder »Was wäre nicht geschehen, wenn nicht …« ist ein beliebtes historisches Gedankenspiel, eine zurückgedrehte Versuchsanordnung; man könnte auch sagen: das »Back to the Future«-Filmprinzip von einer US-Kleinstadt in die Weltgeschichte transponiert.

Also: Was wäre geschehen, wenn Kolumbus nicht Amerika entdeckt hätte, sondern beispielsweise stattdessen das Ozonloch? Was wäre passiert? Gäbe es dann keinen brasilianischen Fußball? Keinen Kaugummi? Coca Cola? Und über wen würde sich Saddam H. am meisten giften?

Oder nehmen wir Napoleon. Nur zum Beispiel. Wenn N. Bonaparte nicht Artillerieoffizier geworden wäre, sondern Herrenausstatter? Oder Pizzabäcker? Wie hieße dann die Qualitätsstufe des Cognacs, die jetzt »Napoleon« heißt? Und was stünde bei Leipzig, wo jetzt das Völkerschlachtdenkmal steht?

Bei Hitler gibt man gern alle Schuld der Wiener Kunstakademie, die den Braunauer nach dem Probezeichnen im Oktober 1907 ablehnte: »Die Probezeichnungen machten mit ungenügendem Erfolg … die Herren Adolf Hitler … Wenig Köpfe, Probez. ungenügend.« »Probez.« heißt »Probezeichnen« – und wäre es »genügend«, »befriedigend« oder gar »gut« ausgefallen, dann wäre Hitler zwar bestimmt kein Klimt und auch kein Schiele oder Kokoschka geworden, aber, wer weiß, auch kein Hitler. Was hätte uns erspart bleiben können, hätten die Professoren der Kunstakademie ein Auge zugedrückt.

Vergangene Woche wurden die gestrengen Herren Kunstrichter des Jahres 1907 von der Schuld, an Hitler mit schuld zu sein, spürbar entlastet. Die »Sunday Times« will herausgefunden haben, dass Hitlers Haus- und Kinderarzt Ernest Bloch den sechsjährigen Jungen, der an schweren Defekten und Verstörungen gelitten habe (Alpträume, Schreikrämpfe), zur psychoanalytischen Behandlung nach Wien empfohlen habe. Das hat der Freud-Spezialist John Forrestier in den Papieren des Arztes entdeckt. Doktor Bloch soll Hitlers Mutter geraten haben, den schwer gestörten Knaben – die Defekte sollen auf schwere Misshandlungen durch den Vater, der seinen Sohn mit der Nilpferdpeitsche traktierte, zurückzuführen gewesen sein – in ein Wiener Hospiz zur Analyse zu schicken, wahrscheinlich zu Doktor Sigmund Freud. Die Mutter sei diesem Rat nicht gefolgt – aus Scham, der erzieherische Ruf des Vaters könne Schaden leiden.

Ein durch die Analyse geheilter Hitler – und nicht alle Deutschen hätten den gesundheitlichen Rat: »Heil Hitler!« mit gerecktem Arm ausrufen müssen – es klingt zu schön, um wahr zu scin. Ein Hitler, der weder gepoltert, getobt, massengemordet, keinen Weltkrieg vom Zaun gebrochen hätte, der Österreich nicht »heim ins Reich« geholt, sondern stattdessen »rein ins Heim« gekommen wäre: eine faszinierende Vorstellung, doch zu spät! Back to the Future!

Es gab, so weiß ich durch Billy Wilder, noch eine dritte, letzte Chance. Das war, als Hitler sich schon »der Führer« schimpfen ließ. Da er ein Kino-Freak war, hat er sich Abend für Abend in der Reichskanzlei oder auf dem Obersalzberg Filme angeschaut und sich dabei heftig in Marlene Dietrich verliebt – das einzige, was man ihm nicht schwer verübeln kann. Jedenfalls schickte er als Mittelsmann den für die Nazis in Hollywood tätigen Karl Vollmoeller zu ihr, um sie zur Rückkehr nach Deutschland zu bewegen. Rote Teppiche würde man für sie in

Berlin ausrollen ... Marlene lehnte bekanntlich ab, was ihr unverbesserliche Deutsche bis heute verübeln. Ihr selber, so erzählte mir Wilder, habe es gelegentlich auch Leid getan, dass sie nicht zu Hitler zurückgekehrt sei. Denn, so sagte sie, wer weiß?, vielleicht?, »I could have talked him out of it!«, »Ich hätte ihm das alles ausreden können!«.

Das alles! Schön wär's gewesen. So aber haben die Wiener Kunstprofessoren, die Linzer Ärzte und die deutschen Hollywood-Stars versagt. Hitler wurde Hitler, und Hitler blieb Hitler bis zuletzt.

Bormanns Gene

Gen-Test, so heißt das neue Zauberwort, das neue Schlüsselwort, das »Sesam öffne dich«. Der »genetische Fingerabdruck« (bei dem es weder einen Finger noch dessen Abdruck gibt) hat den echten, den mit dem mittels Schweiß gedruckten Hautrillen, längst den Rang abgelaufen: Väter unehelicher Kinder, die aus Vorsicht keinerlei Fingerspuren auf der Geliebten hinterlassen haben, wissen davon ein Lied zu singen.

Ja, nicht einmal der Tod rettet sie, wie das Beispiel Yves Montands zeigt, vor den Alimenten, die im Falle des hochvermögenden Latinlovers (der bekanntlich, wie der Gentleman, genießt, schweigt und nicht zahlt) Erbansprüche heißen. Die Liebe, so sagt eine romantische Redensart, geht über den Tod hinaus – der Nachweis einer »Frucht der Liebe« auch. Vaterschaft lässt sich ausbuddeln: Da hofft man, dass man mit dem Sterben aus dem Gröbsten ’raus sei! Denkste!

Bei der Verbrechensbekämpfung sind genetischer Fingerabdruck und Gen-Datei wichtige Instrumente, und natürlich ist das Bundeskriminalamt dabei, sich eine Erbmolekül-Datei für die Rasterfahndung anzulegen. Um ein Haar (aber dieses Sprachklischee ist, um den Tatbestand zu beschreiben, viel zu grob und groß), um ein Haar hätte man beim Prozess gegen Pastor Geyer (Sie erinnern sich?) noch die Gene zweier Ameisen untersucht, um zu prüfen, ob sie von derselben Mutter respektive Königin abstammen – Ameisen und Bienen sind ja bekanntlich alle königlichen Geblüts.

Jetzt hat die Zeitgeschichte vom genetischen Fingerprint profitiert, bei Bormann, ja, bei Bormann. Martin Bormann. Der war 1945 aus der Reichskanzlei, als sein

Führer schon tot war, geflüchtet und im Granatenhagel sowjetischer Panzer umgekommen; Datum: der 2. Mai, 24 Uhr. Seither führte er ein aufregendes Leben, bei dem die Bezeichnung Doppelleben schamlos untertrieben ist. Er war per U-Boot mit Hitlers Millionen (ja, Hitler hatte Millionen, er war ja dank »Mein Kampf« ein Bestseller-Autor; viel gekauft, kaum gelesen; oft kopiert, nie erreicht) nach Südamerika gefahren, um dort das »Vierte Reich« aufzubauen. Andererseits lebte er als sowjetischer Spion, der der zweitmächtigste Mann des Nazireichs von 1933 an gewesen sein soll, vergnügt in der Sowjetunion. Das heißt, so weit man in der ehem. SU vergnügt leben konnte. Oder er war unter falschem Namen nach Italien abgehauen, wo ihm eine glühende Italienerin, die alles Deutsche in männlicher, martialischer Gestalt anbetete, in vielerlei Weise Unterschlupf gewährte.

Auch in Frankreich soll er was gewesen sein. Und in England, unerkannt und unbekannt, Tee getrunken haben. Meine Vermutung, die ich 1968 in der »Zeit« aufstellte, nach der Bormann als Tischfeuerzeug in Bamberg ein eher zurückgezogenes, nur manchmal heftig aufflammendes Dasein friste, wurde damals nicht mit dem gebührenden Ernst wahrgenommen.

Zu Unrecht, wie sich jetzt zeigt. Denn richtiger als meine blöde These waren die anderen auch nicht. Durch Gen-Test an dem 1972 in Berlin gefundenen Bormann zugeordneten Schädel und mit Hilfe eines Gen-Vergleichs mit dem Blut der noch lebenden 83-jährigen Enkelin der Schwester Bormanns hat man bewiesen: Bormann starb als Bormann. Toll, nicht!

Er war also weder Manfredo Berg, noch Kurt Gautsch, noch Van Cloothen oder Jose Pessea, Luigi Boglilio oder Eliezer Goldstein. Oder Josef Jany. Oder Martini Bormagioni. Martini! Darauf einen Dujardin.

Man kann jetzt auch mit Sicherheit sagen, dass er sich nicht als Giovanni Trappattoni bei den Münchner Bayern einschlich, um die zu ruinieren. Dank des Gen-Tests wissen wir: Von Bormann, ob Martin oder Martini, droht uns keine Gefahr mehr.

Andererseits: Der 1900 Geborene wäre auch als Jose Pessea und Luigi Boglilio entweder tot oder verjährt, also keine Gefahr mehr. Dass sein Schädel sein Schädel ist, ist eher eine zeitgeschichtliche als eine wirkliche Beruhigung. Die Bormann-Gene heißen übrigens DVU. Oder so ähnlich.

MÄNNERFREUNDE

Vom armen Oskar L.

Erinnern Sie sich noch als Oskar L.? Kaum? Also: Es war einmal ein mächtiger Parteiführer und allmächtiger Minister, der trat plötzlich zurück, aus unheiterem Himmel sozusagen. Er trat aus seiner Regierung aus, wegen schlechter Teamarbeit, er legte seine Parteiämter nieder, sämtliche, inklusive Vorsitz und Bundestagsmandat: »Macht euren Dreck alleine«, dachte er. Und wahrscheinlich dachte er, »ihr werdet schon sehen, wo ihr ohne mich hinkommt!« Muss er gedacht haben.

Vorher hatte er zusammen mit seinem Erzrivalen und Konkurrenten (»Freund« nennt man das in der Politik, »Männerfreund«) seiner Partei die Macht zurückerobert, und das nach langen entbehrungsreichen Jahren, wo er sich damit begnügen musste, nur Ministerpräsident im winzigen Saarland und Parteivorsitzender in Opposition zu sein. Da er nicht selber Kanzler werden konnte, der Oskar L., weil sein Konkurrent Gerhard Schröder durch Volkes Stimme, also Gottes Stimme, zum Kanzlerkandidaten gekürt worden war, dachte er: Es ist egal, wer unter mir Kanzler wird.

Und er spann sich ein Netz der Macht. Ein imponierendes Netz. Den Parteivorsitz behielt er und baute sich das Finanzministerium zum Superministerium aus, indem er dem Wirtschaftsministerium wichtige Stücke entriss. Und seinen ehemaligen Konkurrenten in der ehemaligen Troika, Rudolf Scharping, drängte er aus der Fraktionsführung, brachial, soll er doch Verteidigungsminister werden, da schadet er nichts, ab ist er auf Tauchstation. Und dann ließ er noch streuen, dass er, der Oskar L., eigentlich nach Brüssel könne, wenn er wolle, als EU-Kommissar, als Vorgesetzter Schröders gewissermaßen. Doch dann verließen ihn die Nerven, er warf das Handtuch, wahrscheinlich hoffte er insgeheim, dass die Wellen, die sein Rücktritt schlagen würde, seinen (damals) glücklosen Rivalen würden wegspülen, eventuell, so dass man wieder nach ihm, der das Herz am linken Fleck trug, also am rechten, rufen würde: Komm zurück!

Doch die Welt ist schlecht. Kaum war er zurückgetreten, da musste auch die EU-Kommission zurücktreten. Und nicht nur, dass sein Rücktritt durch diesen Rücktritt spektakulär überschattet wurde, nein, schlimmer noch, er konnte jetzt, da der Weg zu Europas Spitze frei war, nicht kandidieren. Und am schlimmsten: Sein Rivale Schröder konnte bei der Meisterung der EU-Krise glänzen – auch durch die prompte Nominierung des neuen EU-Kommissars.

Und dann brach der Kosovo-Krieg aus. Und sein Opfer Scharping, das er vermeintlich ins unwichtigste Ministerium abgeschoben hatte, wurde, neben dem Außenminister, zum wichtigsten Minister, ruhig, besonnen, standfest, klar – der richtige Mann am richtigen Platz. Jetzt hätte Oskar L., wie Rumpelstilzchen, vor Wut stampfend in den Boden fahren können, stelle ich mir vor. Und auch der Wirtschaftsminister glänzte, kaum dass der Finanzminister weg war. Und beim EU-Gipfel und in der Kosovo-Krise zeigte die Schröder-Regierung genau den Mannschaftsgeist (etwa im Zusammenspiel Fischer/Schröder/Scharping), den Oskar L. an ihr vermisst hatte. Armer Oskar L.! Es muss schrecklich sein, eine Lücke zu hinterlassen, die einer füllt. Und Oskar L. kann nicht mal sagen, es sei eben dumm gelaufen. Er ist dumm gelaufen. Weggelaufen.

Der Doppel-Schröder

»Name ist Schall und Rauch«, befand Goethe und meinte damit weder den klassizistischen Bildhauer Christian David Rauch, seinen Zeitgenossen. Noch konnte er Ekkehard Schall meinen, unseren Zeitgenossen, den Schwiegersohn Brechts und laut tönenden Schauspieler. Nein, er meinte natürlich, dass Namen Schall und Rauch sind. Es ist wie in Shakespeares »Romeo und Julia«, wo Romeo seinen Namen auch anzweifelt: »Was ist ein Name? Was uns Rose heißt, wie es auch hieße, würde lieblich duften.«

Ganz so ist es nicht. Ich will hier nicht daran erinnern, dass unsere Vorfahren, hätte Hitler nicht Hitler, sondern Schicklgruber geheißen (wie sein unehelich geborener, später zu »Hitler« legalisierter Vater), sich vielleicht, vielleicht, nicht hätten dazu nötigen lassen, »Heil Schicklgruber!« zu grüßen, obwohl auch »Heil Hitler!« ziemlich blöd klingt, zumindest im Nachhinein.

Nein, jetzt, da der Bundespräsidenten-Anwärter Johannes Rau sich dem Vorschlag von Richard Schröder in der Mahnmal-Debatte angeschlossen hat, fällt mir eine Geschichte aus allerjüngster Vergangenheit ein, der Zeit, als Lafontaine noch das Sagen hatte in der SPD und also in Deutschland. Da tauchte, nicht nur in der SPD, neben und gegen Rau, der Name Richard Schröders auf. Denn natürlich gab es Bedenken gegen Rau, gegen sein Alter und dass das höchste Amt dann wie eine späte Entschädigung erscheinen könnte, als ein Bonus für NRW, ein Trostpflaster für den ungeliebten Schröder. Gerhard Schröder.

Vieles sprach für Richard Schröder. Er ist hochgebildet, hat Humor, Witz, Standfestigkeit, die Gabe der Rede, ist tolerant und kämpferisch, er wäre als »Ossi« ein Mann des Ausgleichs an höchster Stelle gewesen.

Sie sehen, liebe Leserin, lieber Leser, ich gerate ins Schwärmen, und als ich einmal so, in abendlicher Runde, mit ein paar SPD-Politikern schwärmte, der Wein hatte die Sinne geschärft, sagte einer der Politiker ziemlich nüchtern: »Alles schön und gut! Nur dürfte er dann nicht Schröder heißen!«

Weil wir dann nämlich zwei Schröders hätten, an der Spitze des Staates, den Kanzler Schröder und den Präsidenten Schröder. Und wenn in der Zeitung stünde, »Schröder sagte«, würden wir fragen: »Um Gottes willen! Welcher von beiden denn?« Und nur wenn man dabei erwähnte: »Schröder sagte in ›Wetten dass ...!‹, wüssten wir, gemeint kann nur der Kanzler sein. Und dann die Verwirrung im Ausland! Schröder? Schröder. Schon der Umlaut ö! Köhl statt Kohl! Und dann das Ganze zwei Mal! Schröder! Ham die denn keine anderen Namen, die Deutschen, außer Schulz, Müller, Meier, Harald Schmidt und Schröder!

Nun hätte man ja auch Schröder-Wipperfürth oder Schröder-Hannover wählen können oder so. Oder Schröder hätte seinen Mädchennamen Köpf geführt. Umlaut! Köpf statt Kopf! Aber das wollte man mit so hohen Staatsämtern nicht riskieren. Und so kam es, dass Lafontaine, als er selber nicht mehr Kanzler werden konnte und das einzusehen schien, Rau statt Schröder, in Klammern: Richard, vorschlug. Ich träume eine Weile, was sonst wäre, wenn Richard Schröder Kandidat geworden ... Also wäre aus Proporzgründen (nicht zwei Ossis in zwei höchste Ämter) Thierse nicht Bundestagspräsident geworden, und dann müsste sich der Reichstag auch nicht Bereichstag schimpfen lassen. P.S.: Mir ist selbstverständlich bekannt, dass seriöser Journalismus Namenswitze strikt vermeidet.

Teekesselchen*

Früher, als die Kinder noch kleiner und wir noch größer waren, erwachsen nannte man das, damals, als wir keine Pfifferlinge und Blaubeeren aus Polen aßen, weil wir, nach Tschernobyl, noch an Halbwertzeiten glaubten, die wir längst wieder verdrängt haben (her mit den getrockneten Morcheln aus Schweden!), früher also spielten wir »Teekesselchen«.

Also zum Beispiel: »Mein Teekesselchen passt gut zu Gänsebraten. Oder Braten. Oder überhaupt.« Und der Zweite: »Mein Teekesselchen verfügt über die Gnade der späten Geburt.« Und wieder der Erste: »Meins bereitet man mit Speck.« Und der Zweite: »Meines fährt zum Abspecken nach Österreich.« Und die Lösung war natürlich: »Kraut«, Quatsch, natürlich »Kohl«, Blumenkohl, Helmut Kohl.

Oder: »Mein Teekesselchen legt riesige Eier.« – »Und meinem hat man den Pass vor dem New Yorker Plaza geklaut.« – »Meines rast mit hundert Stundenkilometern durch die Wüste.« – »Und meins hat den Augstein ins Gefängnis gesteckt. Und wollte lieber Ananas in Alaska pflanzen.« Natürlich war »Strauß« die Lösung, und Franz Josef. Ja, so ging das, damals. Und den Blumenstrauß gab's auch noch.

Natürlich waren die Spielmöglichkeiten nach, sagen wir, drei Wochenenden erschöpft. Denn so viele Kesselchen gibt es nun auch wieder nicht, wie Krone (Baum-, Zahn-, Königs-) oder Base (wie Cousine oder Lauge).

Jetzt, in der letzten Woche, wäre, würden wir noch spielen, ein neues dazugekommen. »Wegen meines Teekesselchens driftet die CSU nach rechts.« – »Mit meinem hat unsere Mannschaft in den sechziger Jahren brilliert.« –

»Mit meinem Teekesselchen wird jemand aus der Türkei auch in Deutschland wählen können.« – »Mit meinem konnte man sogar Weltmeister werden.«

Die Lösung heißt nicht »Flanke«, Netzer-Flanke oder Seite des Pferdes, nein, die Lösung heißt »Doppelpass«. Mit dem kann man Tore schießen. Oder, wie Stoiber zeigt, Eigentore. Übrigens ist auch »Tor« ein schönes Kesselchen. Das Tor zum Norden. Der Tor im Süden.

* Die Glosse entstand während der Debatte um die doppelte Staatsbürgerschaft, die der SPD die verlorene Hessenwahl bescherte.

Der kurze Abschied*

Ach, was haben wir über ihn gelacht, was wurde über ihn gespottet, und wie haben sich die Leute über ihn das Maul zerrissen! Birne wurde er genannt, als er anfing zu regieren, später war er der Elefant, und fast hätte man ihn, Rechtschreibreform hin oder her, Elephant genannt, mit ph, so klobig und betulich war er. Und »Menchen« sagte er, wo wir »Menschen« sagten, und »wünchen« statt »wünschen«, andererseits sagte er auch wieder »möschte«, wo andere »möchte« sagten.

Schon das Wort »Pfälzer« brachte uns zum Grinsen; und erst recht »Oggersheimer«. Das war's doch! Oggersheimer! Provinz! Und erst, dass so einer Saumagen isst und Ferien am Wolfgangsee macht, ausgerechnet am Wolfgangsee, wo jeder ans »Weiße Rößl« denkt, an Dirndl und Loden und Trachtenhut und ans Jodeln und »Im Salzkammergut da kama gut lustig sein!«.

Am letzten Sonntag ist er dann gegangen. Abgetreten. Und wie er das gemacht hat, das hatte etwas von, ja mir fällt kein kleineres Wort ein, das hatte etwas von Größe. Und noch so ein pathetisches Wort drängt sich unabweislich auf: Würde. Würde nicht als Konjunktur, sondern als Erscheinungsform, als Auftreten, als Abschied.

Und dann, auf einmal, kam einem in den Sinn, was für eine Tugend es doch im Grunde genommen war, seine Untugend, kein großer Redner (gewesen) zu sein. Was hat er damit Deutschland nicht alles erspart: Das falsche scheppernde Pathos, den schneidenden hochfahrenden Nationalismus.

Das erst hat ihn zum »Kanzler der Einheit« gemacht, das erst hat die Einheit möglich gemacht in den Augen der andern, der (mit Recht) misstrauischen Nachbarn. Er war ein Kanzler in der Wolljacke. Und große Töne spucken, das war nicht seine Sache. Ein »Bürgerkönig« war er, provinziell, wohltuend provinziell bei aller Weltklugheit und Weltgewandtheit, er liebte Spaghetti statt Defiliermärsche, pragmatisch war er, wo andere pathetisch sind. Übrigens war auch sein Verteidigungsminister, Volker Rühe, angenehm zivil und kommod, und überhaupt ist in seiner langen Amtszeit kein militärisches Schnarren oder gar Säbelrasseln laut geworden. Und nicht zu vergessen: Immerhin hat er einen »selbst ernannten« Weltökonomen, einen amtierenden Besserwisser, einen Oberlehrer abgelöst, der gerne große Töne spuckte.

Jetzt, da er weg ist, auch ohne viel Brimborium abgetreten ist, schlicht, »schlischt« würde er sagen, sollten wir wissen, was wir an ihm hatten. Er brachte eine Menge auf die Waage. So oder so. So und so!

* Als Helmut Kohl als Kanzler abgewählt worden war.

REISEN VERBILDET

Zufall in Manhattan

Am vergangenen Donnerstag fuhr ich gegen Mittag mit der U-Bahn Linie 6 von der Lexington Avenue, Ecke 51. Straße in New York downtown Richtung World Trade Center. Mir gegenüber saß ein Schwarzer, den ich deshalb während der Fahrt genauer ansah, weil er, ein älterer Herr, wunderschönes schlohweißes Haar hatte. Ich sah seinen Mund, der weich und weh zerknautscht war: Er kaute auf den Lippen, während er sich Notizen in seinen Kalender machte, eine braune Aktentasche als Unterlage auf seinen Knien. Er trug einen grauen Nadelstreifenanzug und, in seltsamem Kontrast dazu, jene plump runden Gesundheitsschuhe, die nach hinten flacher werden, so trug man sie in den siebziger Jahren.

Nun könnte mir und erst recht Ihnen, liebe Leserin (natürlich Leser auch), jener Mann schnurzpiepe sein, von dem ich weder weiß, ob er Leroy hieß oder Hamilton, noch, ob er Lehrer, technischer Zeichner oder städtischer Beamter war. Wenn nicht, wenn ich denselben Mann (ja, denselben, nicht den gleichen!) nicht am nächsten Tag, also am Freitag, auf der Fifth Avenue gegenüber von Saks auf der Höhe von »Barnes and Noble« wieder getroffen hätte, er ging die Straße hinauf, ich die Straße hinunter, ich sah ihn, »a face in the crowd« unter einigen tausend dicht gedrängten Passanten, den grauen Nadelstreifenanzug, das schlohweiße Haar, den weh gewellten Mund, die nach hinten flach werdenden Gesundheitsschuhe, die braune Aktentasche unterm Arm.

Immer noch nicht wusste ich, wer er war, aber ich wusste, dass in Manhattan tagtäglich Millionen Menschen unterwegs sind und dass es schon wahnwitziger Zufall sei, dass ich an zwei aufeinander folgenden Tagen denselben

Mann erst downtown in der Subway und am nächsten Tag midtown auf der Straße getroffen habe – mit der gleichen Wahrscheinlichkeit hat man einen Sechser im Lotto oder knackt gar den Jackpot. Wenn auch mit, zugegeben, weiter reichenden Folgen.

Nun habe ich mir weiter überlegt, dass ich, sagen wir, die U-Bahn am Tag vorher um eine halbe Minute verpasst hatte und die nächste hätte nehmen müssen, also dass ich dann den schlohweißhaarigen Schwarzen nicht das erste Mal getroffen hätte und also auch nicht das zweite Mal, denn wenn ich ihn nicht in der U-Bahn gesehen und genauer betrachtet hätte, dann hätte ich ihn auch auf der Fifth Avenue nicht wieder erkennen und also auch nicht treffen können, alles wäre anders gewesen. Alles? Nichts. Oder doch alles.

Und dann fiel mir Tom Tykwers rasanter, gescheiter, witziger Film »Lola rennt« ein, mit der wunderbaren Franka Potente und wie sich drei Mal, durch winzige Verzögerungen, alle Zufälle ändern, kleine und große, man kommt etwas später und eine Schnecke bleibt heil oder zwei Autos stoßen anders zusammen, einmal von der Seite, einmal frontal, einmal gar nicht oder Lola kommt zu spät und Papa ist nicht mehr da, und am Ende ist man, wegen nur einer Minute oder einer halben, lebendig oder tot.

Und jetzt, liebe Leser (und natürlich Leserin), denken wir gemeinsam einen Augenblick nach und überlegen, ob unsere Tochter Anne und unser Sohn Karl nicht, wenn wir nicht, und hätten wir den Zug verpasst oder nicht verpasst und die Fünf geschrieben und wären sitzen geblieben … nicht auszudenken. »Ein Mal dem Fehlläuten der Nachtglocke gefolgt, es ist nicht gutzumachen«, meint Kafka, der immer, zugegeben, so pessimistisch war.

Und was wäre passiert, wenn ich die U-Bahn in New York verpasst hätte? Oder der schlohweißhaarige Herr in den Gesundheitsschuhen hätte sie verpasst? Oder ich oder er wären am nächsten Tag nicht die Fifth Avenue entlanggegangen? Oder ich wäre in Berlin gewesen? Und er, sagen wir, in Boston? Dann hätte ich diese Glosse nicht schreiben können. Der Schaden wäre allerdings gering gewesen, keinen anderen Enkel als Paul und nicht Frisör statt Lokomotivführer.

Dagoberts Euro

Jetzt, da alle, teils mit Hoffen, mehr mit Bangen, vom Euro sprechen, als Währung einer gewiss ungewissen Zukunft, trifft es sich gut, eine Geschichte zu lesen, die soeben in Paris passiert ist. Da ist die französische Polizei einer Betrügerbande auf die Schliche gekommen, die einem Pariser Juwelier »Walt Disney Geld« angedreht hat. Er gab dem Defraudanten Schmuck im Wert von 7,2 Millionen Mark. Sie gaben ihm dafür falsche Markscheine, auf deren Rückseite der deutliche Aufdruck Walt Disney zu lesen war. Sie hatten sich dem gutgläubigen Schmuckhändler als Unterhändler eines arabischen Prinzen ausgegeben, der Geld waschen wollte.

Nicht bekannt ist, was der Betrogene dachte, als er das Disney-Geld sah. Hatte er an Donald Ducks Onkel Dagobert gedacht? Und daran, dass der alte Geizhals sich endlich von seinen Goldtalern trennen wollte, in denen er, alle großen und kleinen Donaldisten wissen es, bisher gern badete, indem er vom Sprungbrett in die goldene Flut hechtete?

Vielmehr erinnert der Betrogene an jene Geldfälscher, die 16-Mark-Scheine herstellten, dann feststellten, dass solche nicht im Umlauf seien, und einen der Ihren losschickten, um das Geld an einem Kiosk zu erproben. Er solle Zigaretten kaufen. Der kam zurück, brachte die Zigaretten und als Wechselgeld zwei Sechs-Mark-Stücke.

Aber im Ernst, hätte der gute Mann lieber an Goethes »Faust« gedacht, in dessen zweitem Teil der Teufel das Papiergeld erfindet. Oder an Bulgakows Satan, der im stalinistischen Moskau die geldgierigen Moskoviter mit falschen Rubeln zum Jubeln bringt. Geld, wir wissen es seit den alten Römern, stinkt nicht, aber dass ausgerechnet ein

Mann, der Diamanten und Perlen auf echt und unecht unter die Lupe nehmen muss, also ein Juwelier, auf Monopoly-Geld mit dem Aufdruck Walt Disney reinfällt, da muss die Idee an den Euro ihren Schatten vorausgeworfen haben.

Aber vielleicht hatte das Opfer auch nur die Nestroysche Erkenntnis mit anschließendem Stoßseufzer im Sinn, die da lautet: »Die Phoenizier haben das Geld erfunden. Aber warum so wenig?«

Gevatter Tod

Am Wochenende, als ich diese Glosse schrieb, war König Hussein von Jordanien tot, aber noch nicht gestorben, oder er war gestorben, aber noch nicht tot. Der Monarch war von den USA nach Jordanien zurücktransportiert worden, nachdem eine neuerliche Knochenmarktransplantation sein Krebsleiden nicht hatte aufhalten können. Mehrere Organe hatten ihren Dienst im Körper des Königs versagt, aber auf der Intensivstation des Hussein-Krankenhauses in Amman hatte man den Moribunden noch an Beatmungsgeräte und andere die Körperfunktionen erhaltende Maschinen angeschlossen: Man hielt den Toten am Leben. Sein Tod, so hieß es, werde erst offiziell erklärt, wenn die Geräte auf Anordnung der Familienangehörigen abgestellt werden würden.

Diese Glosse will nicht darüber räsonieren, welch abstrusen Zweikampf der Tod und die Maschinen-Medizin gegeneinander auszufechten in der Lage sind – wobei der Tod, wie immer, Sieger bleibt. Einige politische, orientalische Komplikationen sind mir dennoch in den Sinn gekommen. Dass zunächst niemand, zum Beispiel in der Familie des beliebten und (für den diffizilen) Friedensprozess in Nahost so wichtigen Herrschers, den Mut aufzubringen schien, das Gerät abschalten zu lassen, so dass aus Leben (das keines mehr war) Tod (der längst eingetreten schien) wurde. War es Furcht, Pietät, war es politische Rücksicht? Standen Machtkämpfe im Palast von Amman im Hintergrund? Streitigkeiten hinter den Kulissen zwischen dem von Hussein eingesetzten Sohn Abdallah (der bis gestern offiziell, aber provisorisch die Herrschaft übernommen hatte, wenn auch nur so, als weilte der König nicht im Jenseits, sondern nur im Ausland) und dem Hussein-Bruder Hassan? Ich weiß es nicht.

Mir fiel nur der Serail von Topkapi in Istanbul ein, der Harem, wo die diversen Söhne der diversen Haremsfrauen des Sultans in einem Raum (dem sprichwörtlichen »Goldenen Käfig«) lebten, abgeschlossen von der Welt wie gefangene Raubtiere. Und wenn der Sultan starb, unerwartet starb, ohne seine Nachfolge geregelt zu haben, dann ging ein Hauen und Stechen los in diesem Gefängnis der edelsten Söhne: Da versuchten die Mütter eines möglichen Nachfolgers die anderen potenziellen Nachfolger auszuschalten – es herrschte, bis zur offiziellen Nachricht vom Tod des legitimen osmanischen Herrschers, Mord und Totschlag, eine Nacht der langen Messer, um Konkurrenten um die Ottomane auszustechen. Und das wortwörtlich.

Trägt dieser Vergleich mit der modernen Medizin, die tatsächlich Tote klinisch am Leben erhalten kann? Fällt einem nicht zu Recht die Geschichte vom langen Sterben Francos in Spanien ein, wo man sich im Schatten seines Todes auch die Erbschaft des Gaudillos zu sichern suchte? Oder die Geschichte des Cid, den man tot auf sein Schlachtross band, um seine Feinde noch nach seinem Hinscheiden in Schrecken zu versetzen?

Mir kommt, bei der Geschichte vom realen und klinischen Tod, ein Grimmsches Märchen in den Sinn – das vom »Gevatter Tod«. Da hat ein armer Mann ein Kind bekommen, das niemanden zum Paten, zum »Gevatter« bekommt, bis sich der Tod erbarmt. Er besorgt seinem Patenkind, als das erwachsen wird, eine glänzende Karriere: als Arzt. Der Tod nämlich zeigt dem Doktor, indem er eine Kerze zu Füßen oder zum Kopfende des Schwerkranken stellt, wie es um den bestellt ist. Steht die Kerze bei Fuß, muss der Patient sterben; steht sie am Kopfende, bleibt er am Leben.

Der Doktor, Ziehkind des Todes, sieht dies als Einziger, und so wird er ein berühmter Arzt, durch seine hervorragenden Diagnosen. Einmal, bei einer schönen Prinzessin (die er liebt? Ich erinnere mich nicht genau), sieht er die Kerze am Fußende. Er erschrickt und verfällt auf einen Trick: Er dreht ihr Bett einfach um. Der Gevatter Tod warnt ihn: Noch einmal, und du bist selber dran. Und es kommt, wie es kommen muss, der Arzt trotzt noch einmal mit einem Trick dem Tod und muss selbst (an seiner Hybris) sterben.

Wenn die Geräte- und Maschinenmedizin den Tod auszutricksen und zu überlisten versucht, meist übrigens auf Kosten des Sterbenden, fällt mir dieses traurig kluge Märchen ein. Zum Beispiel bei Hussein, jetzt, der bis zum Sonntag tot war und doch nicht tot war. Man hatte einfach sein Bett umgedreht. Vergebens.

Lungenbraten

Das Treffen deutscher Chefredakteure in den Tiroler Bergen war ein schöner Erfolg. Man hatte mit dem »Piefke« Peymann über das Burgtheater und das Berliner Ensemble diskutiert, sich über Medien und Politik unterhalten, die alpinen Disziplinen (Skifahren, Eisstockschießen, Grünen Veltliner trinken) ohne Beinbrüche überstanden, und jetzt sollte es zum Abschluss auch noch ein festliches Abendessen mit Kerzenlicht, Vogerlsalat und Nockerlsuppe geben.

Doch da erfasste plötzlich, nach einem Blick auf die Speisekarte, einen Teil der Teilnehmer lähmendes Entsetzen: Als Hauptgang stand da auf der Karte »Lungenbraten«. Um Gottes willen! dachte so mancher Gast aus der norddeutschen Tiefebene, Lungenbraten! Innereien! Und er schüttelte sich in vorauseilendem Grausen. Doch Angst und aufkeimender Ekel waren umsonst. Denn der österreichische Koch hätte, wenn er wirklich die Gäste mit Lungenhaschee hätte traktieren und sekkieren (quälen) wollen, »Beuschel« auf die Karte geschrieben: Das wäre dann eine süßsaure Köstlichkeit aus zerhäckselter Lunge mit Semmelknödeln geworden, gewiss nicht jedermanns Sache – und der Schrecken meiner Wiener-Kindheits-Donnerstage.

Lungenbraten aber ist edelstes Rindfleisch, Filet. Steak, keine Innerei, sondern eine Äußerei vom Feinsten. Und dann fiel mir der Satz ein, dass »Österreich und Deutschland zwei Länder sind, die durch die gemeinsame Sprache getrennt« werden.

Wie jedes Bonmot stammt ein solcher Satz in Österreich von Alfred Polgar. Und wenn nicht von Polgar, dann von Karl Kraus. Wie jedes witzige geflügelte Wort in

Deutschland von Tucholsky, Schopenhauer, Nietzsche (»Du gehst zum Weibe? Vergiss die Peitsche nicht!«) oder Konfizius stammt. Doch leider, leider hat die in Wien ansässige Gesellschaft zur Pflege österreichischer Sprache das Zitat von den beiden durch die gemeinsame Sprache getrennten Ländern bisher weder bei Kraus noch bei Polgar nachweisen können. Vielmehr hat man den gleichen Satz im Englischen entdeckt, wo es heißt, dass die »United States and England two Nations« seien, »separated by common language«. Und wie Österreich darin wetteifert, den Satz Polgar oder Kraus zuzuschreiben, so streitet man sich in England darüber, ob das Zitat Oscar Wilde oder George Bernhard Shaw zuzuschreiben ist. Oder gar Mark Twain.

Dass der Satz auch für Angelsachsen stimmt, weiß man. Wo wir Karfiol respektive Blumenkohl sagen, sagen Amis und Tommies »luggage« und »baggage« oder »subway« und »underground«. Und was den Lungenbraten anlangt, so gibt es die Geschichte von dem Amerikaner, der in ein Londoner Restaurant kommt und sich ein »bloody steak« bestellt, also »rare«. Und der Ober, ganz Brite, fühlt sich verhohnepipelt (»veroascht« würde der feine Wiener sagen und von einem »Schmäh« reden) durch das Wort »bloody«, und er sagt zum Gast: »Certainly! With fuckin' potatoes, I suppose!« Eben Lungenbraten!

Rossknödel

In Salzburg, wo man im Festspiel-August es sicher zu schätzen weiß, dass die Zimmer, Festspielhäuser und Busse air-conditioning haben, dass man die Karten über modernste elektronische Datensysteme buchen kann, in Salzburg liebt man auch das Abgelebte, Vergangene. Mozartkugeln also, die aussehen, wie ich mir Mottenkugeln im Rokoko vorstelle (sicher falsch); Straßenmusikanten, die – Flöte und Violine, Mann und Frau – die Gassenhauer aus der Zauberflöte darbieten (»Erst einen kleinen Papageno, dann eine kleine Papagena!«), und das mit graugepuderter Perücke, Rüschenjacke in Zartrosa und zartgrauer Seide, Schnallenschuhen mit blauen Schleifen unter der Kniehose, dem Kniestrumpf.

Vor allem aber die Fiaker, die Pferde. Auf dem Kutschbock der Kutscher, Gamsbarthut und Kaiser-Franz-Joseph-Backenbart, Janker, die Peitsche knallend in der einen, die festen Zügel in der anderen Hand. Hinten Glück für die ganze Familie. Das wunderbare Klappern der Hufe auf dem Kopfstein, wie es beim Entfernen leiser wird, ob im munteren Trab, der klingt wie eine Johann-Strauss-Polka, oder im stolpernden Schritt mit den Synkopen.

Die Hufschmiede kommt einem in den Sinn, mit der Esse, dem Blasebalg, wo das Eisen rot glühend wurde, mit der Zange zischend ins schwarze Wasser gesteckt wurde, dann, noch heiß aufs Horn, das vorher mit der Grobfeile geraspelt wurde, die viereckigen Hufnägel, spitze Pyramiden, der Geruch nach verbranntem Huf, nach Pferdedung …

Auf der Straße der Straßenfeger, der die Pferdeäpfel vom Pflaster kratzt und kehrt, mit dem Reisigbesen, um sie dann in eine Schubkarre zu schaufeln. Auf der Schubkarre steht, wir sind in Österreich, »Rossknödel«. Und man begreift sofort: so wie hier der Quark »Topfen« heißt und »Guten Tag« »Küss die Hand!«, so der »Pferdeapfel« eben »Rossknödel«, Äpfel heißen nur die Kartoffeln: »Erdäpfel«.

Und da man schon vergänglich gestimmt ist, kommt einem die Geschichte von den schwäbischen Marktfrauen in den Sinn, auch aus der Zeit, als die Pferdeäpfel noch das größte Verkehrsproblem waren. Die beiden Marktfrauen also stritten sich, immer heftiger, immer lauter, bis schließlich die eine in ihrer Rage nach einem Rossapfel auf der Straße griff, ihn auf die Gegnerin schleuderte, der er im schimpfend offenen Mund landete. Die schwieg erst entsetzt, und sprach dann, mit vollem Mund, indem sie mit dem Zeigefinger auf ihre Backe (resp. Wange) zeigte: »Der bleibt drin, bis d' Polizei kommt!« Diese Geschichte vom Rossknödel beschreibt auch eine zivilisatorische Wende: den Wechsel vom Faustrecht zum Polizeirecht.

V-Effekt mit Micky-Maus

In Disney-Land, dem Freizeitpark für Kinder, die Ketchup, Fahrten zum Mond und Geisterbahnen (»Haunted House«) lieben, begegnet man auf Schritt und Tritt dem lieben mythologischen Getier, das Disney via Comics und Kino in die Herzen der Kinder schon mehrerer Generationen verpflanzt hat, Donald Duck, Daisy, der Gans, Goofy mit den Hasenhauern und, natürlich, Mickey, der Maus. Sie sind dazu da, dass sich die lieben Kleinen mit ihnen von Papi und Mami, Opa und Oma fotografieren lassen können, eng umschlungen – und so sind Donald und Mickey nicht nur Bestandteil der Disney-Mythologie (einer der antiken Heroen-, Halbgötter- und Götterwelt ebenbürtigen Heerschar mit Abenteuern, die der Odysee und den Argonautenzügen ähneln), sie sind auch Bestand des Kodak-Mythos: die Märchenwelt als Bild für das Fotoalbum.

So weit, so gut. Jetzt (so war den Zeitungen zu entnehmen, die im Sommer komischerweise immer die kuriosesten Geschichten erzählen) war eine Oma mit ihrem kleinen Engel in Anaheim, bei Micky und Daisy. Und der arme Kleine hatte ein, wie die Oma fand (»aber Großmutter, warum hast du so große Augen?«) schreckliches Erlebnis. Er sah, musste sehen, wie sich eine der Micky-Mäuse, die da in der Hitze mit Kindern posieren, umzog. Und der Knabe sah, dass in der Maus ein Mensch steckte, wahrscheinlich ein Student oder eine Studentin. Ein Mensch mit Haut und Haar! Die Oma war entsetzt, man habe ihrem Enkel die Illusion geraubt, man habe es aus einer Welt kindlicher Märchen in die raue Wirklichkeit gestoßen. Sie verklagte Disney, wahrscheinlich auf Wiederherstellung der kindlichen Phantasie.

Ich stelle mir vor, die energische Dame geht mit ihrem Enkel ins Theater, in Verdis »Othello« oder Shakespeares »Romeo und Julia«. Und sie und ihr Enkel schluchzen, wenn Othello der unschuldig reinen Desdemona das Kissen zum Ersticken ins weiße Gesicht drückt. Und wie er sich dann selbst entleibt, zu schaurig schöner Musik, ein belcanto-Tod. Oder: wie Romeo den Tybalt killt. In der Mittagshitze. Und wie er Paris ersticht. Im Grab. Und sich selbst vergiftet. Und wie die blutjunge Julia ihm in den Tod folgt. Mit Gift von seinem Fläschchen.

Wie gesagt, Oma und Enkel schluchzen. Doch dann senkt sich der Vorhang, alle klatschen. Und siehe da, die eben noch Toten sind unversehrt und verneigen sich artig: Othello, Desdemona, Tybalt, Graf Paris, Romeo, Julia, Mercutio, alle tot, im Beifall wieder lebendig, Menschen, Schauspieler wie du und ich. Geht jetzt die Oma an die Theaterkasse (»Bei Nichtgefallen Geld zurück!«)? Klagt sie wegen Desillusionierung? Eines jedenfalls steht fest: Eine Brechtianerin ist die Disney-Großmutter nicht. Sie hasst den »Verfremdungseffekt«, hasst Desillusionierung. »Glotzt nicht so romantisch!« hatte der junge Brecht sein Publikum angeblafft, wenn es einen Bühnenbild-Mond für echt nehmen wollte. Und Micky-Maus wäre bei ihm vor den Vorhang (Neher-Gardine) getreten, den Mauskopf in der Hand, das Menschenantlitz gegen das Publikum gereckt, und hätte gesagt: »Und somit sehen wir betroffen …« Aber vielleicht auch nicht. Vielleicht auch: »Hey, Pluto!«

Himmel und Hölle

So viele schöne Frauen wie in den Bildern der Uffizien sind wohl in keinem anderen Museum der Welt versammelt: Die Madonnen, mögen sie von Duccio, Leonardo, Lippi sein, verstrahlen eine mädchenhafte weltzugewandte Schönheit, die Venus von Botticelli ist so sinnlich wie überirdisch entrückt, die Evas von Dürer und Cranach haben – sie sind in dem Augenblick eingefangen, da ihr Gesicht die Versuchung beherbergt – Lolita-hafte Züge. Kein Zweifel, die Renaissance wendet den Himmel und die Hölle zur Erde.

Aber da ist noch die Perspektive: Giotto, der Menschen und Heilige aus dem starren Goldrahmen löste und ihnen einen realeren Hintergrund verlieh, hat sie ein Jahrhundert vor Masaccio und Uccello vorerfunden, hat sie »entdeckt«. Er selbst steht als klobiges Monument in Vicchio, seinem Geburtsort im Mugello, auf dem Fußgängerzonen-Markt, umgeben von einer Apotheke und drei Euro-Bancomaten, aus denen man Lire in allen wichtigen europäischen Sprachen herauslocken kann.

Dann in Florenz der Weg von den Uffizien über den Ponte Vecchio zum Palazzo Pitti, ein Laden mit bedruckten T-Shirts, der Europa-Gedanke, die Europa-Perspektive. Auf einem T-Shirt ist zu lesen, was der (europäische) Himmel auf Erden wäre und was die Hölle. Es ist ein alter Witz aus der europäischen Perspektive der geglaubten Nationaleigenschaften, sprich der Vorurteile.

Also: Im Himmel sind die Engländer die Polizisten, die Franzosen die Köche, die Belgier die Banker. Die Tänzer sind Spanier, die Liebhaber (ohne das Beiwort »feurig« kaum zu denken) sind Italiener, und alles wird von den Deutschen organisiert.

Und die Hölle? Hier sind die Engländer die Köche, die Belgier die Tänzer, die Spanier die Banker, die Franzosen die Polizisten und die Deutschen die Liebhaber. Organisiert wird das nach-Dantesche Inferno von den Italienern.

Stimmt das so noch, wie das auf dem T-Shirt steht, das im florentinischen Schaufenster hängt? Versichern uns nicht Gourmets, die in der Welt herumgekommen sind, mit Zungenschnalzen, dass man zur Zeit am besten in London essen könne, unbedingt? Und kommen deutsche Touristinnen aus Neapel weniger beglückt als eher um ihre Traveller-Schecks beraubt zurück? Und die Organisation, die deutsche? Glaubt da in den letzten Wochen, ja Monaten noch jemand daran, nach der Debatte über Renten, Steuerreform, Haushalt? Glaubt wirklich jemand noch, der Finanzminister könne aus einer defizitären Hölle einen Himmel voller Steuervereinfachungen organisieren?

Aber der Wandel der Wertvorstellungen hat auch sein Gutes. Vielleicht können Belgier ja inzwischen wirklich tanzen (seit Maurice Bejart sie es lehrte). Und vielleicht sind die Deutschen, seit sie nichts mehr organisatorisch so recht auf die Beine kriegen (siehe Hauptstadt-Umzug), auf einmal unwiderstehlich im Bett: Wir Deutschen als himmlische Liebhaber, das wäre höllisch gut.

Hundert Jahre Einsamkeit

Der Hintergrund ist viel zu ernst, ja schrecklich, als dass man über die Geschichte Witze machen dürfte, aber ich versuche es trotzdem. Zunächst die Fakten: Ein Gericht in Rio de Janeiro, so war sonnabends zu lesen, hat den ehemaligen Militärpolizisten Nelson Oliveira dos Santo Cunha in einem Revisionsverfahren freigesprochen, obwohl er im ersten Prozess geständig gewesen war, als Mitglied einer Todesschwadron am Massenmord von acht Straßenkindern beteiligt gewesen zu sein. Im ersten Prozess war er zu 261 Jahren Haft verurteilt worden, jetzt wurde er freigesprochen. Ein zweiter Polizist, ebenfalls bei dem Massaker an den Kindern beteiligt, war in einem ersten Gerichtsverfahren zu 309 Jahren verurteilt worden, die zweite Instanz milderte die Strafe auf 89 Jahre.

Zu diesen Urteilen, dem heftigen Wechselbad von 261 zu null und der gnädigen Reduktion von 309 auf 89, was, objektiv und mathematisch gesehen, nicht einmal ein Drittel ist (»Gut, Karasek! Setzen! Drei Plus!«), kamen mir nicht so sehr die verschlungenen Pfade der Gerechtigkeit in den Sinn, auch nicht, dass Gottes Mühlen langsam mahlen, und schließlich nicht, dass Justicia offenkundig nicht nur blind ist, sondern auch blöd sein kann. Nein, es erinnerte mich eher an die Schulzeit, die Rechenstunde in der Grundschule, die schönen Dreisatzaufgaben: »Ein Matrose, der fünf Bier getrunken hat und 29 Jahre alt ist, schwimmt 500 Meter in 10 Minuten. Wie lange würde er von Hamburg nach New York brauchen, wenn er 92 Jahre alt wäre und 58 Biere getrunken hätte? Nimm die Entfernung Hamburg – New York mit 3600 Kilometern an!« Eben aus dem Leben gegriffen, aber echt!

Denn wie anders sonst käme man zu einer Strafe von 261 Jahren oder, sagen wir 309. Tausendundeine Nacht, das schon, aber 309 Jahre Gefängnis, da wird man schon fragen dürfen, warum es nicht 311 sind? Oder 306? Warum genau 309? Und wieso exakt 261? Wären 260 Jahre ein viel zu mildes Urteil, 262 Jahre dagegen schon zu hart und grausam? Und die zweite Instanz, die aus 309 Jahren Knast (309 Jahren Einsamkeit) 89 zauberte, wollte sie Gnade vor Recht ergehen lassen, nach der Überlegung und humanen Regung: Der Angeklagte ist 21 Jahre alt, sollte er, bei gesunder Gefängniskost und regelmäßigen täglichen Rundgängen im Gefängnishof, über 110 Jahre alt werden, dann könnte er noch ein paar Jahre in Freiheit verbringen? Den Lebensabend sozusagen.

Aber natürlich geht es in Wahrheit um Ausschluss von Begnadigung, um gute Führung und Bewährung. Natürlich! Das muss es sein! Also wenn der zu 89 Jahren Verknackte sich, sagen wir, 70 Jahre gut führt, dann werden ihm die letzten 19 Jahre auf dem Gnadenwege erlassen. Wieder ist der Lebensabend gerettet!

Doch dann lese ich, dass laut brasilianischem Gesetz, jeder, der zu mehr als zwanzig Jahren verurteilt werde, ein Recht auf einen zweiten Prozess habe. Und auf einmal fällt es mir wie Schuppen von den Augen, klar doch!, und ich rechne im Zweisatz: zwanzig Jahre gleich zwei Prozesse, macht bei 89 Jahren gleich vierkommaneun Prozesse oder 309 Jahre gleich fünfzehn Revisionen und ein paar Zerquetschte, drei schreib hin, neun im Sinn. Und so weiter, bis alle Polizisten, die Kinder erschossen haben, wieder frei sind.

Erschrocken halte ich inne, da ich fürchten muss, führe ich nach Rio, könnte ich für diese Glosse wegen Verhöhnung der Justiz 37 Jahre in Beugehaft genommen werden, was in zweiter Instanz also etwa ungefähr, sagen wir … Aber vielleicht bekäme ich gleich 19 Jahre aufgebrummt, damit Brasilien die Revision umgeht. Wie pflegte doch meine Oma in einem solchen Fall zu sagen? Andere Länder, andere Sitten, seufzte sie. Und hatte ja so Recht.

Die Straße lebt

In Los Angeles gibt es keine Straßen-Cafés, keine Straßen-Restaurants. Und das, obwohl ein ewig blauer Frühlingshimmel die Stadt das ganze Jahr überspannt und man, je näher man dem Pazifik kommt, auch noch mit einer die Sonnenglut angenehm mildernden Brise rechnen kann.

Das liegt einmal daran, dass Amerikaner keine Fußgänger sind; wenn man sie ohne Auto auf der Straße sieht, dann joggen sie und bewegen noch an der roten Ampel auf der Stelle laufend die Füße: »Keep movin!« Mit wenigen Ausnahmen – etwa Santa Monica oder der Rodeo Drive in Beverly Hills – fehlen in L. A. Promenaden für schlendernde, eventuell vor Schaufenstern stehen bleibende Menschen. Dafür gibt es die geschlossenen Einkaufzentren, überdacht und mit riesigen Park-Arealen.

Aber nicht nur, dass die Kalifornier durch ihr weites Land und ihre Riesenstadt ohne ihr Auto wie amputiert wären, lässt keine Straßencafé-Geselligkeit entstehen wie in Paris, am Ku'damm, in Wien. Es ist auch puritanisches Erbe, dass man sich beim Müßiggang, also beim Laster, nicht der Sonne aussetzt. Und auch nicht den Blicken der Umwelt. Jahrzehntelang waren Restaurants fensterlos, und noch immer begeht eine Gesetzesübertretung, wer ein Bier oder gar eine Flasche Wiskey unverhüllt ohne braune Tüte über die Straße trägt. Alkohol nackt, das geht nicht.

So ist auch der gnadenlose Kampf gegen die Zigarette und das Rauchen nicht nur vom Gesundheitsbewusstsein dieser braun gebrannt joggenden Nation geprägt, sondern hat sicher auch puritanische Wurzeln. Drakonisch ist das Rauchen in allen Cafés, Restaurants, Kneipen und Speisesälen verboten. Aber auf der Straße darf man rauchen.

Ohne die Zigarette in einer braunen Tüte verstecken zu müssen. Was machen also die cleveren Kaffeehausbesitzer, die klugen Restaurant-Betreiber, nachdem sie beobachtet hatten, wie ihre rauchsüchtigen Kunden für ein paar hastige Züge das Freie suchten? Sie stellen Tische und Stühle auf die Straße und erweitern ihr Lokal zum Straßen- und Gartenrestaurant. Die Plätze im Freien sind beliebt und häufig schwerer zu reservieren als die im Innern, wo die Luft unverpestet klimatisiert wird.

Los Angeles ist auf einmal eine straßengesellige Stadt, jedenfalls fast! Die Menschen sitzen im Freien und lassen sich ungeniert in die Kaffeetasse blicken und zuschauen, wie sie in aller Öffentlichkeit rauchen. So können Verbote, List der Lust, zur Lockerung geselliger Bräuche führen: Die Straße lebt, und in Straßen-Cafés blicken Leute gelassen auf vorbeijoggende Mitmenschen. Wenigstens dafür sollte man den Rauchern danken.

DER BALL IST RUND – MEISTENS

Cuba libre*

Am Freitagabend war F. wieder zu laut zu hören. Er stieß mit heftigem Druck, dem man die Mühe anmerkte, südkoreanische Namen aus: Choi Yong-Su oder Choi Sung Yong, und statt das Spiel Südkorea – Holland zu kommentieren, nannte er die Spitznamen der Spieler: »Sohn des Windes« oder der »Ronaldo Asiens«, das sagte er aber nur, weil er den Ronaldo Südamerikas, also den echten, bisher immer hartnäckig Renaldo oder Romario geschimpft hatte. Und vom Trainer, dem uns allbekannten Bum-kun Cha, sagte er, dass er trauriger dreinblicke inzwischen und das nämlich aus Verantwortung. F., der das Überflüssige flüssig sagt und das Notwendige falsch, hat so viel Humor wie eine vertrocknete Fichte, und wenn Günter Netzer anschließend das Spiel erläutert und analysiert, weiß man, was man bei F. gelitten hat. Wir werden von der ARD mit F. in Zwangsbeugehaft genommen.

Und da ist mir am Freitagabend wieder der CIA, der US-Geheimdienst, eingefallen, und es ist mir Fidel Castro in den Sinn gekommen. Und wie der Geheimdienst damals dem »Maximo Lider«, der auch ein gefürchteter Zwangsquatscher war, ein Pulver in die Cohiba-Zigarre tun wollte, also dass er, während er redet, seinen Bart verliert, die Haare fallen ihm einfach vergiftet aus, und dann sieht er so komisch aus, dass selbst die verbiestertsten Kommies Kubas über ihn lachen müssen. Und es ist Sense mit dem Kommunismus auf Kuba. Cuba libre.

Das hat ja damals bekanntlich nicht so geklappt, und wenn ich daran denke, dass der F. das Endspiel kommentieren soll, dann fallen mir zwar nicht die Haare aus, aber

* Während der Fußballweltmeisterschaft geschrieben. Es geht um »Guten Abend allerseits!«, Heribert Fassbender.

mir wird so blümerant; selbst wenn »wir« nicht dabei sein sollen, denke ich: »Um Himmels willen! Wieder der F.!« Und dann denke ich, man sollte sich an die CIA wenden und sie um Hilfe bitten. Ob das nicht einen zweiten Versuch wert wäre. Nein, diesmal nicht gegen den Bart, der F. hat zwar auch einen, aber den sieht man ja nicht. F. hört man nur, was noch schlimmer ist. Aber vielleicht könnte die CIA dem F. ja was heimlich in den Tee tun, dass dem die Stimme wegbleibt, nur für ein paar Tage oder höchstens Wochen. Und dann müsste die ARD den Marcel Reif einspringen lassen oder meinetwegen den Gerd Rubenbauer. Tja, das wär' schön!

Dies übrigens war wieder keine Glosse über Fußball, sondern eine über die Vorzüge des öffentlich-rechtlichen Fernsehens. Da kriegt den Fußball-Kommentar nicht der, der ihn kann, sondern der, der WDR-Sportchef ist. Der F., wie gesagt.

Zwei zu eins

Rom, so sagt es das Sprichwort, so weiß es der Büchmann der Geflügel-Worte, Rom ist nicht an einem Tag erbaut worden.

Auch Hollywood wurde erst nach und nach und in vielen Schritten (stumm zuerst, schwarzweiß, in Farbe, Breitwand, mit Schwarzenegger) Hollywood, und Los Angeles war nicht immer L. A., was inzwischen nicht nur Kenner und Kinogänger »Elä« nennen, während »Elema« mehr und mehr aus dem Gebrauch kommt, aber das nur nebenher.

Also Hollywood, also L. A. In den späten fünfziger Jahren war es, da geschah etwas Unerhörtes in den USA zwischen Westküste und Ostküste. Die Dodgers, eine der traditionsreichsten Baseballmannschaften – eines der Teams, das in den beiden Bundesligen, der National League und der American League, spielt –, verließ Brooklyn und zog nach Los Angeles, nach L. A. Für den, neben Manhattan, wichtigsten Stadtteil New Yorks (mit großen jüdischen und großen irischen Traditionen) war das ein schwerer Schlag – so schwer, dass sich Brooklyn davon nicht mehr und nie mehr so ganz erholt hat. Aber vielleicht war der Exodus der Dodgers auch nur ein Symptom dafür, dass Brooklyn in der Rivalität mit Manhattan (also mit Broadway und Wallstreet) endgültig auf den zweiten Platz gerutscht war.

Für Hollywood, für L. A., war es ein ungeheurer Sprung nach vorne, weil die Dodgers, die hier ein riesiges Stadion bekamen, in dem sich Volk und Filmpromis drängten, zeigten: hier im Westen spielt jetzt auch die Musik. Natürlich war der Umzug der Baseballer auch ein Symptom: nämlich, dass es neben dem traditionellen Osten jetzt auch den neuen Westen gebe. Und natürlich auch ein Symptom dafür, dass der USA-Kontinent inzwischen von Fluglinien in Flugstunden überspannt und überbrückt werden konnte. Baseball an der Westküste in einer Bundesliga, das wäre zur Zeit, in der man tagelang mit dem Zug zwischen San Francisco (das niemand wirklich Frisco nennt) und Boston hin und her hätte fahren müssen, undenkbar gewesen. Die Dodgers jedenfalls wurden ein wichtiger Baustein, der aus Los Angeles das machte, was es heute ist: L. A. und Hollywood und O. J. Simpson.

Hier in Berlin ist das anders. Berlin war schon mal Berlin, und Berlin wird wieder Berlin. Aber dennoch: wer am Samstag, den 14. Februar unter den 76 000 Zuschauern im ausverkauften Olympiastadion saß, wer die Menge sah, die wie ein blauweißes Meer wogte und brodelte, sich in La-Ola-Wellen (das Ornament der Masse) selbst feierte, mit der gesungenen Versicherung, nicht nach Hause zu gehen, selbst besang, zarte blaue Rauchzeichen im wechselnd von Wolken verhangenen, wechselnd sonnenbesprenkelten Olympia-Oval aufsteigen ließ, wer dabei war, der nahm nicht nur an einem riesigen Popkultur-Spektakel teil und verstand nicht nur, warum Brecht für seine (proletarische) Theatererneuerung an den Sport, an Boxen und Fußball und deren sachkundiges Publikum dachte. Kurzum: das Spiel zwischen Hertha und Bayern war ein hinreißendes, ein mitreißendes Spektakel.

Aber – und damit bin ich wieder bei den Dodgers – es war mehr. Indem Hertha den Deutschen Meister Bayern München, den erfolgreichsten, reichsten, arrogantesten, mit den teuersten Stars besetzten Fußballclub Deutschlands eine Stunde lang beherrschte, sich eine halbe Stunde gegen die Münchner Ballkünstler und Balltrickser fulminant wehrte, um in einem dramatischen Finish (Brecht: »Achten Sie nur auf das Finish!«) den Sieg nach

Berlin zu holen, wurde eines klar: Auch im populärsten Sport, auch in der erfolgreichsten, sportlichen Kultur- und Unterhaltungsindustrie ist Berlin auf dem Weg nach Berlin. Das mag in den nächsten Wochen vergessen sein, weil im Fußball jede Woche die Würfel neu gemischt werden – aus dem Selbstbewusstsein, dem Selbstverständnis einer Stadt verschwinden solche Momente nie ganz – es sei denn, man verspielt sie. Das 2:1 war, als seien die Dodgers von München nach Berlin gezogen.

Grausame Götter

Ganz früher, im mit Recht so genannten klassischen Altertum, an das heute vor allem Marmorfiguren mit abgebrochenen Gliedmaßen, weggesplitterten Nasen und leeren Augäpfeln erinnern, ganz früher also bevölkerten den Äther über Griechenland und Rom antike Götter, die auf dem Olymp hausten und arbeitsteilig das Wohl, aber vor allem das Wehe der Menschheit bestimmten. Sie waren halb oder ganz göttlich (also nach heutigem Begriff entweder Ministern oder Staatssekretären gleich). Poseidon (Neptun) beispielsweise war für das Mittelmeer, inklusive Ägäis, zuständig und kraulte mit seinem Dreizack die Wogen. Ares, lateinisch auch martialisch Mars genannt, stiftete Unfrieden: Er war der himmlische Verteidigungsminister. Hera (Juno) kümmerte sich um Familie, Heim und Herd, Amor und Aphrodite um die Liebe, und Zeus, der überhaupt der Höchste war und lateinisch Jupiter hieß, kümmerte sich um alles und gar nix und stieg vor allem Frauen auf der Erde nach, wofür er weder Mühen noch Risiken scheute, ja sich sogar in Stiere, Schwäne, täuschend ähnliche Ehemänner verwandelte, um mit schönen, oft verheirateten Frauen Halbgötter zu zeugen. Daneben konnte er blitzen und donnern. Die klügste Göttin war eine Kopfgeburt: Pallas Athene, die sehr parteiisch für die Athener war; später, als römische Minerva, diente sie dazu, lateinischen Gymnasiasten das Griechisch beizubringen. So war das! Damals! Ein Gott allerdings fehlte in diesem polytheistischen Gewimmel. Es war der für das runde Leder und die Champions-League zuständige Fußballgott. Zwar gab es Hermes (lateinisch Merkur), der auf einer runden Kugel daherrollte und die Menschen zu lukrativen Transfer-Verträgen auf allen Sektoren animierte (auch feindliche Firmen-Übernahmen waren vorgesehen, statt des Telefons in Italien wurden die Sabinerinnen geraubt), aber diese runde Kugel war nicht schwarz-weiß segmentiert, also (noch) kein Fußball.

Der Fußballgott tauchte erst letzte Woche auf. Und zwar in »Bild«. So grausam kann der Fußballgott sein, hieß es da. Und in der Tat, wenn die antiken Menschen in ihrer Toga und ihren Sandalen (später, in monotheistischen Zeiten »Jesus-Latschen« genannt) über den Neid der Götter jammerten und Lammkeulen opferten, so wissen die Bayern-Fans von Neid und den Launen der Götter, vor allem des Fußballgotts auf der runden Kugel, ein Lied zu singen. 1:0 führten sie gegen Manchester United, und das lange, lange Zeit. Zweimal schossen sie, einmal sogar mit Fallrückzieher, gegen Pfosten und Latte! Und dann das! Minuten vor Schluss das 1:1, Sekunden vor Schluss das 1:2. Aus! Ende! Vorbei! Grausamer launischer Fußballgott!

Oder wollte er, wie seine antiken Brüder, die Hybris der Menschen, die Überheblichkeit und Selbstüberhebung der Bayern bestrafen? Besitzen die doch einen alternden Herkules, Lothar Matthäus, und tauschen den einfach kurz vor Schluss aus! Wenn das nicht den Zorn der Götter heraufbeschwört!

Inzwischen ist die Trauer über das grausame Walten des Fußballgottes in weiten Teilen der Bevölkerung außerhalb Münchens der Schadenfreude gewichen, doch da Berlins Hertha jetzt als möglicher Champions-League-Teilnehmer auch unter die Kompetenz des grausamen Fußballgotts fallen dürfte, sollten wir uns besinnen. Es gilt, den Zorn der Götter nicht herauszufordern. Denn Götter sind, wir wissen es seit letzter Woche wieder ganz genau, grausam.

Pech im Unglück

Größtes Glück und tiefstes Unglück, Erfolg und Misserfolg liegen, wir wissen es und haben es schmerzlich oft auch am eigenen Leibe erfahren, nahe beieinander. S. Freud und Leid, sozusagen. Himmelhoch jauchzend, zu Tode betrübt, so beschreibt es der Dichter. Und das gilt nicht nur für die Liebe, sondern auch beispielsweise für den FC Bayern München.

Erinnern wir uns kurz: Erst hing der Himmel voller Geigen, und jedes Tor stand offen. Lange vor Ende der Saison war Bayern Meister, Deutscher Meister. Und gleichzeitig standen die Stars des FC Hollywood (so der Name der Bayern bei Neidern) greifbar nah vor dem größten Triumph ihrer Vereinsgeschichte, dem Hattrick aus deutscher Meisterschaft, Champions-League-Sieg und DFB-Pokalsieg.

Doch mit des Geschickes Mächten ist kein ewiger Bund zu flechten, weiß schon wieder der Dichter und diesmal Schiller. Sepp Herberger hat es ähnlich ausgedrückt, als er philosophierte: Der Ball ist rund. Und ein Spiel dauert 90 Minuten. Das wurde vor allem gegen Manchester United offenbar. 88 Minuten führen die Bayern 1:0. Und dann wird das Spiel in 2 (in Worten: zwei) Minuten vergeigt. Zwei Ecken, zwei Tore, 1:2, aus der Traum von Europas bester Mannschaft.

Und dann der Pokal! Da verliert Bayern beim Elfmeterschießen. Ausgerechnet in Berlin! Und ausgerechnet gegen Bremen! Ausgerechnet Bremen, da, wo die SPD auch Wahlen gewinnen kann, trotz Schröder und Riester. Und wer verpatzt die entscheidenden Elfmeter? Lothar Matthäus (38), der wahrscheinlich für einen schrecklichen Moment von des Gedankens Blässe angekränkelt war – so macht Bewusstsein Feige aus uns allen, so diesbezüglich Shakespeare. Und Stefan Effenberg. Jawohl, der, der Berti Vogts immer so mit dem Stinkefinger geärgert hatte, der Effenberg.

Warum wir an diese Wunde rühren? Mitten in den Ferien, der Saure-Gurken-Zeit des Fußballs? Weil gestern in der »BamS« und in »Max-TV« (Pro 7) zwei Studentinnen Stefan Effenberg anklagten. Die beiden 23-Jährigen berichten, sie hätten sich bei der Pokal-Niederlagen-Feier im Adlon Effenberg mit dem Wunsch genähert, mit ihm fotografiert zu werden. Der habe sie mit einem verbalen Stinkefinger abblitzen lassen, und als eine der beiden ihn auf die Wange »tätschelte«, sei er ausgerastet, habe die in Panik Flüchtende auf die Damentoilette verfolgt, dort versucht, eine Klotür einzutreten (verständlich, ein Tor wollte er wenigstens machen) und mit Hilfe der herbeigeeilten Effenberg-Gattin gebrüllt: »Du alte Schlampe, komm da raus!« Und, als Zukunftsaussicht: »Deine Freundin haben wir längst platt gemacht.« Platt gemacht oder plattgemacht? Egal.

Was das mit Glück und Unglück zu tun hat? Viel. Alles. Stellen wir uns einmal vor, die Bayern hätten gerade gegen Bremen gewonnen gehabt. Und das durch einen alles entscheidenden, verwandelten Effenberg-Elfer. Da hätte er sich mit den Studentinnen fotografieren lassen und nix Vulgäres von »Ficken« gebrüllt. Und er hätte sie auch nicht aufs Klo verfolgt, und seine Frau hätte nix von »platt machen« oder »plattmachen« gesagt. Und erst recht nicht »alte Schlampe« gegenüber einer 23-Jährigen (man sieht, das Adjektiv »alt« ist, siehe Matthäus, relativ).

Und wenn doch, wäre es auch nicht so schlimm gewesen. Welches Mädchen hätte es einem torschusserfolgreichen Effenberg verübelt, wenn er randalierend an ihrer Klotür gerüttelt hätte. Von einer Torschützenfrau hätte sie sich durch den Ausdruck »alte Schlampe« geehrt gefühlt.

Und selbst wenn nicht – welches »Max-TV« hätte einen Beitrag zweier Mädchen gegen einen Pokalsieger gebracht? Die sollen sich nicht so zickig haben und einen Spaß verstehen, hätte die »BamS« wenn überhaupt geschrieben. Und dass man doch wohl einen Spaß eines Pokalsiegers, seine verständlich überschäumende Laune verstehen müsse. Aber so! Nichts ist erfolgreicher als der Erfolg und ansteckender als der Misserfolg. Deshalb hieß die gestrige »BamS«-Schlagzeile: »Frauen klagen Effenberg an!«

Der Ball ist rund. Und Fortuna steht auf einem runden Ball.

Schaumermal!

Zwei Spieler waren es vor allem, die den legendären deutschen Fußball der Siebziger prägten, als das Kicken der Deutschen nicht mehr nur das fleißige, pflichtversessene, mit zusammengebissenen Zähnen ausgeübte Geracker war, mit dem »wir« 1954 Weltmeister geworden waren. Zwei Spieler, die dem deutschen Spiel Witz, ja Esprit, Eleganz, Leichtigkeit, manchmal sogar Übermut gaben – Fußball als die schönste Nebensache der Welt, Fußball als populärste Blume der Subkultur; nicht mehr nur ein Sport fanatischer Vereinsanhänger, sondern etwas, das sich der neue Mittelstand, die neue Generation ansah wie später das Tennisspielen von Boris Becker und Steffi Graf. Die beiden Sportler, die einem Prol-Sport den Glanz und die Eleganz des Spiels gaben, waren Franz Beckenbauer und Günther Netzer, beides in Wahrheit natürlich auch zähe, fleißige Arbeiter (anders kommt man im Fußball nicht nach oben und bleibt dort auch nicht), beide aber Spieler, denen die Schwerkraft ihres Spiels nicht mehr anzusehen war. Netzer (ja, der aus »der Tiefe des Raums«) gab die Flanken, denen man im Flug ansah, wie geistvoll, ja intelligent sie geschlagen waren, und Beckenbauer, längst zum »Kaiser Franz« avanciert, war ein tänzelnder, leichtfüßiger Spieler, mitten in der schweren Abwehr, aus der er den leichten Angriff aufbaute, ein Libero par excellence. Später bordete sein Spielwitz, seine Laune so über, dass er im Eifer des Gefechts auch Eigentore schoss – aber auch das nahm ihm niemand übel.

Beide hatten ihr »Come-back« jetzt in den Tagen der Niederlage, als eine schwerfällig ackernde Mannschaft in Frankreich verlor – auch die Reputation des Fußballs. Netzer als kluger, witziger, besonnener Kommentator:

Seine Kommentare erinnerten, wie einst sein Spiel zeigte, daran, dass Fußball durchaus auch ein geistvoller Sport sein kann. Der andere als Erinnerung an die Zeit, als wir noch Weltmeister werden konnten. Beckenbauer, der Kaiser, war nie wirklich weg. Er, der eigentlich aus dem Prolet-Humus der »Sechziger« kommt und bei den feineren »Bayern« kickte, hat immer die elegantere Seite des Fußballs verkörpert und machte im Smoking in Bayreuth, später beim Golfen in Kitzbühel gute Figur. Jetzt ist er als »Vize« des Deutschen Fußballbundes bestellt worden, als Vertreter der Neuzeit neben Egidius Braun. Denn so viel ist klar: Beckenbauer hat, zusammen mit Uli Hoeneß, aus den »Bayern« längst etwas anderes gemacht als einen typisch deutschen Bundesliga-Verein. Die »Bayern« sind (deshalb ebenso gehasst wie geliebt) ein modern-gemanagtes Kultur- und Freizeit-Industrieunternehmen (wie »Manchester United«, »Real Madrid« und »Inter Mailand«). Wird sich, mit Beckenbauer an der Spitze, der deutsche Fußball ummodeln, nach Bayern-Art? Es ist zu fürchten und zu hoffen. Um mit dem »Kaiser« zu sprechen: »Schaumermal!«

Haben oder Sein

Es ist erstaunlich, wie viel geflügelte Worte (oder schreibt man, mit oder ohne Rechtschreibreform, also mit oder ohne OVG: Geflügelte Worte, mit großem Ge?) wir dem Sport, insbesondere dem König Fußball verdanken. Schon allein »König Fußball«, welch ein Adel: König Fußball! Kaiser Franz! Steffi Graf! Roman Herzog!

Früher lieferten Philosophen, Naturwissenschaftler, vor allem aber Feldherren und richtige Kaiser die geflügelten Worte; sie sagten sie sozusagen zum ersten Mal, im vollen Bewusstsein ihrer Verantwortung, dass sie damit Menschen nachfolgender Generationen etwas an die Hand und in den Mund lieferten, womit diese schwierige Situationen, wenn schon nicht zu meistern, dann mindestens in Worte zu fassen in die Lage versetzt würden. Und was ist das Leben anderes als eine Kette schwieriger Situationen?

Also ließ Caesar die Sänfte anhalten, als er ein kleines Flüsschen sah, und fragte seine Begleiter: »Ist dies der Rubicon?« Um dann zu seufzen: »Dann muss ich ihn überschreiten.« Wie mancher Mann hat, ihm, vom Kegelabend zu spät heimkehrend, das an der Hausschwelle nachgeseufzt! Oder, um seinen Schluckauf zu verbergen, dem griechischen Antiken bzw. dem antiken Griechen nachgesprochen: Hic Rhodos! Hic Salta! Nur so zum Beispiel.

Oder Heinrich, der Vierte, wie er – wat mutt, dat mutt – nach Canossa ging, allen unseren schweren bangen Bußgängen, sprichwörtlich, versteht sich, vorauszuschreiten. Oder der Philosoph, der zu Alexander sagte: »Geh mir aus der Sonne!« Oder der Kaiser, der zwote, umgekehrt, »einen Platz an der Sonne!« forderte – mit den bekannten

Folgen. Schließlich Napoleon, der zu Goethe sagte: »Voilà, un homme!« Und Goethe, der geistreich replizierte: »Voilà!«

In jüngster Zeit sind es vor allem die Fußballer, die uns wortgestanzte Lebenshilfe zukommen lassen. Das fing mit Sepp Herberger an, der sagte: »Der Ball ist rund!« und auch »Ein Spiel dauert neunzig Minuten!«. Wie oft haben mich die beiden Sätze schon in schweren Lebenslagen als Lebensphrasen begleitet, wobei ich den Satz »Der Ball ist rund!« gern durch die unsportliche Bemerkung erweiterte: »Und morgen läuft eine andere Sau durchs Dorf!« Präsident Heinrich Lübke verdanken wir dagegen: »Der Ball war drin!«, WM in England, was so viel heißt wie: Man muss den Fakten ins Auge sehen. Einem Sportreporter, Name unbekannt, jedenfalls mir, ist die Sentenz zu verdanken: »Netzer kam aus der Tiefe des Raumes«, was man früher, bevor Netzer kam, so ausdrücken musste: »Wenn du denkst, es geht nicht mehr, kommt ein Licht von draußen her!«

Dem »Kaiser Franz«, der, wie gesagt, selber eine Redensart ist, schulden wir: »Schaumermal!«, was zum philosophischen Leitsatz einer ganzen Generation, zu ihrer Lebenshaltung wurde. Früher hieß das: »Abwarten und Tee trinken!« oder auch: »Da steh ich nun, ich armer Tor!« Nein, noch nicht armes Tor! Sondern armer Tor!

Womit wir zwanglos bei Trappattoni wären, der uns jüngst ein besonders geflügeltes Wort geliefert hat, das jüngste, das einen Schlusspunkt setzt – gültig, voller Verachtung, eine Tür, die laut ins Schloss fällt.

Was sagte er? Er sagte: »Ich habe fertig!« Nicht »Ich bin fertig!« und nicht »Mit euch bin ich fertig!«. Nein, »Ich habe fertig!« Genial! Grandios! »Sein oder haben, das ist hier die Frage!« Ganze künftige Generationen werden ihm das nachsprechen können. Der junge Informatiker, den seine Freundin, Werbegrafikerin, betrogen hat, wird ihr das mit einem verächtlich-traurigen Blick zuschleudern: »Ich habe fertig!« Und sie wird, je nachdem, antworten: »Schaumermal!« Oder: »Der Ball ist rund!« »Ich habe fertig!« heißt auf Italienisch übrigens: »Basta!«

WO ES VOR DEN AUGEN FLIMMERT

Weiße Seiten

Moral und Werbung liegen oft näher beieinander, als man auf den ersten Blick zu vermuten wagte. Auch der Anstand verträgt eine pfiffige Idee, einen Gag, wie ihn sich die Werbebranche ausdenkt.

Es geht noch einmal, nein, keine Angst!, nicht um Clinton, aber um die Reaktion der »Hamburger Morgenpost« auf die Schamlosigkeit einer amerikanischen Politik, die erst einen Präsidenten zur Aussage nötigt, um diese Aussagen dann in Wort und Bild (im E-Mail-Netz und als Video im Fernsehen) als Lust für Voyeure, als Pornografie weltweit öffentlich zu verbreiten, wobei die Privatsphäre des Opfers schamlos verletzt wird. Die »Hamburger Morgenpost« reagierte darauf, indem sie zwei weiße Seiten veröffentlichte. Die auf diese Weise kundgetane Verweigerung, bei der Veröffentlichung des Starr-Schmutzes mitzumachen (jeder, der das veröffentlicht, wird, so sehr er sich davon distanziert, zum augenzwinkernden Komplizen), verdiente ein lautes »Bravo!« und hat es auch bekommen. Tue Gutes und rede darüber, sagt man sonst in den Öffentlichkeitsbranchen. Tue Gutes, indem du das Schweinische verschweigst und auslässt, stattdessen einen weißen Fleck lässt, dachte die »Mopo« und die Aufmerksamkeit, die sie dadurch fand, war ihr Lohn.

Die Idee der weißen Seiten ist mir allerdings zuletzt bei BMW begegnet, und dort war sie nicht moralisch, sondern nur pfiffig, zeigte ein stolzes Selbstbewusstsein des bayerischen Autoherstellers und war daher sicher dem Image und dem Verkauf der angepriesenen Edelkarossen zuträglich.

Da hatte BMW als Werbung für die neue Dreier-Reihe vier Seiten in Illustrierten und Glanzpapierzeitschriften belegen lassen. Und auf der ersten Seite stand, dass man auf den folgenden Seiten »die ernst zu nehmenden Alternativen« zu der neuen 3er-Serie sehen werde. Ernst zu nehmende Alternativen, mal sehen! Man blätterte um und sah – nichts. Weiße, leere Seiten. Gleich zwei!

Manchmal lassen sich Werbeagenturen schon was einfallen, und oft ist das Nichts, der blinde Fleck, die weiße blanke Seite der beste Einfall. Hochfahrender und von noch blitzenderem Witz ist nur die »FAZ«-Werbung, Sie wissen schon: Dahinter steckt ein kluger und so weiter. Also hat die Agentur höchste Prominenz (von Augstein über Levine, Kissinger und Wilder) mit hohem Aufwand und großer kunsthistorischer Energie an illustren Orten fotografieren lassen, die »FAZ« vor dem Gesicht. Man musste einfach glauben, dass es sich bei dem unbekannten, durch die »FAZ«-Seiten verhüllten Leser wirklich um Augstein oder Levine handle. Und man glaubte es. So wie man der »Hamburger Morgenpost« glaubte, dass der Vorgang, über den sie nichts publizierte, so schmutzig ist, wie man's durch Verschweigen nur ausdrücken kann. Beredtes Schweigen, gewissermaßen.

Die Diktatur der Bilder

»Wir sind den Bildern verfallen, wir sind ihnen aufgesessen«, klagte mein Gesprächspartner, und es war eine Klage, wie man sie gerade in den letzten Tagen besonders häufig und in besonders geschmerztem Tonfall zu Ohren bekam. Die Bilder, ach die Bilder! Die Öffentlichkeit, ach die Öffentlichkeit und ihr Hunger nach Bildern. »Wir leben eigentlich nur noch in einer virtuellen Welt«, fuhr mein Gesprächspartner fort, »die meisten können offensichtlich nur noch dann etwas erleben, wenn sie es im Fernsehen, im Film, im Home-Video oder als Foto sehen.«

Das Einzige, was mich hinderte, ihm zustimmend zuzunicken, »Genau! Wie Recht Sie doch haben!«, war, dass er dabei, leicht verächtlich, alle anderen meinte, alle anderen, nur uns beide nicht. »Höchst fatal, bemerkte Schlich/He, he, aber nicht für mich!« heißt das bei Wilhelm Busch.

Mir aber war ein Tag im Sommer in Florenz eingefallen, ein Tag mit brütender Hitze, also waren wir im Familienpulk erst gegen 5 Uhr nachmittags in die vor Hitze flirrende Stadt eingefallen. »Sollen wir den Fotoapparat mitnehmen?« überlegte ich und wurde überredet und überredete mich selbst, das Ding mit dem gierigen Objektiv im Hotel zu lassen – diesmal, dies eine Mal. Die Kinder seien schon genervt, wenn man sie immer wieder bitte, sich vor einem Baptisterium, vor einem dickbäuchigen Bacchus, in einem Weinberg aufzustellen, um dann auch noch in die Kamera zu grinsen: »Schaut doch nicht so unfreundlich!« Und auch ich hatte eine Ahnung, wie sich die Kamera, wenn man sie mitnahm, zwischen das Auge und die Welt drängte – was man fotografiert habe, brauche man nicht mehr anzuschauen, das könne man nachholen, zu Hause, im Fotoablum. Oder beim Einkleben für dasselbe.

Wir waren also ohne, als wir in die Uffizien kamen, am Nachmittag. An der Arno-Seite die herrlichen Korridore, durch die Stockwerke, mit Blick auf den Arno. Das von Vasari mit wunderbar großen und offenen Fenstern erbaute Verwaltungsgebäude – es ist einer der ersten Bauten, der die Welt hereinlässt, sie sozusagen mit offenen Armen und Augen empfängt – blickt mit seinen Eckfenstern auf der Flussseite nach Westen, guckt nach Nordwesten auf die Brücken: auf den Ponte Vecchio mit seinen Juweliergeschäften, die sich als Häuser in die Brücken krallen, auf den Ponte San Trinita, der sich leicht über den Fluss spannt, und auf den Ponte alla Carraja. Im Westen steigt die Stadt hügelan, mit Kirchen, Dächern, Hausfronten in Terracotta-Farben, Bäumen, Gärten. »Trinkt, Ihr Augen, was die Wimper hält!«

Es war, wie gesagt, am frühen Abend, die am Horizont versinkende Sonne machte aus der Flussfläche rotes Gold, schnitt die Brücken als dunkle Silhouetten dagegen, am Himmel wechselte das Blau zu Gold und Rot, kleine Wölkchen verfärbten sich.

Und gerade wollte ich mich diesem einmaligen Anblick, diesem Panorama hingeben, da fuhr es mir wie ein Stich durch die Brust: »Mein Gott, wäre das ein Foto! Wären das Bilder!« Und ich dachte, warum ich denn, ausgerechnet!, den Fotoapparat nicht dabeihatte, wo ich dort die Bilder meines Lebens hätte schießen können! Mein Blick verschleierte sich vor Enttäuschung und Zorn. Nie würde ich mir, nie würde ich vor allen anderen beweisen können, wie schön der Blick, der Abend, das Panorama war! Nie, nie! Ich würde es in Wahrheit gar nicht erlebt, gar nicht gesehen haben! Und während ich das dachte, erlebte ich es wirklich nicht mehr, ich erlebte nur die Enttäuschung, es nicht festhalten zu können, »verweile doch, du bist so schön!«.

Ich hatte die virtuelle Welt, die Welt der Bilder für die wirkliche Welt geopfert, und das konnte ich mir nicht verzeihen.

Die ABC-Schützin

Sie hatte sich wie keine zweite in den Dienst des Wortes, der Sprache, der Schriftsprache gestellt, als stumme Dienerin – und zwar dort, wo das Wort, das ja bekanntlich am Anfang war, seinen Anfang hat, seine Basis, seine Grundelemente: die Buchstaben. Ihre Aufgabe war es, die Welt zu buchstabieren, die Weisheit und Sprachweisheit zusammenzusetzen aus ihren Elementarteilchen.

Diese beherrschte sie von A bis Z, und wäre sie in Griechenland geboren, so hätte sie sie von Alpha bis Omega gemeistert, sie konnte die Sprache drehen und wenden, wie man wollte, sie beherrscht sie sozusagen aus dem FF, und niemand konnte ihr ein X für ein U vormachen, wie auch sie niemandem ein U für ein X oder ein V als T vorgaukeln konnte. Sie war buchstabengetreu. Die Rechtschreibreform hat sie kaltblütig und schweigend überstanden – sie ließ ihre Buchstaben von keinem Zweifel annagen, wie überhaupt Zweifel nicht ihre Sache war: Ihre Rede war nicht einmal »Ja, ja« und »Nein, nein«; ein Fisch wirkt neben ihr geschwätzig. Und ihre Schreibe war »A-A« und »B-B« und eventuell auch Ypsilon, das aber kaum.

Neun Jahre lang, ganz im Dienst des Wortes, konnte, musste, durfte sie schweigen, sie war das verkörperte Schweigen – ohne Ingmar Bergmans Film je gesehen zu haben. Jetzt geht sie – geht auf langen schönen Beinen, und der Rest ist – nein, nicht Schweigen, denn jetzt redet sie – Maren Gilzer, die Buchstabenfee des »Glücksrades«. Sie steht dem »Spiegel« heute Rede und Antwort:

Ob sie enttäuscht sei, aufhören zu müssen: »Nein, denn ich habe nie damit gerechnet, dass ich bis zur Rente Buchstaben umdrehen würde.« In Klammern: Die (fast) stumme Wortverdreherin ist 33, Q, R, E, I, und dann nehme ich S ...

Auch als der »Spiegel« sie fragte, ob ihr die Anspruchslosigkeit ihres Jobs (ich nehme ein Jot, ja, ein O, ein B, ein S) nicht zu schaffen gemacht habe, wusste sie wortreich zu antworten: »Am Anfang durfte ich gar nichts sagen. Mittlerweile begrüße ich die Zuschauer und sage am Ende ›Tschüs!‹.« Das nenn' ich Karriere! Ja, neun Jahre vom stummen Lächeln zu »Guten Tag!« und »Tschüs!«. Wer weiß, in weiteren neun Jahren hätte das zur Redseligkeit verführt, statt »Tschüs!« »Auf Wiedersehen!« etwa.

Aber keine Angst, Gilzer, der man keine Versprecher vorzuwerfen hat, weiß auch: »Das Glücksrad ist nun mal keine Talkshow!« Und, möchte man ergänzen: »Ein Fußballspiel ist kein Spaziergang.« Und: »Ball und Glücksrad sind rund.«

Ihre Zukunft? Nein, sie setzt sich nicht auf ihre vier Buchstaben: »Vielleicht werde ich Schauspielerin!« sagt sie. Die besten Voraussetzungen dazu hat die ABC-Schützin schon – fast eine Dekade großes und kleines ABC, sozusagen das Einmaleins der Mimenkunst. Sie hat lange genug Buchstaben gewendet, jetzt darf sie sie anwenden.

Als Maren Gilzer anfing, der TV-Nation die Schrift geduldig nahe zu bringen, gab es noch keine Blondinenwitze, wohl aber schon das Sprichwort »Schweigen ist Gold«. Wer will sich da quasselnd mit Silber zufrieden geben. Außerdem ist Gilzer brünett.

Man kann es, zum guten Ende, auch mit Konfuzius sagen: »Es ist besser, schweigend für einen Dummkopf gehalten zu werden, als es durch Reden zu beweisen.« So, und nun esse ich zur Ehre der Buchstaben-Puppe heute Mittag eine Buchstabensuppe.

Scharf und unscharf

Niko ist zwölf und, was in diesem Alter wohl unvermeidlich ist, Fußballfan, in erster Linie Bundesligafan. Natürlich wird auch er durch das Spiel von Deutschlands erfolgreichstem und reichstem Verein, des F.C. Bayern (für Laien: München) polarisiert; er ist dagegen. So erlebt er das momentane Torkeln der Rotweißen (sie liegen inzwischen 9 Punkte um die Meisterschaft zurück), die Wutausbrüche ihres Trainers Trappattoni (»Momentane spielte Scholle nixe gutte, ma troppo Miste!«) mit freudiger Euphorie. In Deutschland ist man für oder gegen die Bayern, dazwischen ist nichts, nicht mal der Weißwurstäquator.

Obwohl Niko das Glück hat, in einer Großstadt, sprich: Bundesligavereinsstadt zu wohnen, also mindestens alle vierzehn Tage »live-live« ins heimatliche Stadion pilgern kann (zu den mit passendem Schal, passender Tröte, passender Mütze mit seiner Mannschaft Mitreisenden gehört er, zu meiner Erleichterung, nicht), erlebt der Fußball vor allem vermittelt, durch das Fernsehen, durch »Premiere«, aber vor allem durch »ran«. Und so ist sein deutscher Sprachschatz auch (was nicht das Schlechteste ist) durch die begeisterten Wortkapriolen von Werner Hansch geprägt.

Wie alle Bayern-Fresser befällt Niko eine gewisse Schizophrenie, wenn die Bayern in der Champions League, also zu Ehren des Fußballvaterlandes, spielen: Dann ist er auf einmal, jedenfalls u. U. (sprich: unter Umständen), für sie.

Es ist schon ein Weilchen her, da spielten die Bayern in der Türkei, dort wo, laut Goethe, die Völker aufeinander schlagen.

Das Spiel wurde – klar doch! – vom Fernsehen übertragen, und Niko wollte es möglichst »hautnah« erleben. Also ließ er sich, was er mit erst jetzt erzählt hat, etwas einfallen: Er lockerte am Fernseher den Kabel- und den Steckerkontakt, bis das Bild grisselig wurde und von Zeit zu Zeit Schlieren warf. Dann drehte er den Farbkontrast bis zum Anschlag und bekam auf diese Weise einen giftgrünen Rasen, Spieler, deren Trikot-Farben über grelle Ränder wie Tinte zerliefen. Anschließend drehte er am Ton so lange herum, bis die Sprache krächzend, wellig und stechend wurde – wie früher auf Kurzwelle, wenn die BBC Afrika aufklärte und über die Bürde des weißen Mannes belehrte.

Das Spiel konnte beginnen, Niko fühlte sich wie in der Türkei. Ob er das »türkische Gefühl« dem deutschen Fernsehen verdankte, wenn darin, in der »Tagesschau«, als Zitat, türkisches Fernsehen gezeigt wird, oder einer Reise nach Istanbul, als er sechs war, oder sonst welchen TV-Eindrücken – jedenfalls vermittelt er sich die Wirklichkeit, ganz Kind des TV-Zeitalters, mittels TV-Vermittlung.

Mir fiel dabei die amerikanische Filmsatire »Wag the Dog« ein, in der der US-Präsident, um von einem sexuellen Ausrutscher mit einer das Weiße Haus besuchenden Pfadfinderin abzulenken, Albanien (nein, nicht den Irak!) bombadieren lässt. Das heißt: im Fernsehen durch einen manipulierten computer-animierten Film vortäuschen lässt, dass in Albanien Terror und Krieg herrschen. Es soll ja bis heute Leute geben, die den letzten Golf-Krieg für eine TV-Inszenierung von CNN halten. Nicht ganz so abstrus, wenn man sich vor Augen hält, dass Clinton, als er kürzlich dem Irak mit Bomben drohte, durchsickern ließ, er würde keinesfalls Ernst machen, bevor die TV-Übertragungen der Winter-Olympiade nicht vorbei wären.

In Woody Allens neuem Film »Deconstructing Harry« (es ist, seit langem, Woodys schönster, bitterster, komischster, gescheitester Film) gibt's für den Austausch von Fiktion und Wirklichkeit (die Fiktion: die eigentliche, die reale Realität) eine hinreißende Szene. Da wird im Film eine Filmszene mit Robin Williams gedreht, und der Schauspieler ist unscharf. Man hält das zuerst für einen Defekt der Kamera – bis man entdeckt, dass der Schauspieler von der Krankheit der Unschärfe befallen ist. Ob beim Drehen, ob zu Hause bei seiner Familie – er bleibt unscharf. Er geht zum Doktor, der untersucht ihn: Abgesehen von der Unschärfe ist Williams pudelgesund. Also verschreibt der Doktor der Familie, Frau, Tochter, Sohn, Brillen. Es kommt nicht darauf an, was ist, sondern nur, was man sieht.

Es ist angerichtet!

Wer fernsieht, versäumt das Leben. Wer nicht fernsieht, versäumt das Leben – anderer. Wo sonst könnte man, wenn es einem danach gelüstet, einen amerikanischen Präsidenten sehen, dem Intimbekenntnisse abgepresst werden, wo einen russischen Präsidenten, der durch die Welt torkelt, ohne zu wissen, wo er ist, und einen Wortschatz, der aus »Bububu« besteht? Wo, wenn nicht im Fernsehen?

Da sieht man also, wie das Leben so spielt. Und spielt das Leben nicht so effektvoll, wie es wünschenswert wäre, damit der Voyeur auf seine Kosten kommt, dann muss man nachhelfen, dem Leben einen Tritt in den Hintern geben, auf den Putz hauen, die Puppen tanzen lassen. In Amerika macht das ungehemmt Jerry Springer, der in seiner Talkshow, so kann man lesen, die Leute mit Schlamm und Fäusten aufeinander losgehen lässt. In Deutschland, habe ich auch nur gelesen, glücklicherweise, folgt »Arabella« den neuen Sitten im Sauseschritt. Zwar ist »Arabella« nach Zensurdrohungen nicht mehr schweinisch schmuddlig, dafür aber moralisch zotig. Da wurde ein Christian ins Studio eingeladen, und man fragt ihn scheinheilig und um ihn aufs Glatteis zu führen, er sei Opel-Kadett-Fahrer und was denn seine Freundin dazu sage, wie heiße sie doch gleich? »Andrea«, sagt Christian. »Andrea? Nicht Nina?« fragt die Moderatorin und hat ihn da, wo sie ihn haben will. »Nein, nicht Nina!« Mit Nina habe er Schluss gemacht. In dem Augenblick wird die 17-jährige Nina in einer Einblendung gezeigt, ihr entsetztes Gesicht. Sie war ahnungslos, Christian wusste nicht, dass sie im Studio sei. Jetzt wird sie losgelassen, stürzt auf die Bühne, verpasst dem Treulosen eine Ohrfeige. Applaus, Applaus!

Ich habe das glücklicherweise nicht gesehen, weil ich mich schon geschämt hatte, dass ich der Gefühlsexplosion ungebeten zuschaue. Aber missmutig, vielleicht sogar traurig kann man über dreierlei werden. Einmal, dass es Leute gibt, die offenbar so allein gelassen in der Welt sind, dass sie ihr Gefühl aus dem Bildschirm schreien, die keine Scham vor der Öffentlichkeit haben. Zweitens, dass es ausgebuffte TV-Macher gibt, die keinerlei Skrupel mehr haben, andere dort bloßzustellen, wo das Privateste privat, das Intime intim bleiben müsste. Und darüber, das ist das Traurigste: dass es Leute gibt, die sich gern in fremden Intimitäten suhlen, nicht als Zaungäste, sondern als Spanner. Wie wenig müssen wir leben, wenn wir uns in fremde Leben drängen müssen, um uns darin zu suhlen. Auf zu »Arabella«! Es ist angerichtet!

Die Sau im Dorf*

Letzte Woche war Götz George dran. Neben der sprudelnden Selbstheilquelle Monica L. also George als Medienfutter, Götz George, dem breiten Publikum besser unter seinem Mädchennamen Schimanski bekannt. George also, dass er ein Geizhals sei, ein Knicker, ein Geizkragen, seiner Freundin habe er, obwohl die viel, viel jünger ist als er, nur eine mickrige Wiese an einem See in Bayern geschenkt, ganze schäbige 80 000 Mark wert, weil die nicht mal drauf hätte bauen dürfen, nicht mal 'ne Badehütte, verstehste! Wo der doch, der Götz, als Tagesgage, aber, volle Pulle, volle Kanne! Und dann verlangt der die Wiese auch noch zurück! Wegen Undankbarkeit. Nach 13 Jahren! Wo die doch dem Macho (sprich: Matscho, nicht macho, wie mach!) den Garten auf Sardinien, oder war es Korsika, gemacht hat, kostenlos, als der Gärtner krank war oder tot oder alt. Oder alles zusammen. Und die Koffer hat sie ihm nachgefahren, im Auto, durch die mediterrane Glut, während er, der feine Herr, im Flugzeug vorausgeflogen ist, picobello, ohne Koffer und voll im Klimakterium, das heißt: airconditioned. Und jetzt das!

Alle haben das geschrieben. »Berichtet« nennt man das. »Bild« und »Stern«, und in der »Bunten« stand es auch. Aber dann dachte ich, als ich das las, was geht mich das überhaupt an. Und warum muss ich erfahren, wie aufopfernd das Mädchen den Undankbaren gepflegt hat, als sein Bein in die Bootschraube kam, damals, im Sommer …

* Eine Woche lang wurden Götz Georges Auseinandersetzungen mit seiner Freundin durch Boulevard-Zeitungen und Illustrierte öffentlich gemacht – immer mit dem Brustton der Entrüstung, wie geizig er sei.

Bloß weil ich ihn gern im »Tatort« sehe oder er uns als »Totmacher« imponiert hat und in »Rossini« oder »Schtonk«, geht mich deshalb auch sein Privatleben etwas an? Und würde er besser spielen oder schlechter, wenn er seiner Freundin keine miese Wiese, sondern ein Haus am Beach in Malibu geschenkt hätte? Und ob man mir meine Nase in anderer Angelegenheiten stecken darf, bloß weil die in Filmen mitspielen?

Wie gut, dachte ich, hatte es Shakespeare (ja!, richtig!, der Held von »Shakespeare in Love«), der, damals jedenfalls, noch kein Privatleben in der Öffentlichkeit hatte, ja, der nicht mal wusste, ob er seine Stücke selbst geschrieben hatte oder nicht eher doch Marlowe oder der Graf von Essex. Und knickrig soll er auch gewesen sein, der »Schwan von Avon«, aber vielleicht war das ja doch Marlowe ...

Würde ich »Schimi«, den Götz, den George duzen, öffentlich, wie es die Illus tun, würde ich ihm zurufen: Mach dir nix draus! Bleib geizig, wie du bist oder auch nicht bist, und denk an den Kernspruch der Boulevardpresse und mach ihn dir zur Tröstung: »Nächste Woche läuft eine andere Sau durchs Dorf! Der Nächste wird schon ausgeguckt.«

Aus der Portokasse

Letzte Woche saß ich im Flugzeug, und da bekommt man so Illustrierte, es ist wie beim Zahnarzt oder beim Frisör, und da las ich schon auf der Titelseite einer Zeitschrift, nennen wir sie ruhig »Bunte«, dass Caroline von Monaco *nicht* mit einem Toten von Linz nach Paris geflogen sei.

Nicht? Erschrocken blickte ich, in 2000 Meter Höhe, zur Seite. Nein, der korpulente Herr neben mir war nicht tot, obwohl er die Augen geschlossen hatte, das konnte man schon am Schnarchen erkennen. Gott sei Dank! Gleich nach der Landung würde ich einen Brief aufsetzen, vielleicht sogar auf dem Luftpostpapier, das es in der Lufthansa gibt, gratis, ich würde also schreiben: »Hochverehrte Prinzessin«, »Liebe Hoheit«, »Verehrte Euer Gnaden«, »Majestät«, würde ich schreiben, »auch ich habe nicht neben einem Toten gesessen, als ich nicht von Linz nach Paris geflogen bin, sondern von Frankfurt nach Berlin.« Und dann würde ich schließen: »Ist das nicht ein schöner Zufall, dass Ihnen, Hochwohlgeboren, fast das Gleiche wie mir passiert ist? Beziehungsweise, noch schöner, genau dasselbe nicht passiert ist. Beide flogen wir nicht mit einem Toten. Und schon gar nicht von Linz nach Paris. Ich nicht einmal von Frankfurt nach Berlin. Da schon gar nicht! Und soll sich doch der melden, der mit einem Toten von Linz nach Paris geflogen ist. Und dazu stehen. Und wie ist der Tote durch den Bodycheck gekommen? Außerdem finde ich es nicht ehrenrührig, von Linz nach Paris zu fliegen, selbst dann nicht, wenn man noch lebt.«

Als ich so weit war, fiel mir das Porto ein, das Briefporto. Zwar kenne auch ich die neudeutsche Redensart: »Das zahlt der doch aus der Portokasse«, aber ich weiß, dass das nicht heißt, dass das billig ist, also nix von wegen Einszehn, und dann schleckt man Marlene D. von hinten ab, nein, »das zahlt der doch aus der Portokasse« heißt, dass der Absender auch größere Beträge sozusagen »mit links« bezahlt, dass sie für ihn »Peanuts« sind, um eine andere neudeutsche Redensart zu bemühen.

Aber dann habe ich, zu meinem Glück, erfahren, dass »Ihre Gewogenheit«, also Caroline, ihre Briefe nicht per Post übermitteln lässt, auch nicht per Kurier oder durch reitende Boten. Und auch Tote, die neben ihr sitzen, bittet sie nicht, wie wir jetzt wissen, einen Brief mitzunehmen. Das schon gar nicht. Nein, die Prinzessin und ihr Prinz (von dem die einen behaupten, er sei eine Welfe aus Hannover, die anderen, er sei ein Anwalt in Hamburg, aber das ist ein anderes Problem) korrespondieren mit dem Rest der Welt via »FAZ«, indem sie eine Anzeige einrücken lassen, ganzseitig versteht sich, noblesse oblige, und dann schreiben sie: »Lieber Herr Burda!« Oder so.

Ja, und wer ihnen antworten will, muss das dann genau so machen, auch eine ganze Seite, auch »FAZ«. Doch die »FAZ« ist ein ziemlich teurer Briefträger. Statt Einszehn zum Euro-Tarif kostet ein Schreiben, das man per »FAZ« versendet, satte 52 800 Mark.

Kein Pappenstiel, dachte ich, und für mich auch keine Peanuts. Dann habe ich in meine Portokasse geblickt und habe dann 48 Marken a 1,10 gefunden, alle mit Marlene Dietrich vorne drauf. Den Brief an Caroline habe ich dann nicht abgesandt, kein »mit freundlichen Grüßen, Ihr sehr ergebener« und auch kein »nach Diktat verreist«.

Und so wird die höchste Monegassin nie erfahren, dass auch ich nicht mit einem Toten von ... Übrigens hätte der schöne Schlußsatz meines Briefes gelautet: »Übrigens bin ich, wenn ich es recht überlege, in meinem langen Leben überhaupt noch nie von Linz nach Paris geflogen. Weder tot noch lebendig. Wozu auch? Mit vorzüglicher Hochachtung, Ihr ...«

Guildo Wer?

Jeder kannte ihn, jeder liebte ihn, er war in aller Munde, und der deutsche Mensch hing gebannt an seinen Lippen, wenn er sang. Was heißt: sang? Wenn er der Welt, so weit die deutsche Zunge reicht, seine Liebe schenkte, sein Herz ausschüttete. Aber er wollte mehr sein als die Verkörperung des TV-Werbespots »Wo gesungen wird, da lass dich ruhig nieder!«. Er wollte, noch vor der Verwirklichung des Euro und vor der Schließung der Duty-free-Shops auf den Flughäfen, Europäer sein.

Er hatte einen neuen musikalischen, einen neuen kulturellen Standard gesetzt, eine neue Werteskala, weil er ein Künstler war, der niemanden einschüchterte. Wenn er sang, dachten Millionen nicht: »Donnerwetter!« Wie bei den drei Tenören, etwa. Nein. Die Menge dachte: Damit wird man Sänger? Das reicht!? Mit dem kommt man durch? Und die Leute, die ihn liebten, und das waren alle, dachten: Das darf doch nicht wahr sein. Und eben dadurch, dass er so sang, wie er sang, erweckte er in jedem das berechtigte Gefühl: Das kann ich auch. Ein zutiefst demokratisches Gefühl, Singen sozusagen mit dem linken Fuß. Eben trash.

Und auch das Schönheitsideal, das er verkörperte! Das schüttere, das zottige Haupthaar! Frei von jedem Waschzwang. Fettig, verschwitzt, ein gefundenes Fressen für jede Shampoo-Werbung. Und die Figur, der Bauch, das wohlig wabbelnde Fleisch rund um den Speckgürtel. Er hatte die Ballermann-sechs-Figur, zu der man keinen Home-Trainer, keine Trennkost, kein »Du darfst!« braucht, nein, Fernsehen, Pils und Pizza reichen aus, bloß keine falsche Bewegung! Auch darin war er ein Vorbild, auch dafür hatte man ihn, piep, piep, piep, lieb.

Er war der berühmteste Deutsche. Berühmter noch als Boris Becker und fast so berühmt wie die Schreinemakers – Sie erinnern sich? Ja, die mit der Steuer und mit der Stimme, das Tal der Tränen. Er hieß Guildo. Guildo! Guildo Horn. Und jetzt? Jetzt ist er vergessen. Total. Ein Windei. Guildo Wer? fragen die Leute, wenn jemand so taktlos ist, seinen Namen zu erwähnen.

Niemand kennt ihn mehr, alle haben ihn vergessen, als hätte jeden die Krankheit befallen, deren Name mir jetzt gerade entfallen ist. Sie wissen schon! Der Shootingstar ist verglüht. Wie eine Sternschnuppe. Geblieben ist nur ein Fettfleck. Undank ist der Welten Lohn. Wie sagten die alten Römer, die derartige Probleme mittels Löwen im Kollosseum erledigten: Sic transit gloria Mundi. Gloria Mundi? Eine Sängerin aus der Toscana, ein Top-Model aus Umbrien? Gloria Mundi, auch die kennt niemand mehr. Wie Guildo Horn. Einfach verdrängt hat ihn die Nation. Aber total.

Aus seinen Fehlern, so haben wir es bereits in der zweiten Grundschulklasse gelernt, damals, als wir Fehler noch mit Vau schrieben, und zwar forne, aus seinen Fehlern soll man lernen. Fürs Leben und überhaupt.

Das dachte sich auch Thomas Gericke, der Mann und Manager von Susan Stahnke, nachdem die beiden eine so absolut irre Hochzeit in Las Vegas hingelegt hatten und dann noch die derbe irren, absolut wahnsinnigen Flitterwochen. Vorher hatte er ja vollmundig die absolut wahnsinnige Hollywood-Karriere seiner Braut Stänkie in die Welt posaunt, sie hatte ihre NDR-Karriere an den Nagel und ihre Strapse an die Wand gehängt. Und dann war's nix. Wer den Schaden hat ... Auch das haben wir schon in der Grundschule gelernt, und viele meinten fortan, dass Gericke vielleicht einen Dachschaden oder so hätte, die Frisur jedenfalls sprach dafür.

Doch der Mann und Manager hat aus seinen Fehlern gelernt. Und wie! Und ist durch Schaden klug geworden. Sagen wir's mal so: klüger. Vielleicht sogar zu klug.

Erinnern wir uns. Als die schmelzend und betörend schöne Susan ein Exposé für ein eventuelles Hollywood-Skript, das gegebenenfalls ein Drehbuch für einen Vielleicht-Hollywood-Film hätte ergeben können, gegen Gebühr lesen durfte, da feierte er sie schon als Star, als zweite Marlene Dietrich. Daraus wurde bekanntlich, abgesehen von Hohn und Spott und einem Werbeauftritt für ein Urinal, nichts.

Aber Gericke hat aus seinen Fehlern (Großmäuligkeit) gelernt: Aber hallo! Hatte er früher angegeben – um es pc-unkorrekt und rassistisch zu sagen – wie zehn nackte Neger, so legt er jetzt die Bescheidenheit einer Betschwester aus Kirchheim-Teck an den Tag. Er, so sagt er in der »Bunten«, halte es nach wie vor für »legitim«, sich insgeheim weiter mit Hollywood zu beschäftigen – »ob die Pläne nun in fünf, zehn oder 20 Jahren verwirklicht werden – ganz egal«.

Das nenn' ich bescheiden! So bescheiden, dass es schon fast wieder unverschämt geprahlt ist. Egal? Ob in zwanzig Jahren? Ganz egal? Gericke mag an das Sprichwort gedacht haben, dass Rom nicht an einem Tag gebaut wurde, und an das andere, nämlich dass gut Ding Weile braucht. Aber stellen wir uns das doch mal vor: Stahnke Hollywood-Star in zwanzig Jahren? Nehmen wir mal an, dass sie seit geraumer Zeit das ewige neunundzwanzigste Lebensjahr absolviert, und nehmen wir weiter an, dass Flitterwochen mit Gericke lange währen und länger jung halten.

Dann wäre Stahnke in zwanzig Jahren als Jungstar in Hollywood ranke 49, für einen Shootingstar selbst im Zeitalter des Face-Lifting und der Schönheitschirurgie ein, seien wir ehrlich, leicht kritisches Alter. Und wir fragen bang: Wird man ihr dann noch im Jahr 2019 die Rolle der schönen und huldvollen Frau Göring anbieten können? Selbst wenn man rechnet, dass die Gattin des dicken fetten Reichsmarschalls aus einem tausendjährigen Reich stammte? Wird sie dann nicht vielmehr mit einer Rolle als Himmlers Tante, Hitlers Mutter oder als Teufels Großmutter abgespeist werden, einer Rolle, die im jugendkultigen Hollywood niemals eine Haupt-, bestenfalls eine Nebenrolle wäre?

Sollte Gericke dann lieber noch 40 Jahre warten, weil seine Frau dann das spielen könnte, was man in Frankreich »Grande Dame« nennt und am deutschen Stadttheater gegebenenfalls komische Alte?

Der Fall Stahnke kann uns einiges lehren. Wer zu früh

kommt, den bestraft das Leben. Wer aber zu spät kommt, den bestraft bekanntlich die Geschichte. Alles Einsichten, die das Paar Stahnke-Gericke gerade in den Flitterwochen erlernen kann.

Das war's!*

Für viele ist es »der schönste Tag ihres Lebens«. Für Susan Stahnke war es himmlisch. Und so erzählte sie, wem der Mund voll ist, dem läuft das Herz über, der »Bunten« von ihrem Hochzeitstag. »Die letzten Tage vor der Hochzeit waren so irrwitzig hektisch.« Und: »Dieser endlose Flug Hamburg-Frankfurt-L. A.-Las Vegas.« Und im Flug hatte sie Alpträume. »Klappt alles? Hast du bestimmt nichts vergessen – Hochzeitskleid, Schuhe, das blaue Strumpfband? Und vor allem die Ringe?«

Gott, muss das aufregend gewesen sein. Man sitzt im Flugzeug, der Koffer ist abgegeben, ruht im Bauch des Jumbo. Und Susan weiß nicht, ob das blaue Strumpfband drin ist. Was macht sie ohne blaues Strumpfband? In Las Vegas? Wird sie Thomas Gericke trotzdem zur Frau nehmen – ohne blaues Strumpfband? Und kann man in Las Vegas keine blauen Strumpfbänder kaufen? Fragen über Fragen.

Doch dann kommt sie glücklich an. Und vom blauen Strumpfband ist merkwürdigerweise nicht mehr die Rede. Hat es Thomas vergessen? Oder hat sie es um? Jedenfalls fahren die beiden mit dem »Jet-Lift«, jawohl »Jet-Lift« ins 30. Stockwerk, in »die 150-qm-Suite«. Und der künftige Ehemann vergisst sich, blaues Strumpfband hin oder her. »Thomas will mich über die Schwelle tragen.« Einfach so und mit oder ohne blauem Band. Doch Susan bleibt Herr der Lage, schließlich spricht sie fünf Sprachen. »No Sir«, sagt sie zu Thomas, »noch sind wir nicht verheiratet.« Und dann schläft sie ein. Neun Stunden. Wie ein Murmeltier, das in perfektem Amerikanisch »No Sir« sagt.

Schließlich ist es so weit. »Dann – endlich – die Trauung.« Yes Sir! Susan Stahnke denkt: »Hoffentlich benützt

Reverend Judie Andrews nicht diese fürchterliche Bis-dass-der-Tod-euch-scheidet-Formel!« Hat sie Angst, dass sie ihren Mann dann eines Tages erschießen müsste? Oder er eventuell sie? Nein! Das will sie nicht! Wer will das schon. Aber der Reverend fragt sie nur, ob sie will. Mit ihm das Leben verbringen. Er sagt: »Ja, ich will!« – »Ich sage: Ja, ich will. Ich bin seine Frau. Ich bin so unendlich glücklich, dass ich weinen könnte!« Den Abend verbringen die beiden, wo denn sonst?, »im schönsten Restaurant von Las Vegas«. Vorher war sie bei einem der »berühmtesten Figaros der USA mit Filialen in Los Angeles und New York. Von den Wänden strahlen seine berühmten Kunden: Sharon Stone, Gwyneth Paltrow, Geena Davis, Liz Hurley.« Arme Susan! Ob sie auf den »Oscar« für den bestgewählten Frisör hofft?

Dennoch ist sie am Abend »im schönsten Restaurant«, »61 Stockwerke über der Stadt« und »trunken vor Freude«. »Ich schwebe auf Wolke 7, als mich Thomas gegen drei Uhr früh über die Schwelle in ein gemeinsames Leben trägt.« Yes Sir! Wie ein Murmeltier mit blauem Strumpfband.

Das war's? Das war's. Mit Susan Stahnke zu sprechen: »So, das war's. Unsere Hochzeit war einfach märchenhaft.«

* Die O-Töne Stahnke sind ihrem Erlebnis-Bericht in der »Bunten« entnommen.

Eigentlich habe ich so gehofft, dass sie doch nach Hollywood geht. Nicht wegen ihr. Wegen mir. Meinetwegen. Damit sie dort dreht und die arme Seele eine Ruhe hat. Damit sie mir nicht täglich ins Gesicht springt, aus jeder »Bild« und wöchentlich aus jeder »Bunten« und »Gala« und so weiter. Mitsamt ihrem Mann, der nicht nur ihr Unglück ist, weil er alles, aber auch alles über sie in die Öffentlichkeit trompetet, sondern den man auch, in Kennerkreisen, die »Mütze« nennt. Wegen seiner Frisur.

Aber nun ist das nix geworden. Und Susan Stahnke bleibt. Ihr Hollywood-Vor-Vertrag (oder war es ein Vor-Vor-Vertrag?) ist geplatzt. Weil sie davon gesprochen hat, dass sie nach Hollywood geht, ohne 180 000 Dollar zu löhnen, die ihr, laut Vor-Vertrag oder Vor-Vor-Vertrag, erst erlaubt hätten zu erzählen, dass sie vielleicht nach Hollywood geht. Um dort zu drehen. Die Frau Göring vom dicken Reichsmarschall. Die erste Frau. Karin. Oder Carin. Die dann gestorben ist. Als Schwedin. Und der er dieses klotzige Wohnmausoleum gebaut hat, Carinhall oder Karinhall. Das er mit seiner zweiten Frau und einem frei laufenden Löwen bewohnt hat. Emma hieß die Frau. Oder Emmi. Oder Sonnemann. Und die hat bei Gründgens. Aber lassen wir das.

Susan Stahnke jedenfalls hätte die spielen sollen, die Karin oder Carin in einem Film oder einer Serie mit dem Titel »Die netten Görings nebenan«. Oder eine, die »Oh, diese Görings« heißen sollte. Blond hätte sie sie spielen sollen. Blond und nett. Und wahrscheinlich mit Strapsen. Höchst wahrscheinlich. Doch dann hat sie gequatscht, ohne vorher hundertachtzigtausend zu drücken: Aus der Traum! Schade! Nun hat sie uns alle also ganz umsonst genervt. Toll war sie eigentlich nur als Steilvorlage für Harald Schmidt. Der nannte sie »Stänki«, nicht etwa, weil sie »stänkig« war, nein, weil er sie schon so aussprach, wie sie ausgesprochen worden wäre, wenn sie wirklich in Hollywood gedreht und uns eine Weile in Ruhe gelassen hätte. Hat sie aber nicht. Aber davon gequatscht hat sie. Ohne Gebühren. Zum Nachttarif. Stattdessen hat sie für ein Damenstehklo Reklame gemacht. Susanne Stinki gewissermaßen. Für ein Urinal, wie das heißt. Damit hat sie ihren Ruf uriniert, bzw. ruiniert. Und Peter Stolle im heutigen »Spiegel« malt sich, seit sie für das »komfortable Steh-Pissoir für die andere Frau« geworben hat, ihre nächste Rolle aus: »Pippi Langstrumpf«. Nicht in »Oh, diese Görings«, sondern als Pipifax.

Den Dativ zuliebe*

Im Sommer, wenn die Schulen, die Parlamente und die Autobahnen dichtmachen, werden den Zeitungen die Themen rar, gehen ihnen die Stoffe aus. Eigentlich gibt es nur Berichte vom Stau, vom überfüllten Mallorca und von der Wetterfront. Man nannte das, wenigstens früher, im Journalismus die Saure-Gurken-Zeit, aber fragen Sie mich bitte nicht, wieso und warum!

Und so mancher Journalist erinnert sich gerade jetzt an die gar nicht so unschuldige Kinderfrage, die der Sechsjährige seinem Vater, Beruf Chefredakteur, stellte: »Du, Papa, wie kommt es eigentlich, dass jeden Tag in der Welt gerade so viel passiert, dass es genau eine Zeitung füllt?« Tja, wie kommt das, sagt traurig versonnen der Redakteur im Juli/August und kaut an seinem Kuli oder tropft Angstschweiß auf seinen Laptop.

Da trifft es sich gut, dass die Triebe, vor allem solche des Geschlechts, auch im Hochsommer keine Ruhe geben. Im Gegenteil. Und so drängt es manchen großen Chef einer großen Deutschen Bank (so groß ist die, dass man das Deutsch groß schreiben muss), trotz seines an sich besonnenen Alters lauthals hitzig aller Welt zu erklären, warum er am Abend keine Lust mehr hat, zu Hause zu essen. Vom Nachtisch ganz zu schweigen. Und auch die Kanzler-Witwe, zu der es den Fremdesser drängt, bleckt mit mutigen Zähnen in jedes Objektiv: »Ja, es war Liebe auf den ersten Blick!« Wenn auch zum zweiten Mal, worin sie Karl Valentins Annoncen-Sucher ähnelt, der eine Anzeige aus dem Blick verlor, in der es hieß: »Ein-

* Das Bekenntnis Frau Seebacher-Brandts zu ihrer Beziehung mit dem verheirateten Aufsichtsratschef der Deutschen Bank verdeckte damals das Sommerloch in den Boulevard-Zeitungen.

same Witwe sucht zum zweiten Mal ihr Glück in der Ehe.«

Aber auch, dass die lustige Witwe über die Dauer von Ehen philosophiert und findet, sie könnten nicht ewig und drei Tage und 20 Jahre halten – sie hat schließlich Erfahrung, ihr Altkanzler segnete nach ein paar läppischen Jährchen mit ihr das Zeitliche –, auch das macht den Kohl noch nicht fett und die Zeitung noch nicht voll.

Da aber naht Rettung durch Verona Feldbusch. In die hat sich ein Öl-Milliardär, ein Prinz aus Afrika verliebt. Er besitzt einen ganzen Formel-1-Rennstall, sprudelnde Ölquellen, Liegenschaften in London und Beverly Hills. Vor allem aber hat er keine Ahnung von den Tücken des deutschen Dativs.

»Ich will ihm heiraten«, soll Verona zwar auch nicht gesagt haben, drei Wochen Glück sind noch zu kurz, aber er hat von sie geschwärmt: »Verona ist intelligent und attraktiv!« Intelligent! Sicher liebt sie ihm wegen diesen Kompliment. Und weil es im Englischen kaum einen Dativ gibt, jedenfalls ist er nur schwer zu erkennen. »I love you«, zum Beispiel. Wenn Verona das sagt, ist es gehupft wie gesprungen, ob sie »dir« oder »dich« oder »dear« meint. Frau Seebacher-Brandt, die sich bekanntlich promoviert verliebt, hat es da leichter, wenn sie sagt: »So will man eigentlich nicht alt werden!« Nämlich heimlich. Aber bei solchen Überlegungen sieht manch einer alt aus, wenn er's schon ist. Aber ein Dativ und Akkusativ ist da nicht gefragt.

Man sieht, wie viel in der Welt passiert. Vor allem im Juli und August. Und wir mussten noch gar nicht berichten, dass auch Jörg Wontorra sich erstmals von seiner zweiten Frau trennt. Und Dieter Wedel sein sechstes Kind von der sechsten Frau erwartet. Von wegen saure Gurken. Von wegen saurer Gurken? Von wegen sauren Gurken!

Schnitzeljagd*

Das Wiener Schnitzel, hauchdünnes Kalbfleisch, aus der »Schale«, dem auch so genannten »Kaiserteil« des geschlachteten Jungtiers geschnitten (Vegetarier weglesen!) und nacheinander durch Folie, um das Fleisch nicht zu zerreißen, flachgeklopft, mit Mehl bestäubt, in verquirltem Ei gewendet (Kenner rühren etwas Mineralwasser drunter) beidseitig in Semmelbrösel gedrückt, ist im Grunde genommen gar keine Wiener, sondern eine Mailänder Erfindung – wie das Gulasch imperiale Beutekunst, allerdings in der Kaiserstadt auf das Höchste verfeinert. In einer der Wiener Koch-Bibeln, dem »Plachuta«, heißt es: »Das echte Wiener Schnitzel muss immer ein Kalbsschnitzel sein. Und auch, wenn die Brösel heute nicht mehr, wie einst in Konstantinopel und Mailand, aus Blattgold sind, so müssen sie doch goldbraun glänzen.« Im Übrigen war es Feldmarschall Radetzky (der vom Radetzky-Marsch), der erst Mailand eroberte und dann das Schnitzel requirierte, um es seinem Kaiser auf den Teller zu legen. Die Mailänder hatten das Schnitzel ihrerseits geklaut: aus Byzanz via Venedig, Padua, Vicenza und Ferrara.

Grund für diesen kleinen kulinarischen Exkurs ist unser Bundeskanzler. Und dass Berlin nun wirklich Hauptstadt ist (es sei daran erinnert: »Berlin ist nicht Bonn« und »Wien bleibt Graz«)! Also der Kanzler. War sein bisheriges Leibgericht, solange er nicht in Berlin regierte, die Currywurst, die er sogar zu einer Schicksalsfrage seines Lebens machte, so muss man sagen: Die hätte er auch in Berlin haben können. Schröder jedoch wählte das Wiener Schnitzel. Und so war im Tagesspiegel zu lesen, Schröder verspachtele sein Schnitzel am liebsten bei »Lutter

& Wegner«, dagegen meldeten andere Quellen: »Borchardt«-Schnitzel, das sei's für Schröder. Wo denn nun? Demnächst wird auch noch zu lesen sein, dass er es im »Einstein« esse, wo es mit garantiert aus Wien importierten Semmelbröseln, wie auf der Karte zu lesen ist, zubereitet wird. Andere schwören, Geheimtipp, auf ein Lokal in der Kantstraße.

Sollte der Kanzler bezüglich seiner Schnitzeljagd nach dem authentischen Wiener Original (Beilagen-Empfehlung »Erdäpfel-, Gurken-, Tomatensalat, Blattsalat oder Petersilienerdäpfel«) nicht das sprechen, was man im Zusammenhang mit ihm ein »Machtwort« sich zu nennen und fordern angewöhnt hat? Wo isst der Kanzler sein Schnitzel, und wo am liebsten? Und wie ist seine Bemerkung zu verstehen, dass die Politik »über den Tellerrand« hinausblicken müsse? Denn auch in der Schnitzel-Folklore heißt es, dass das panierte Fleisch über den Tellerrand hängen müsse. Auf dem Weg in den Norden ist es dabei deftiger geworden, denn in Deutschland heißt es anerkennend, die Wiener Schnitzel gestern, wunderbar, groß wie ein Abort-Deckel seien die gewesen.

* Als in den Berliner Zeitungen nach dem Regierungsumzug aus Bonn stand, wo Kanzler Schröder sein Lieblingsschnitzel isst.

DAS WORT IM MUNDE UMDREHEN

Die redlichen Hirten

Weihnachten, wenn man es in Hotels oder auf Reisen verbringt, beim Skifahren oder am Strand, also öffentlich und nicht im so genannten (jetzt wird's eng) engen Kreis der Lieben, Weihnachten ist man gnadenlos der süßlichen Wucht der Weihnachtslieder ausgesetzt, die aus Lautsprechern auf den Frühstückstisch niederrieseln, im Bus und Taxi dem Radio entsteigen, ja sogar in anbrandenden Wogen über die Pisten schwallen und Skilifte verfolgen. Jugendliche haben es gut, die stöpseln sich dagegen einen Walkman oder Discman in die Ohren und dröhnen mit »Metallica« gegen Weihnachten an.

Wer aber Weihnachten offenen Ohres erleben muss, dem drängen die Lieder unweigerlich liebliche Erinnerungen an Kinder und Kerzen, an das Nadeln, an eigene Kindheit und Märklin-Eisenbahnen, aber auch an die Schrecken dieses Festes der Feste ins Hirn: wo Harmonie um jeden Preis beschworen wurde und deshalb oft genug zwangsläufig in Disharmonie explodierte. Und auch musikalischer Verdrängungsstrategien wird man Ohrenzeuge: wie George Michaels »Last Christmas I gave you my Heart« Bing Crosbys »White Christmas« längst auf den zweiten Platz verwiesen hat, während auf dem dritten Rang fröhlich »Rudolph the Rednosed Reindeer« lärmt. Und natürlich ist die »Stille Nacht« noch immer die lauteste, Kinderchöre sind nicht zu schlagen, zu Weihnachten.

Und plötzlich, plötzlich sind sie wieder da: »die redlichen Hirten« in, richtig!, in »Ihr Kinderlein kommet«, und was machen sie, richtig, »sie knien betend davor«. Und dann fällt einem ein, was für ein seltsam inzwischen aus der Zeit fallendes Wort das Adjektiv »redlich« ist; »redlich«, gibt's das noch? Es war schon vor ein paar Jahrzehnten so rar und unbenutzt, außer eben im Weihnachtslied von den Kindlein, die kommen sollen, dass unbefangen jugendliche Zuhörer im Vorschulalter die »rötlichen Hirten« misshörten, aber damals gab es auch noch einen Ost-West-Konflikt, noch keine PDS, und die SPD war stellenweise noch rötlich.

Aber redlich? Das hat so einen Beigeschmack von bieder, wobei bieder wiederum einen Beigeschmack von redlich hat, beide Wörter künden von einer arglosen Dummheit, einer Eigenschaft, wie sie in Trivialromanen des 19. Jahrhunderts in der Anrede »Redlicher Greis!« erklangen. Ach ja, und das Potsdamer Glockenspiel gab es, zu dessen Klängen einem die Zeilen »Üb immer Treu und Redlichkeit« einfielen. Und dazu die Einsicht, dass auch das Wort »üben« damals noch nicht trainieren, versuchen hieß, sondern tun – das was heute »ausüben« heißt, eine regelmäßige Tätigkeit. Heute ist das Wort »redlich« so selten und die »Redlichkeit« auch. So dass man sie wirklich üben müsste. Und sei es zu Weihnachten.

Dumme Ganz

Jetzt, da die Salzburger Festspiele vonstatten gehen und sich die Hundstage nähern, jetzt fallen mir wieder meine Lieblingstiere ein: Der Hundsfott zum Beispiel oder der Hundling, der vorwiegend in Bayern lebt und den man beneidet, weil er etwas macht, was man nicht macht, aber gern machen tät, wie man in Bayern sagt. Oder wie man »Ach, du dicker Hund!« ruft, wenn man einen dicken Hund sieht. Manche rufen auch »Ach, du dickes Ei!«.

Zu meinen Lieblingstieren zählen der Gummilöwe, Bierhoffs Schwalbe, der Kater, die flotte Biene, der Papiertiger, der Gummi-Adler und der Waschlappen – obwohl, bei letzterem bin ich mir nicht sicher, ob er nicht ein Nordnorweger ist, so etwas wie ein alter Schwede. Und dann sage ich mir: Die Kuh muss vom Eis! Denn heilige Kühe soll man nicht schlachten.

Nicht ganz so gern habe ich die dumme Ganz. Oder heißt sie: dumme Gans? Denn die ist meist eine Frau, die mir sagt, was ich mir einbilde und dass sie mich blöd findet und dass ich sie in Ruhe lassen soll, überhaupt. Da ist die Zeitungsente schon gefährlicher. Viel. Die ist ja fast so schlimm wie der Elefant im Porzellanladen, da ist der Bär los, da lassen wir die Sau raus, da pfeift mein Schwein!

Ach, ich habe einen ganzen Rattenschwanz von Lieblingsviechern. Das Sparschwein oder das »Welches Schweinderl möchten Sie?« von Robert, Gott hab' ihn selig!, Lembke.

Der ist mir letzte Woche eingefallen, als mir wieder eine graue Maus begegnet ist und ich schon dachte, dass ich weiße Mäuse sehe. Wussten Sie übrigens, dass die besagten weißen Mäuse in Amerika rosa Elefanten sind!? Ja, so kann das gehen.

Es ist wie mit Christian Morgensterns Wiesel, das es nur um des Reimes willen tut, oder wie mit den Ameisen, die »weise auf den letzten Teil der Reise« verzichten; von Ringelnatz. Auch so ein Tier! Ringelnatz!

Um auf die Gans zurückzukommen. Ich kannte mal, als ich noch Mädchen kannte, eines, das schenkte mir ein Foto. Mit Widmung. »Hier hast du mich Gans!« Es war mehr als ein Brustbild. Ja damals. Damals! Als es noch geile Böcke gab, Böcke, die man schießen konnte oder denen man gar als Gärtner eine Dauerstellung verschaffte, einen Ausbildungsplatz zum Beispiel, damals arbeitete ich zeitweise als Hecht im Karpfenteich, mein lieber Schwan, in einer Gegend, wo sich Fuchs und Hase gute Nacht sagten, bevor dann der Hase im Pfeffer lag.

Doch mein allerliebstes Tier war schon immer der Hahn im Korb. Und als ich das jemandem gestand, sagt sie: »Das sieht dir ähnlich!« Die Krampfhenne, die nicht mal als blindes Huhn und so weiter. Die Zimtziege! Und erst der Elch! Wie heißt es doch so schön sprichwörtlich Gernhardtlich von ihm: »Die ärgsten Kritiker der Elche waren früher selber welche!«

Das ist es doch! Da liegt doch der Hund begraben! Und nun ist die Katze aus dem Sack. Und wenn sie aus dem Haus ist, tanzen die Mäuse. Und zwar die weißen.

Markig

Als wir klein waren, spielten wir »Teekesselchen«. Also: »Auf meinem Teekesselchen kann man blasen.« (Wo denken Sie hin?!) Und: »Mein Teekesselchen gehört zum Ochsen.« Und: »Meins hat einen Wabbelbauch, schwitzt, hat zotteliges Schütterhaar und wurde trotzdem nur siebenter.« Die Lösung heißt Horn, nicht Hirn, also Waldhorn, Hornochse, Guildo.

Aber darum geht es nicht. Vielmehr darum: »Mein Teekesselchen wollte sich nicht mit Berlin vereinen.« »Und meins schwimmt als Klößchen in der Suppe.« »Und meins wird von Bundeskanzler Kohl gemeuchelt.« Richtig: Mark. Mark wie Brandenburg, Mark wie Markklößchen, Mark wie Euro.

Das können wir also bald nicht mehr spielen, so klein wir auch sein mögen. Mit der Mark, das hört auf, rein sprachlich gesehen. Was wird aus der Mark, die wir als »müde Mark« kennen, da »war keine müde Mark« zu verdienen. Oder die »schnelle Mark«, von der uns vor allem Schwindler versprechen, dass wir sie »machen« können. Die Mark, von Amis hartnäckig (und in falscher deutscher Grammatik) »Deutsch Mark« genannt, wird verschwinden, sprachlich verschwinden, und wenn ich, als kleiner Junge, mit der Gabel im Kochtopf kratze, wird meine Mutter nicht mehr sagen können: »Hör auf, das geht durch Mark und Pfennig!« Werde ich dann beim Fleischer fürs Risotto Milanese statt eines Markknochens einen Euroknochen kaufen? Und was wird aus dem Pfennigfuchser? Und dem Pfennigabsatz? Und wie wird der »Spiegel« einen neuen Graf Lambsdorff nennen, falls der Wirtschaftsminister wird? Statt »Markgraf« Eurofürst?

Es gibt einen gewissen Trost in der Sprachgeschichte. Die Umgangssprache bewahrt alte Währungen auf. Zum Beispiel als Kompromiss: »Auf Heller und Pfennig« möchte man sein Geld zurückbekommen. Und das, was in Bayern ein »Zehnerl« ist, gilt in Berlin immer noch als »Groschen«, der im Groschenjungen und »Groschengrab« (»Einarmiger Bandit«) weiter vegetiert. Ja sogar nach einer vordezimalen Währung (das Maß war zwölf) wird das Fünfpfennigstück noch »Sechser« genannt, und zwanzig Mark als Schein sind immer noch ein »Pfund«, nach einem Wechselkurs von anno Tobak.

Und der »Heiermann« (wie das Fünf-Mark-Stück vorwiegend in Hamburg heißt), wo wird er bleiben? Und der »Riese«? Vielleicht wird er als Fünfhundert-Euro-Schein weiterleben.

»Bild« hat mit nationalem Stolz auf deutsche Wertarbeit mit Tränen zwischen den Zeilen die Befürchtung geäußert, Euro-Scheine, die nicht in Deutschland gedruckt würden, könnten sich bald »pappig« anfühlen, bald »raschelig« anhören.

Ach Gott! Nichts mehr wird so »markig« wie früher. Stattdessen: »pappig«, »raschelig« – eben »eurig«. Und in Wien wird man bald zum »Eurigen« gehen.

Zukunft ohne Stengel*

Durch einen glücklichen Zufall geriet uns eine »Tagesspiegel«-Ausgabe vom 15. Dezember des Jahres 2021 in die Hände, in der die Zeitung von einem Prozess berichten wird, der sich mit einem scheußlichen Verbrechen zu befassen hatte.

Der aus der Psychiatrie ausgebrochene Alfons Schreiber hatte in einem Amoklauf Buchhandlungen und Bibliotheken in Berlin und Umgebung mit vorgehaltener Maschinenpistole gestürmt, die Herausgabe sämtlicher Duden und Rechtschreibebücher sowie deutscher Wörterbücher erzwungen. Er habe dann die Bücher wütend durch die Gegend geschleudert, in Kanäle geschmissen oder in Mülleimer gesteckt. Schreiber war früher schon aufgefallen, als er seinem Arzt trotzig erklärt habe, er schreibe die deutsche Schriftsprache, wie ihm der Schnabel gewachsen sei – und schriebe statt »Stängel« oder »Stengel« jetzt »Schtengl«, mit Es-ce-ha. Er war nach dem Gesetz des Verbots der willkürlichen Rechtschreibung, das der Bundestag am 6. März 2012 erlassen hatte, zu zwei Jahren Haft auf Bewährung verurteilt worden. »Jetzt droht dem Angeklagten Schreiber eine lebenslängliche Haft oder Sicherheitsverwahrung.«

Schreiber habe vor Gericht, so führt der »Tagesspiegel«-Bericht an, als mildernde Umstände geltend gemacht, dass er im Jahr 1997 eine Grundschule in Niedersachsen besucht habe. Seine Kindheit in den Jahren 1995 und 1996 sei glücklich gewesen, und er habe in einem intakten Elternhaus gelebt und habe unter einer liebenswerten

* Geschrieben, als es noch – erinnern Sie sich? – große Aufregung um die Rechtschreibreform gab.

Deutschlehrerin zufrieden das Wort »Stengel« geschrieben.

Dann sei die Rechtschreibreform über ihn hereingebrochen. Und eines Tages, er erinnere sich noch: es war ein düsterer Oktobertag 1997, habe er – laut einer Verfügung des niedersächsischen Kultusministeriums – »Stängel« schreiben müssen. Als dies seine Eltern erfuhren, seien sie sich so in die Haare (mit Doppel a) geraten, weil seine Mutter die Reform begrüßte – sie repräsentierte den Reformflügel, den Stängelteil der Familie –, sein Vater dagegen als Rechtsanwalt gerichtlich gegen »Stängel« vorzugehen entschlossen gewesen sei. Die Ehe zerbrach, Alfons wurde seiner Mutter wegen ihrer seelischen Grausamkeit entzogen und dem Vater zugesprochen. »Der Stengel bleibt beim Stamm«, kommentierte das Gericht.

Mitte Oktober 1997 entschied dann das OVG (Oberverwaltungsgericht) Lüneburg, also die zweite Instanz im Rechtsstreit um die Rechtschreibreform, dass nicht mehr nach Regeln der Reform in der Schule geschrieben werden dürfe. Das Kultusministerium schuf eine Übergangsregelung. »In unserer Schule«, so Schreiber, »wurde an geraden Tagen ›Stengel‹ und an ungeraden Tagen ›Stängel‹ geschrieben. Ich litt fortan unter Schlafstörungen und an unmotivierten Schweißausbrüchen. Mein bester Freund mutierte zum Bettnässer« – in Schreibers Gesicht zuckte es nervös. »Oder schrieben wir das damals ›Bettnesser‹?«

Am 1. August 1998 setzten sich die Reformer, gedeckt durch einen Bundestagsbeschluss (»Gesetz zur Erhärtung der Stängelschreibung«) erneut durch. »Ich musste wieder ›Stängel‹ schreiben, ausschließlich ›Stängel‹, ich kam zu meiner Mutter, nachdem mein Vater sich vor Kummer erhängt hatte: Er hing mit ›Laib und Saeele‹ an ›Stengel‹.«

1999 hob das BVG (Bundesverfassungsgericht) das Gesetz von 1998 auf, gestattete allerdings für Bayern und Niedersachsen die so genannte Zweigleisigkeit: Danach durften sich Eltern nach Konfession für das eine (also »Stengel«) oder das andere (also »Stängel«), falls sie katholisch waren, entscheiden. »Meine Mutter fiel in eine tiefe Depression. Ich musste mich einer langwierigen sprachpsychiatrischen Behandlung unterziehen«, schloss Schreiber.

Das Gericht, so schließt der Bericht im »Tagesspiegel« vom 15. Dezember 2021, billigte Schreiber mildernde Umstände zu. Dem »Tagesspiegel« wurde gestattet, bei Zitaten »sowohl ›Stängel‹ wie ›Stengel‹ zu schreiben«.

Augen zu und durch

Das Wort Pietät hat, ich gebe es zu, einen altmodischen Klang, einen fremden Geruch, wie Lavendel. Es erinnert an eine altersfleckige Hand: Pietät, das ist wie zweihundert Jahre alt; das Wort fällt, wenn man es ausspricht, wie eine trockene Blüte aus einem längst vergilbten Poesiealbum. Pietät kennt man noch von Beerdigungsunternehmen, die »Pietät und Takt« heißen oder so ähnlich. Und die düster würdigen Herren Vertreter dieser Branche führen das Wort im Munde, wenn sie bei plötzlich Hinterbliebenen die Güteklasse von Särgen schildern, reine Eiche ...

Pietät, so sagt mein Meyer-Lexikon von 1907, »Pietät ist Frömmigkeit, pflichteifrige Liebe und Ergebenheit gegen Eltern, Geschwister, Verwandte, Wohltäter und Vaterland. Als Göttin wurde der Pietas in Rom ein 191 v. Chr. von Acilius Glabrio in der Schlacht bei den Thermophylen gelobter Tempel von seinem Sohn geweiht; die Legende ließ ihn zum Andenken an die Hingebung einer jungen Frau errichtet sein, die ihrer zum Hungertod im Gefängnis verurteilten Mutter (oder dem Vater) mit der Milch ihrer Brust das Leben fristete. Ihr Symbol war der Storch.« So weit, so Legendengut.

Der »Große Brockhaus« Anfang der dreißiger Jahre erzählt nicht mehr so viel von Pietät. Er definiert sie als »Frömmigkeit; kindliche Liebe, Anhänglichkeit, treues Gedenken (an Verstorbene); Rücksicht; Achtung vor der Überlieferung«. Und er weiß: »Im Strafrecht wird das Pietätsgefühl als eine Unterart des religiösen Gefühls geschützt.« Die Pieta jedenfalls ist (wer Michelangelos weiße Marmorfiguration im Petersdom gesehen hat, wird das nie vergessen) die barmherzige, die trauernde Maria, mit dem toten Christus im Arm. In England, so konnte man in der letzten Woche in den Zeitungen lesen, lag eine Tote auf den Schienen, eine Selbstmörderin wahrscheinlich. Sie lag offenbar auf einer häufig frequentierten Strecke, denn die Eisenbahn-Verantwortlichen haben entschieden, dass die Züge – Augen zu und durch – einfach über die Tote hinwegfahren sollten, um den Fahrplan nicht durcheinander zu bringen. 20 Züge (in Worten: zwanzig) sind über die Leiche gerollt, ohne auf ihren Tod Rücksicht zu nehmen.

Nun mag man sagen (und man hat Recht, wenn man es sagt), dass in der Welt täglich Schrecklicheres an Lebenden passiert, es gibt den Wahnsinn der mörderischen Selbstmörder in Palästina, es gibt den Tod in Albanien, es gibt, was es gibt, die ganz alltägliche Brutalität. Was ist da eine Tote, die schon tot ist, wenn man sie missachtet und denkt, Pünktlichkeit sei wichtiger als Pietät. Es ist das Leben, was zählt. Das mag alles seine Richtigkeit haben, und es könnte auch wahr sein, dass es der Toten auf der Schiene nichts mehr geholfen hätte, wenn ihretwegen Hunderte, vielleicht Tausende von Lebendigen zu spät zur Arbeit, zu Verabredungen, zum Tee oder zu den TV-Nachrichten gekommen wären – in denen sie vielleicht gehört und gesehen hätten, dass man sie, wegen einer Leiche, nicht zu spät habe kommen lassen, das Leben hat Vorrang.

Aber man könnte auch meinen: Wer keine Achtung vor dem Tod hat, der hat auch keine vor dem Leben. Aber Pietät, das stimmt schon, das Wort hat einen verblichenen Klang.

Denk mal!

»Übersetzen? Üb' ersetzen!«, so hat Karl Kraus ein Verb durch eine falsche Trennung richtig beschrieben. Vielleicht sollte man das mit dem Denkmal genauso machen – einfach in Denk mal! trennen, bevor man es baut. Robert Musil konnte Denkmäler schon aus einem grammatikalischen Grund von vornherein nicht leiden. Weil er nämlich schon ihren Plural für unsicher hielt; heißt das nun Denkmäler? Oder eher Denkmale? Oder gar beides?

Ohnehin stehen Denkmäler und Denkmale irgendwo herum, um an etwas zu erinnern, was man längst vergessen hat: Adalbert der Zwote, hoch zu Ross, ein Taubenklo, von oben bis unten grauweiß marmorn bekleckert, die Schlacht im Lützelburger Hain, Sedanstag, Cherusk, der Arminier.

Es gibt auch Denkmäler von Leuten, die wir immer noch kennen oder zumindest zu kennen vorgeben. Goetheschiller, Arm in Arm, Hand in Hand, Goethes »Faust« in Schillers Handschuh. Wir kennen sie, schämen uns aber ein bisschen, dass wir sie uns so gemeißelt vorgestellt haben, so edel, so erhaben, so überlebensgroß; sie sehen so aus, als ob wir all ihre abgeklapperten Balladen mit ihrer Klippschulmoral aufsagen müssten. Klassiker eben! Wie in Schmalz gehauen, hat Tucholsky gesagt. In Denkmälern ist ohnehin fast unausweislich der schlechteste Geschmack einer Epoche festgehalten, schon allein, weil sie vor Unvergänglichkeitspathos beben: »Festgemauert in der Erden …«

Man versucht sich an Leute auch zu erinnern, indem man Straßen nach ihnen benennt, Kant oder Knesebeck oder Lindenstraße. Oder man kann sie als Getränk unsterblich machen: Napoleon und Fürst Metternich. Es gibt auch Bismarck-Heringe, Schiller-Locken, Kohl-Rouladen.

Doch die schönsten Denkmäler sind doch die im Park, unter Bäumen, wo am Abend Liebespaare sitzen unter der in Grünspan dämmernden Figur, von der sie gar nicht wissen wollen, wer sie ist und wer sie war. Vielleicht doch Friedrich der Spaltbare oder der Dichter Gerok?

Dies jedoch ist fast überhaupt kein Beitrag zu eventuellen gegenwärtigen Denkmalsdebatten.

Sardonisch

Aristophanes hat in einer seiner Komödien durchscheinen lassen, wie man im ganz alten Athen mit den Alten umging, indem er eine seiner Figuren fordern ließ, man dürfe die Greise nicht einfach verhungern lassen, das sei nicht nett. Die Brüder Grimm haben im Märchen vom alten Großvater und dem Enkel, einem sehr kurzen Märchen, geschildert, wie der arme sabbernde Opa von seinen Kindern hinter den Ofen an einen Trog gesetzt wird, weil sie sich davor ekeln, wie der Greis isst. Ludwig Thoma hat in einem Roman beschrieben, wie es alten Bauern geht, nachdem sie aufs Altenteil gekommen sind, weil sie den Hof den Kindern übergeben haben. Bei Helmut Qualtinger wurde eine Satire über das »Ahnderl-Vernichten« daraus. Na und König Lear, wir alle wissen, wie ihn die bösen Töchter …, aber nicht davon soll hier gehandelt werden.

Stattdessen von den alten Sarden. Die nämlich, so will es eine legendäre Überlieferung Sardiniens wissen, schleppten ihre Alten, sobald sie zu nichts mehr nütze waren, also nur noch unnütze Mitesser, in die Berge, setzten sie vor mörderische Schluchten, ließen sie hungern, bis sich die Vergreisten in den Tod stürzten. Auf ihren Gesichtern erschien im Tod ein verzweifeltes Grinsen, ein entmenschtes Lachen, das man seither und deswegen sardonisches Lachen nennt. »Als krampfhaftes, mit heftig wechselnden Gesichtsverzerrungen verbundenes Lachen ohne Anlass« beschreibt es mein Lexikon und weiß, dass schon Homer (Odyssee 20, 302) es so nannte, nämlich sardonisch. Nun sagen andererseits alle Lexika, die ich um Rat gebeten habe, der Ausdruck käme von einem sardischen Kraut, dessen Genuss den Mund wie zum Lachen verzieht. Das Kraut heißt sardao herba. Die Geschichte mag wahrer und richtiger sein als die von den überflüssigen Greisen, die man dem Tod überantwortet. Aber zur Rentendebatte passt sie weniger.

Sack und Esel

Jahr für Jahr betätigt sich eine Jury der Frankfurter Universität als Sprachpolizei, die im Dickicht der Phrasen und Sätze das »Unwort des Jahres« aufspürt. Ihre verhängte Strafe ist der Pranger, an dem das Wort stehen und sich schämen soll – bis zum Verschwinden. Sicher ist die Jury in ihrer Arbeit durch Karl Kraus inspiriert, den ersten und zugleich größten Sprachrichter, der das Verdikt gegen seine Zeit an deren Sprachschatz exekutierte. Seine hellhörigen Schüler hatten im »Dritten Reich« dazu noch weit mehr Stoff (es gab ja die Sprachregelung durch Goebbels), durften ihn aber nicht öffentlich machen. Victor Klemperer hatte die LTI, die »Lingua Tertii Imperii«, zunächst in seinen Tagebüchern versteckt, wobei sein liberaler Bürgersinn beispielsweise entdeckte, dass die Nazis ein Adjektiv wie »fanatisch« positiv besetzten – so als wäre Fanatismus eine erstrebenswerte Tugend. Das »Wörterbuch des Unmenschen« von Sternberger, Storz und Sueskind folgte. Und wir heute haben die »Unwortforschung«; sie oblag bis 1993 der »Gesellschaft für deutsche Sprache« (GfdS) in Wiesbaden, die sich jedoch von dem »Unwort des Jahres« trennte, nachdem die Jury 1993 unter anderem den »Großen Lauschangriff« und Kohls Prägung »vom kollektiven Freizeitpark« Deutschland gekürt hatte. Man sieht, Sprachkritik ist politische Kritik, Kritik am Geist einer Gesellschaft, wie er sich in Wörtern und deren inflationärem Gebrauch niederschlägt. Zum Beispiel wurde 1991 Edmund Stoibers »durchrasste Gesellschaft« zum Unwort gemacht. Jetzt stehen zwei Wörter zur Wahl: »Sparpaket«, »Rechtschreibreform«. Im Jahr zuvor hatte man den Bonner Euphemismus »Diätenanpassung« gewählt, 1994 die »Peanuts«, 1993 auch die

»Überfremdung«, 1991 das Wort »ausländerfrei«. Die Jury schwankt also zwischen »Unwörtern«, die in der Tat einen mentalen Defekt der Gesellschaft offenbaren, und solchen, die nur einen unangenehmen Sachverhalt benennen. Die aus Amerika übernommene Redensart »Peanuts« für Lappalien ist eigentlich unschuldig. Man kann sie nur blöd verwenden. Und auch »Rechtschreibreform« ist kein blödes Wort, sondern benennt nur eine für viele dumme Sache. Mit dem »Unwort« schlägt man also den Sack und meint den Esel. Ich wüsste im Übrigen auch ein Unwort: das Wort »Unwort«.

Ruchlos

Hunde sind Schnüffler. Ehe sie einander näher treten, beschnuppern sie einander: Sie wollen feststellen, ob sie einander riechen können, und das geht so, Hund und Hündin oder Hund und Hund oder Hündin und Hündin beginnen mit feuchter Nase heftig zu atmen, dann wenden sie sich der Rückseite des andern zu, stecken ihre Schnauze in die Analzone des Hundes, die beispielsweise beim bestutzten Boxer durch den Schwanzstummel nicht mehr geschützt ist, und riechen dann, was das Zeug hält. Da Hunde, habe ich mal gelesen, einen 37-mal intensiveren Geruchssinn haben als wir, kann man sich vorstellen, was sich beim Beschnuppern abspielt. Na ja, es sind halt Tiere.

Warum machen sie das? Ja warum! Martin Luther, der als erster Protestant überhaupt so noch gar nicht ökumenisch dachte, hat sich dafür eine schöne Fabel zur Erklärung ausgedacht. Irgendein Hund ist mit einer Bulle (das war ein zu einem Rohr zusammengerolltes Pergament) zum Papst unterwegs. Und da die Sache schrecklich geheim ist, hat er das Dokument in seinem Hintern versteckt. Und nun wollen alle anderen Hunde durch Schnuppern herausfinden, ob denn nun der Hund, den ihre Nase gerade gewittert, der Hund mit der Papstbulle ist.

Zugegeben: Humor der Luther-Zeit, wöchentlich zween Malen, oder so. Wie ich drauf komme? Weil seit einiger Zeit die Werbung das Schnuppern entdeckt hat. Hieß es früher von einem neuen Produkt: »Zwei Wochen zur Probe« oder »Bei Nichtgefallen Geld zurück!«, so heißt es heute »Schnupper-Preis« oder »Schnupper-Kurs«. »Schnuppern Sie doch mal bei uns herein!« locken Kaufhäuser, und das nicht nur in ihre Käseabteilungen. Im Urlaub gibt es den Schnupper-Golf-Kurs, den Schnupper-

Ball der einsamen Herzen, die Schnupper-Pediküre zum halben Preis für den halben Fuß.

Als Theo Sommer noch Chefredakteur der »Zeit« war, hat er, wenn er neue Leute einstellte, die erst einmal zu einem Besuch in die Redaktion nach Hamburg eingeladen. »Damit ihr euch erst mal beschnuppern könnt!« sagte er. Und er sagte das in aller Unschuld, ohne Werbenebengedanken, obwohl doch damals die Deodorant- und Anti-Schwitzfleck-Reklame hoch im Kurs stand. Statt »Und er hat gar nicht gebohrt« hieß es »Und er hat gar nicht gerochen«.

Zur Zeit ist anderes im Schwange. Schnuppern zum Beispiel. Oder »Wellness«. Es gibt eine richtige Schnupper-Epidemie, eine echte Wellness-Welle. Und wenn erst beides zusammenkommt. In einem Reisefaltblatt, das die Deutsche Bundesbahn ihrem ICE 577 »Roswitha von Gandersheim« beilegt, kann man also lesen, und das unter der Überschrift »Urlaub auf der ganzen Linie« und der Unter-Rubrik »Beauty & Wellness«: »3 Tage/2 Übernachtungen im Doppelzimmer mit Frühstücksbüfett und Abendessen (Samstagabend Spezialitäten-Büfett oder Candlelight-Dinner)«. Tja, entweder oder. Und weiter »Thermalbad«. Und noch weiter, da isses ja: »Schnupperbehandlung für Gesicht, Hals und Dekolleté im Bionouvelle-Beauty-Zentrum.«

Schnupperbehandlung! Wie beim Windspiel, der Dogge oder bei Nachbars Lumpi. Wie aber, wenn jemand sagt: Geh weg! Ich kann dich nicht riechen! Du stinkst mir!?

Nie!

Auf der Herrentoilette im Berliner Café »Einstein«, in die Tür geritzt ein schwarzes Herz mit der Inschrift: »Natascha, ich liebe dich!« Natascha, ach Gott! Ich liebe dich, o weh, o jemineh! Darüber hatte jemand weiß eingraviert, mit richtigem Apostroph vor der e-Elision: »Ob sie's je lesen wird?« Und ein Dritter, oder war es der gleiche Zweite?, hatte, wiederum in Weiß, aber in Versalien neben das schwarze Herz geschrieben: »NIE!«

Nie! Welch schweres Wort! Als ob der letzte Vorhang fällt! Fast schon habe ich überlegt, ob ich die Klotür nicht aushängen soll und sie Natascha überbringe. Aber welcher Natascha? Und von wem? Es gab keinen Absender, und am Ende würde Natascha (welche auch immer) denken, ich hätte mir das selbst ausgedacht. Für sie. Und wollte mich mit der Klotür an sie ranschmeißen. Mit der Tür ins Haus fallen. Nie!

Und dann fiel mir einer der letzten Oktobertage ein, ein Sonntag, ich spielte mit meinem Sohn Tennis, es war kühl, windig, schattig, aber noch schön. Mit Söhnen Tennis zu spielen ist nicht leicht. Sind sie zu klein, können sie nicht verlieren gegen den Vater; sind sie groß genug (also 14) und schlagen den Vater, denken sie: Das ist kein Partner mehr für mich! Söhne wollen immer gewinnen. Anders ist das mit Töchtern, die wollen spielen. Notfalls auch mit dem Vater. Wenn sie nichts Besseres vorhaben. Meist haben sie etwas Besseres vor. Freundinnen. Die sind besser. Oder Freunde. Die sind am besten. Jedenfalls, wenn man 17 ist und der Vater ... Schwamm drüber!

Ich spielte also mit meinem Sohn. 2:6 und 4:6. Zwei Sätze habe ich verloren. Glatt. Und der Sohn sagte: »Da hast du aber Glück gehabt, dass ich so schlecht in Form war!« Er verdrehte die Augen, nach oben. »6:4.« Als ob die vier Spiele für mich für ihn eine Schande wären!

Aber mir fiel auf einmal ein, dass es Oktober war, Mitte Oktober und der Sommer vorbei. Und auf einmal dachte ich: Mein Gott, wahrscheinlich ist es das letzten Mal, dass ich in diesem Jahr Tennis im Freien spiele. Und dann dachte ich: Was heißt in diesem Jahr! In diesem Jahrhundert! Und dann: Was heißt hier Jahrhundert?! In diesem Jahrtausend! Nie mehr im 20. Jahrhundert und im zweiten Jahrtausend nach Christi Geburt Tennis im Freien! Wie: Natascha, ich liebe dich! Und dass sie es nie lesen wird! Nie, nie, nie!

Und dass ich in diesem Jahrhundert wohl keine Montagsglosse mehr schreiben würde. Und niemand sie lesen wird, auch nicht Natascha. Die eine oder andere.

Das Dichterwort drängte sich auf: »Oh Ewigkeit, du Donnerwort!« Und dann fiel mir ein: Man kann es auch übertreiben.